1판 1쇄 인쇄 2012년 4월 5일
1판 1쇄 발행 2012년 4월 10일

각본·연출 김태균
소설 박이정

발행인 김성룡
펴낸곳 도서출판 가연
주소 서울시 금천구 가산동 371-50 에이스하이앤드 3차 1407호
구입문의 02-858-2217
팩스 02-858-2219
신고 2011년 6월 30일 제2011-54호

ISBN 978-89-966824-4-8 13810

엄마라는 이름의 선물

봄, 눈

김태균 각본 | 박이정 소설

가연

지금 바다의 파도가 우리를 갈라놓게 하지 말기를.
그리하여 당신이 우리와 함께하던 날들이 추억으로만 남게 하지 말기를.
당신은 우리들 속을 거니는 영혼이었고,
당신의 그림자는 우리 얼굴에 비치는 빛이었으니.
우리 얼마나 당신을 사랑했던가.
다만 우리의 사랑은 말로 전하지 않았고,
베일에 가려져 있었던 것을…….

〈칼릴 지브란, [예언자] 中 '배가 오다'〉

차 례

프롤로그_　함께하고 싶은 풍경 · 6

첫번째_　사진너머의 사정 · 13

두번째_　집이 기억하고 있는 것들 · 49

세번째_　봄날은 간다 · 56

네번째_　바보짓, 헛짓 · 78

다섯번째_　사람을 살게 만드는 것 · 108

여섯번째_　아카시아 질 무렵 · 126

일곱번째_　춥고 따뜻한 여름 · 161

여덟번째_　사다새의 가을 여행 · 174

아홉번째_　혼자 가는 길 · 203

열번째_　사진에 담긴 봄눈 · 235

원작 시나리오

함께하고 싶은 풍경

2012년 3월

괜찮다, 엄마는 아직 살아 있으니까.

눈이 시리도록 푸른 하늘을 올려다보며 나는 그렇게 생각했다. 런던 근교의 하늘은 유난히 낮아 보여서, 힘껏 뛰어오르면 구름이 손에 걸릴 것만 같다. 하얀 화선지를 결대로 찢어 흩은 듯한 구름. 대학 때 배낭여행을 하다 지나칠 때도 느꼈듯 이곳의 초여름 하늘은 언제 봐도 어딘가 묘하게 동양적이다.

야트막하게 경사진 돌길을 따라 올망졸망 줄지은 동화풍의 집들, 언덕 마을을 둘러싼 너르고 완만한 초록 들판, 곳곳에서 구수하게 풍겨 오는 스콘 굽는 냄새…… 빨간 모자 소녀라든가 피노키오가 뜬금없이 옆을 스쳐 간다 해도 전혀 위화감이 없을 이국적인 정경이지만, 그 위로 펼쳐진 하늘만은 부산의 초여름 하늘과 크게 다를 바 없다.

부산의 하늘을 떠올리자니 왠지 가슴 한 구석이 묵직해졌다. 문득 초조해져서 주변을 둘러봤지만 그저 적막할 뿐, 엄마는 아직도 나타날 기미가 없었다. 심지어 오늘따라 행인 하나 보이지 않는 게 영 마음이 편치 않았다.

익숙지 않은 곳이라 길이라도 잃으셨나? 오래 있지도 못할 테니 빨리 오서야 되는데.

초조가 불안으로 바뀌려던 순간, 뒤쪽에서 또박또박 돌길 밟는 소리가 들렸다. 반가운 마음에 휙 돌아보니 진짜로 반갑기 그지없는 모습이 보였다.

웨이브 진 머리칼에 창백한 얼굴, 고집은 있어 보이지만 순하고 부드러운 이목구비. 어떻게 우리 삼남매를 그리도 억척스레 길러냈나 싶을 만큼 가늘고 왜소한 몸매. 한 발짝 한 발짝을 수줍은 듯 조심조심 내딛는 저 발걸음.

보기만 해도 가슴이 따뜻해진다.

— 엄마, 내 한참 기다렸다. 오는 길 힘들진 않드나.

투덜거리면서도 반색하는 내 말을 듣고 엄마는 엷은 미소를 지었다.

— 이래 보니 우리 엄마 참 곱네. 그리 이쁘게 차리느라 늦었구마.

빈말은 아니었다. 단아한 회색 정장에 하얀 여름 카디건을 걸치고 간만에 굽 있는 구두를 신으신 데다, 엷게 화장까지 하셨다. 그래도 엄마는 괜스레 머리칼을 매만지며 얼굴을 살짝 붉히셨다. 아마 칭찬에 머쓱해지신 모양이다. 그 모습이 왠지 어색해 보이기도 하고 왠지 모를 거리감이 느껴지기도 해서 나는 슬쩍 엄마를 재촉했다.

─ 퍼뜩 가자. 엄마 모시고 다닐 데가 엄청 많다 아이가. 내 배낭여행할 적에 억수로 좋은 풍경들 엄마 못 보여준 거, 두고 두고 아까워 죽을 뻔했다 안 캤나. 더 늦기 전에 다 보여줄 끼다. 더 늦기 전에……

끝에 가선 나도 모르게 슬쩍 울음기 섞인 말투가 되고 말았다.

엄마는 부드럽고 차분한 눈으로 나를 차근히 바라보시더니, 가볍게 발돋움을 하며 내 어깨를 끌어안고 도닥여주었다. 언제 맡아도 그리운 엄마 냄새가 코끝을 푸근하게 감싸주었다.

─ 와 이리 말이 없노……. 머라 말 좀 해봐라. 엄마 목소리 듣고 싶다.

힘을 잃은 내 목소리에 엄마는 팔을 풀고 한 걸음 뒤로 물러나 천천히 고개를 저었다.

─ 와 안 되는데? 이렇게라도 엄마 간신히 보는데, 목소리 한 번 들려주는 기 그리 어렵드나?

원망 섞인 투정을 부려봐도 엄마는 목소리를 들려주지 않았다. 아니, 정확히 말하자면 뭐라 뭐라 말을 하기 시작했지만 내 귀에는 엄마의 목소리가 들리질 않았다.

　나는 그저 엄마가 영국의 한 시골 마을 돌길에 서서 저 너머 언덕을 가리키며 서글픈 얼굴로 내게 뭔가 말하는 모습을 혼란스러운 눈길로 바라볼 뿐이었다. 혹시나 그 입술 모양을 잠깐이라도 놓칠까봐, 금방이라도 터지려는 울음을 참으면서.

　엄마의 소리 없는 말이 끝나갈 때쯤 문득 나의 귀에 들려온 건, 〈엘리제를 위하여〉의 멜로디였다. 익숙해질 대로 익숙해진 오르골 소리. 내 휴대폰 벨소리.

　그쯤에서 나는 애써 외면하던 것을 새삼 의식하고 말았다.

　그래, 이건 꿈이지.

　영국 시골 마을은커녕, 나는 부산에선 서울보다도 더 가까운 제주도에조차 엄마를 모시고 갔던 적이 없다. 그리고 앞으로도 영영 그럴 기회 같은 건 오지 않을 것이다.

　그 차디찬 송곳 같은 깨달음에 진저리를 치면서, 나는 오르골 소리를 따라 순식간에 내 방으로 돌아왔다.

* * *

　[나다, 찬호. 밥은 묵었나.]

　아직 멍한 정신에 반사적으로 통화 수락을 했더니, 전화기 너머의 죽마고우가 거슬거슬한 목소리로 인사를 건넸다.

　"아직이다. 웬일이고."

　그렇게 되묻는 중간쯤에야 비로소 녀석이 왜 전화를 걸었는지 짐작이 되었다. 아니나 다를까. 찬호는 체념했다는 듯 혀를 차더니 가볍게 투덜거렸다.

[웬일이라 캤나? 니처럼 무심한 새끼들 때문에 경상도 남자들이 욕먹는 기라. 내 생일 다음 날이 니 생일 아이가. 미역국 먹다가 니는 내일 라면이나 제대로 처묵을까 싶어 전화해봤드니만.]

지끈거리는 관자놀이를 손으로 문지르면서 잠시 곰곰이 생각했다. 저 녀석이 언제부터 저렇게 오지랖이 넓어졌던가. 근 넉 달간 곳곳에서 저렇듯 오지랖 넓어진 사람들을 하도 봤더니 이젠 쓴웃음부터 났다.

잠시 답이 없자 따스한 마음 씀씀이에 감동했나 싶은지, 녀석은 어울리지 않게 낙낙한 여유를 부렸다.

[어차피 낼이 주말인데 걍 이리로 내리온나. 내 미역국은 못 끓이도 니 좋아하는 닭볶음탕은 사줄 수 있다.]

그러고 보면 벌써 넉 달이 되도록 닭도리탕을 못 먹었다. 안 먹어도 한 달에 두어 번은 꼭꼭 챙겨 먹던 닭도리탕을.

나는 한숨인지 하품인지 모를 것을 내쉬며 가볍게 녀석을 타박했다.

"담배도 쪼개 피우는 주제에 니 지금 여유 부리나. 글고 내 좋아하는 건 닭볶음탕이 아니고 닭도리탕이다."

억지처럼 들렸던 걸까. 찬호는 헛웃음을 흘렸다.

[실없긴. 그기 그거 아이가? 그라고 니는 서울 사는 놈이 표준어도 모르나? 듣기론 닭볶음탕이 맞는 말이고 닭도리탕은 틀

린 말이랬다.]

　"그래 니 잘났다. 근데 그리 국어만 파고 있으니까 니가 돌팔이 소리 듣는 기라. 그라고 잘 들어라. 닭볶음탕은 밖에서 사 먹는 거고, 닭도리탕은……, 울 엄마가 해주던 게 닭도리탕이다."

　그렇게 쏘아붙였는데도 녀석은 불쾌해하는 기색이 없었다.

　[마……, 잘 알아들었다. 그라믄 니 안 올 끼가?]

　찹찹한 목소리에 쓸데없이 내 힘이 빠졌다.

　"간다, 가. 안 그래도 방금 이삿짐 정리 끝낸 참이라 내일쯤 내리가 아버지 가게 들르기로 했다. 닭은 됐고 밤에 꼼장어나……."

　[자식, 올라믄 진작 그란다고 말할 것이지. 알았다. 오면 낼 아무 때나 문자 치라. 이 바쁜 인턴 나으리가 막바로 병원 땡땡이 까고 출동할 끼다.]

　내 말이 끝나기도 전에 녀석의 목소리가 치고 들어왔다.

　"땡땡이 치는 기 퍽이나 자랑이다, 이 돌팔이야."

　돌팔이란 말도 허구한 날 들어서 무덤덤해졌나. 찬호는 그냥 낄낄 웃더니 인사도 없이 전화를 끊었다.

　<u>뾰로로로롱.</u>

　발랄한 통화 종료음 뒤에는 다시 정적만이 남았다.

　시간은 밤 10시 1분 3초.

　나는 낯설고 작은 오피스텔 침대에 오도카니 앉아서 멍하니 생각했다.

오랜만에 엄마 냄새. 이것도 나름 생일 선물일지 모른다. 참, 그 하얀 카디건은 누나가 작년에서 샀다는 옷 같다. 그런데 왜 하필이면 뜬금없이 영국인지.

그나마 한 가지 확실한 게 있다면 엄마의 그 웨이브 진 머리에 엷게 웃는 모습, 그건 엄마의 영정 사진을 꼭 닮아 있다는 것이었다. 엄마가 취업용으로 여권 사진을 찍었다가 그대로 확대해서 영정 사진으로 쓰게 된 그것.

그 사진 속의 미소가 머리 한 구석에 단단히 각인이 된 모양인지, 이젠 엄마를 떠올리면 으레 그 얼굴이 가장 먼저 떠오르고 만다. 그러다 연이어 그 사진이 '영정'이라는 걸 떠올리는 순간엔 늘 가슴속이 먹먹해지는 것이다.

'아, 이젠 없지….' 라고.

찍을 때는 이렇게 될 줄 아마 까마득히 모르셨으리라.

한 점의 피로나 아픔도 배어 있지 않은 엷고 해맑은 미소.

그 미소를 지으면서 엄마는 대체 무슨 생각을 하셨을까.

나로선 영원히 알 수 없는 일이다.

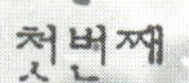

첫 번째
사진 너머의 사정

2011년 3월

딸랑~.

문이 열리며 오래된 놋쇠종이 맑은 울림을 뱉어냈다. 시원하고 곱기도 한 것이, 어쩐지 손님인 걸 알아보고 반갑게 우는 듯도 하다. 생긴 건 멋없이 투박해도 저리 예쁜 소리를 들려주니, 올 때마다 신기한 마음이 드는 것이다.

순옥은 저도 모르게 살그머니 웃음을 띠고 조심스레 사진관 안으로 들어섰다.

사진관 벽면에는 온갖 사진이 진열되어 있었다. 고물고물한 손을 꼭 쥐고 웃음을 터뜨린 아이의 백일 사진과, 발갛게 상기된 두 볼에 행복이 묻어나는 신혼부부의 결혼사진, 그리고 어색한 듯 보이지만 서로에 대한 애정으로 가득한 가족사진까지.

유리장 안을 바라보는 순옥의 얼굴에도 봄꽃 같은 미소가 피어났다. 행복은 어느 곳에나 있었다. 이 좁은 사진관 안, 더 작은 사진틀 안에 세상의 온갖 행복이 다 있는 것 같았다.

'그러고 보니…… 애들 다 크고 나선 같이 사진 찍는 일도 참 뜸해졌네.'

마지막으로 함께 사진을 찍어서 뽑았을 때가 막내 대학교 졸업식이었나? 첫째 손녀 돌잔치 때였나?

언제부턴가 순옥의 가족들은 특별한 날이 아니면 함께 사진을 찍지 않았다. 어쩌다 찍게 되더라도 요즘은 디카나 휴대폰으로 찍고 말 뿐이어서, 마지막으로 사진관에 온 게 언제였는지는 기억도 잘 나질 않았다.

벽 한쪽에 걸려 있는 가족사진을 바라보는 순옥의 얼굴이 아련하게 변했다. 가운데 앉아 있는 사이좋은 노부부의 모습에 자신과 남편을 겹쳐 보고, 듬직한 아들들에게는 영재와 맏사위를 겹쳐 보았다. 오른쪽엔 순옥을 닮은 큰딸 미선과 작은딸 미현이, 그리고 첫째 손녀까지.

'아무래도 조만간 가족사진 한 번 다시 찍어야겠어.'

순옥이 그런 다짐을 하는 사이, 사진관 한쪽에 딸린 작은 방에서 인기척이 들렸다.

"아이고, 김 여사님. 뭔 일로 오셨습니까?"

사진사가 나오면서 열린 문틈 너머로, 모락모락 김이 오르는 양은 냄비가 보였다. 순옥은 미안한 듯 웃으며 인사했다.

"식사하시는데 미안해요. 사진관에 사진 찍으러 왔지."

"어떤 사진으로……?"

"여권 사진이라는 게 있다면서요? 그걸로다가 좀."

"여권 사진? 보자. 흰옷 아니니께 됐고, 악세서리 안 했으니께 됐고, 머리카락 넘겨서 귀만 보이게 해주이소."

순옥은 사진사가 말한 대로 얼른 머리카락을 귀 뒤로 넘기며 자리에 앉았다.

"자, 찍습니대이. 하나, 둘, 셋! 다시~. 하나, 둘, 셋!"

연이어 플래시가 터졌다. 사진사의 신호에 따라 밝은 빛이 터질 때마다 순옥이 눈을 깜빡였다. 셋에 찍건 둘에 찍건 눈을 감는 건 마찬가지였다.

"눈 안 감았나 모르겠네."

"걱정을 붙들어 매이소. 미스코리아를 그냥 뺨을 때리게 나올 깁니다."

사진사가 넉살 좋게 웃었다. 미스코리아는 무슨…… 순옥은 괜히 쑥스러워 얼른 지갑을 열었다.

"얼마 드릴까……?"

"사진 찾을 때 와서 주이소. 내일 나옵니다."

"그럼 내일 봐요."

고개를 끄덕인 순옥이 인사하고 나가려는데 사진사가 물었다.

"근데 여권 사진은 어디 쓰는 깁니까? 요즘 동네 아지매들 중국이다 유럽이다 팔자 좋~던데. 어디 좋은 데라도 가십니까?"

사진관을 나서려던 순옥이 걸음을 멈추고 고개를 돌렸다. 미소가 번지는 길을 따라 곱게 잔주름이 지며, 순옥의 얼굴엔 웃음꽃이 활짝 폈다.

"나~? 취직! 취직하려고."

남들은 꽃놀이다 해외여행이다 바쁘기만 한데, 집에서 쉬지도 못하고 취직한단 말을 하면서 뭐가 그리 좋을까? 사진사가 희한하단 얼굴로 순옥을 바라보았다.

딸랑~.

오래된 놋쇠종이 다시 한 번 맑은 울음을 울었다. 사진관을 나서는 순옥의 미소는 티 없이 해맑기만 했다.

* * *

그때 무슨 생각을 하셨을지는 모르겠지만, 그 즈음에 엄마가 걸었던 전화만은 생생하게 기억이 난다.

뭣보다 그날 밤 회사 시곗바늘의 위치는 지금도 기이할 정도로 선명하게 떠올릴 수 있다. 밤 10시 30분. 숫자 10과 11의 정중앙을 가리키고 선 작은 시곗바늘.

아무도 없는 웹 디자인 1팀. 다른 직원들은 일찌감치 퇴근했거나, 잔업이 남았다 해도 손을 털고 일어나 집에 간 시간이었다. 하지만 웹사이트 디자인 마감이 코앞이었던 내 컴퓨터는 여전히 전원이 켜진 채였고, 책상 위에 엎드려 있는 내 뒤통수는 내내 켜놓은 스탠드 불빛으로 따끈따끈했다. 며칠째 퇴근은 고사하고 잠을 깎아가며 매달렸던 작업이라, 그때도 정신없이 잠에 빠진 터였다.

기절이라 불러도 좋을 정도로 깊게 잠들어 있던 나를 깨운 건, 볼을 타고 전해지는 기계적인 진동이었다.

우우우웅─! 우우우웅─!

회사인지라 진동 상태로 책상 위에 놓아두었던 휴대폰이 벨 소리 못지않게 요란을 떨었다. 정신을 차리느라 나는 서너 차례 진동이 더 울리고 나서야 엎드린 채로 더듬더듬 휴대폰을 쥐었다.

"네⋯⋯."

잔뜩 갈라지고 가라앉은 목소리가 흘러나왔다. 잠에서도 빠져나올 겸 헛기침을 하며 목을 가다듬는데, 차가운 기계를 뚫고 익숙한 목소리가 들려왔다.

[아들!]

"엄마?"

이제나 저제나 반갑고 그리운 목소리였다.

"아. 깜박 잠들었다."

가족들이나 고향 친구들에게 말할 때면 언제나 그렇듯, 내 말투엔 억센 부산 사투리가 자동적으로 섞이기 시작했다. 엄마는 부산 출신이 아니라서 사투리를 쓰지 않는데도, 내 말투는 언제나 그랬다.

[아들. 아직도 사무실에 있는 거야?]

엄마의 목소리엔 안타까움이 가득했다. 엎드려 자느라 머리에 눌려 전기가 오른 손을 살살 털어가면서 나는 짐짓 쾌활한 척 말을 이었다.

"어, 일이 좀 많아가. 근데…… 우리 엄마, 무슨 좋은 일 있나?"

[어떻게 알았어?]

깜짝 놀라 묻는 목소리에 슬그머니 웃음이 새어 나왔다. 토끼처럼 눈을 동그랗게 뜬 엄마 얼굴이 눈앞에 선했다.

"엄마한테 내 이름은 세 개 아이가. 그냥 보통 때는 '영재야!', 내가 아프거나 좀 안쓰러운 일 있다 싶으면 '아가!', 그리고 우리 김순옥 여사님 기분 최고로 좋을 때는 지금처럼 '아들!' 하고 부른다."

전화기 너머에서 엄마가 소녀처럼 맑게 웃는 소리가 들려왔다. 사람은 나이 들면 목소리도 늙는다던데, 누구나 그런 건 아닌가보다.

[어머. 내가 그랬나? 아들, 있잖아. 엄마 취직했어!]

엄마가 자랑스레 외쳤다. 진심으로 기쁘다는 듯 들뜬 목소리였다. 나는 순간적으로 얼굴이 굳는 것을 느끼며 자리에서 일어나 느릿느릿 창가로 걸어갔다.

서울 도심의 야경이 한눈에 들어왔다. 수많은 빌딩과 수많은 불빛, 그리고 수많은 사람들이 창밖에 점점이 흩어져 있었다. 다들 여유롭고 넉넉해 보이는데, 우리 엄마는 저들 같지가 않은 모양이었다.

[아들? 왜 아무 말이 없어?]

"축하를 해줘야 하나, 마음 아파해야 하나 생각 중이다."

그 전화를 받던 날의 내 나이는 이미 스물일곱. 취직한 지도 1년이 넘은 때였다. 위로는 누나도 둘이나 있었다. 힘들게 셋이나 되는 자식을 키워왔는데, 자식들 봉양을 받으며 쉬어도 좋을 나이에 기어이 궂은일을 다니려 하는 엄마를, 나는 아무렇지도 않게 대할 수가 없었다.

[무슨 소리야. 당연히 축하해줘야지. 엄마는 일할 곳이 있어서 얼마나 좋은지 몰라. 그리고 엄마 집에만 있으면 병 나.]

입버릇처럼 늘 하는 소리였다. 갑자기 일 그만두면 빨리 늙는다, 나이를 먹어도 일은 계속하는 게 좋다, 그래야 병도 안 난다. 물론 다른 데서도 그런 소리를 들은 적은 있었지만, 자식 입장에서 그 말을 들으면 마음이 편하진 않은 법이다.

내가 효자여서는 절대 아니었다. 남들은 다 해드린다는 명품 가방 같은 것조차 생신 선물로도 드려보지 못한 내겐 턱도 없는 소리다. 심지어 대학교 입학 이후엔 학자금 대출이랑 배낭여행 비용을 마련한답시고 통 집에 붙어 있지도 못했다. 하지만 엄마가 이런 소리를 할 때마다 가슴 깊숙한 곳에서 울컥 쏟아져 나오는 뭔가는, 내 속을 오랫동안 불편하게 했다.

아직도 학자금 대출과 생활비로 시달리는 중이라 별 대책이 없는 위선이라는 걸 알면서도, 불편함을 어찌할 수는 없었다.

내 긴 침묵을 달래려는지 엄마가 다시 입을 열었다.

[지윤이랑은 잘 지내고 있지?]

"어?"

빈틈을 찔린 느낌에 당혹해져서 나도 모르게 큰 소리를 냈다. 그리고 재빨리 얼버무렸다.

"어, 어. 잘 지낸다."

[대답이 왜 그래? 아무튼 남의 귀한 딸 눈물 흘리게 하면 엄마한테 혼날 줄 알아. 아주 그냥 확……!]

"엄마는 남의 딸만 귀하드나? 나도 귀한 아들인 걸 좀 알아주면 좋겠다."

어색하게 농을 치며 말을 돌리는데, 엄마가 웃음 섞인 한마디를 덧붙였다.

[영재야, 너 지윤이랑 부산에 한 번 내려와.]

나는 다시금 말문이 막혀 그저 전화기 너머로 들리는 엄마의 목소리만 가만히 듣고 있었다.

[지윤이가 어디 남이니? 가족이나 다름없지……. 너희 둘, 옛날부터 그 쪼그만 손 꼭 잡고 다니던 거 생각하면 엄마가 아주…….]

오래 전 일이었다. 헤어지기 싫었던 두 어린아이가 고사리 같은 손을 꼭 잡고 울음을 터뜨리던 때. 엄마는 그런 우리를 보며 아주 많이 웃었다고 했다.

"엄마."

[얼굴 못 본 지가 하도 오래 돼서 그래. 지윤이도 많이 바쁘다니……?]

더 듣고 있을 수가 없었다. 유리창에 비친 내 얼굴은 이미 딱딱하게 굳은 채, 일그러지기 직전이었다.

"아, 엄마. 나 지금 일해야 되거든. 그만 끊어라."

[알았다. 혼자 자취한다고 밥 거르지 말고 꼭 챙겨 먹어. 아직 봄바람 차니까 옷 따뜻하게 입고 다니고. 알레르기 약은 먹었지?]

얼른 화제를 돌리며 전화를 끊으려 하자, 엄마는 늘 하던 걱정을 입에 담았다.

"알았다아."

[우리 아들 파이팅!]

"아, 맞……."

행여 바쁜 아들에게 방해가 될까, 엄마는 거기서 얼른 전화를 끊어버렸다. 곧 다가올 생일엔 집에 못 내려갈 것 같다고 말하려던 나도, 그냥 한숨을 내쉬며 전화기를 내려놓았다. 그리고 무거운 시선을 움직여 책상 구석에 처박혀 있는 DSLR 카메라를 바라보았다.

내 머릿속을 가득 채운 건, 어느새 엄마의 걱정 어린 목소리나 취업 소식이 아니었다.

전원을 켜고 앨범 모드로 들어가자, 액정 가득히 떠오르는 한 사람의 사진들. 엄마의 사진은 그 안에 한 장도 없었다. 이 제 더 이상은 나를 향하지 않는 사람의 미소가, 화면에선 아직 나를 향하고 있었다.

그날 밤에야 나는 그 안에서 그 사진들을 지우기로 다짐했다. 그리고 그날 밤을 내가 아직도 기억하는 이유는, 엄마의 취업 소식 때문이 아니라 내가 그런 다짐을 했기 때문인지도 모른다.

삭제 버튼을 눌러가며 추억을 한 장씩 날려 보내던 기억. 카 메라 메모리가 텅 빌 때까지.

하지만 정작 그때 내 머릿속에서 텅 비어버렸던 건 엄마에 대한 생각들이었다. 고된 허드렛일을 정말 좋아하는 사람이 있 을 리 없다는 걸 알면서도, 엄마의 밝은 목소리에 애써 안심해 버렸는지도 모른다.

여하튼 당시 내 머릿속엔, 다시 허드렛일을 하게 되면서 엄 마가 어떤 고생을 할지 같은 걱정 같은 건 티끌만큼도 남아 있 지 않았던 거다.

* * *

하―.

숨을 내쉬니 하얀 입김이 공기 중에 흩어졌다. 순옥은 하얗게 피어나다 사그라지는 입김을 바라보며 버스 정류장에 서 있었다. 다시 들이마시면 찬 공기가 폐를 가득 채우는데, 그 느낌이 그저 서늘하지만은 않았다.

오늘은 평소와는 조금 다른 아침이었다. 일찍부터 일어나 단정하게 옷을 차려입고, 아직 잠들어 있을 남편의 끼니까지 미리 챙겨놓았다. 그때까지만 해도 별생각 없었는데, 이렇게 꼭두새벽 버스 정류장까지 나와 첫차를 기다리니 출근한다는 실감이 났다.

쏴아아―.

멀리 파도가 쳤다. 순옥은 눈앞에 펼쳐진 영도 앞바다를 바라보았다. 하얗게 쏟아졌다가 이내 사라지는 소금물이, 순옥이 숨을 내쉬고 들이마실 때마다 나타났다 사라지는 하얀 입김 같았다. 순옥은 피식 웃으며 파도와 함께 숨을 내쉬고, 들이마셨다.

그렇게 한참을 서서 영도 앞바다를 바라보다가 이내 도착한 버스에 몸을 실었다.

버스가 도착한 곳은 시내에 있는 대학 병원이었다. 이제 완연하게 떠오른 해가 병원 유리창에 비쳐 황금빛 여명을 반사하고 있었다. 순옥은 눈이 부셔 한 손으로 눈가를 문지르며 걸음을 재촉했다.

병원 정문으로 들어서는 순옥의 표정은 기대 반, 걱정 반이었다. 어찌나 손에 꼭 쥐고 있었는지, 꼬깃꼬깃해진 메모지에 순옥이 가야 할 장소가 적혀 있었다. 지하 1층 용역업체 대기실. 순옥은 복잡한 대학 병원을 돌고 돌아 간신히 대기실을 찾았다.

낡디낡은 철제 사물함이 즐비해 있고 그 사이에 파란색 유니폼을 입은 아줌마들이 부산을 떨고 있었다. 나이는 오십 대 초반부터 육십 대까지 다양했지만, 대략 순옥 또래의 아줌마들이었다.

새벽부터 나오느라 힘들고 지칠 만한데 아줌마들은 하나같이 기운이 넘쳤다. 순옥이 가만히 들어보니 죄다 아들 딸 자랑하느라 여념이 없었다. 이번에 우리 애가 장학금을 받았네, 용돈을 부쳐줬네 하는 흐뭇한 이야기였다. 기운이 넘치는 것도 당연했다. 자식 자랑인데, 없던 기운도 생길 일이다.

"32번, 32번 사물함."

순옥은 어젯밤 전화로 들었던 자신의 사물함을 찾아갔다. 사물함을 열어보니 아줌마들이 입고 있는 것과 똑같은 파란 유니폼이 들어 있었다.

'여기서 그냥 갈아입는 건가?'

부끄러워 머뭇거리던 순옥이 돌아보니, 다른 아줌마들은 모두 아무렇지도 않은 얼굴로 훌훌 옷을 벗고 있었다. 그래, 대중 목욕탕이라고 생각하면 되는 거야. 단단히 마음먹은 순옥도 얼른 용기 내 옷을 갈아입었다.

소독약 냄새가 묻어날 것 같은 파란색 유니폼. 고개를 들어

거울을 보니, 영락없이 평범한 청소부 아줌마가 서 있었다. 그
것도 아주 엉성하기 짝이 없는 모습으로. 순옥은 몇 번이고 옷
매무새를 가다듬어 보았지만 어떻게 해도 마음에 안 들긴 마찬
가지였다.

쾅쾅쾅!

그때 누군가 대기실 문을 거칠게 두드렸다. 입구 쪽에 서 있
던 키가 작고 몸집이 통통한 아줌마가 문으로 향하며 대기실 내
부를 슥 둘러보았다. 그리고 뒤늦게 옷 갈아입는 사람이 없다
는 사실을 확인하고 난 뒤에 문을 열었다.

툭 튀어나온 광대뼈가 인상적인 삼십 대 후반의 남자가 들어
왔다. 작업반장이었다.

그가 등장하자, 시끌벅적하던 대기실이 단숨에 조용해졌다.
작업반장은 책상 위에 걸터앉아 거만한 자세로 서류철을 집어
들었다.

"아아. 오늘 새로 온 아지매 한 분이 있네예. 김순옥 아지
매."

호명을 당한 순옥이 다소 긴장된 표정으로 손을 들었다. 작
업반장이 순옥을 발견하곤 앞으로 나오라는 듯 손짓을 했다.

"같이 일할 아지매들이니께 나와서 인사나 하소."

"네에."

순옥은 작업반장 옆에 서서 아줌마들을 바라보았다. 순옥과
마찬가지로 파란 유니폼에 흰 두건을 두른 아줌마들이 빤히 그

녀를 바라보고 있었다.

"잘 부탁합니다. 김순옥이에요."

"와아~!"

누군가 큰 소리로 환호하자, 아줌마들이 모두 박수와 환호로 순옥을 반겨주었다. 쑥스러워진 순옥이 뒷머리를 매만지며 고개를 숙였다.

"어디 보자~. 김순옥 아지매 담당 구역은 본관 2층 외래 복도하고 환자 대기실이네에. 김순옥 아지매 짝지가 누군교?"

"접니대이!"

넉살 좋게 생긴 아줌마 한 명이 손을 번쩍 들었다.

"아하! 왕복례 아지매! 잘됐네. 아지매가 물심양면으로다가 잘 좀 도와주소."

"지만 믿으소."

복례가 히죽 웃으며 솥뚜껑만 한 손으로 가슴을 두드렸다. 순옥은 복례와 눈이 마주치자 잘 부탁한다는 듯 웃었다. 복례 역시 밝은 미소로 화답해주었다.

"자자자! 오늘 하루도 잘들 부탁합니대이. 후딱 시작합시다."

작업반장의 말이 떨어지기가 무섭게 아줌마들이 일사분란하게 각자 담당 구역으로 출발했다.

"갑시다. 저기 있는 거 하나 끌고 와요."

어리둥절한 얼굴로 두리번거리던 순옥은 복례가 불러서 복도로 나왔다. 복도에는 청소용 도구들이 실려 있는 카트가 가지런히 늘어서 있었다. 순옥은 그중 하나를 붙잡고 복례의 뒤를 따랐다. 복례는 익숙한 발걸음으로 본관 2층의 외래 복도로 향했다.

병원에 올 일이 있을 때 몇 번 지나간 적은 있지만 이런 식으로 오는 건 처음이다. 순옥은 복도의 모든 게 생소하게 느껴져 여기저기 두리번거렸다.

"나이는 어찌 되는교?"

"5학년 3반이에요."

53세라는 뜻이었다.

"돼지띠?"

순옥이 고개를 끄덕이자 복례의 표정에 실망감이 가득 떠올랐다. 그러더니 과장스럽게 한숨을 내쉬었다.

"에휴~. 신참 하나 온다꼬 해가 좋아했구마는 언니네!"

아무래도 순옥보다 나이가 아래인 모양이었다. 복례가 이내 밝은 얼굴로 웃었다.

"내는 복례. 왕복례. 복이 왕창 쏟아지라꼬 큰 돈 주고 지은 이름이라예. 근데 내 인생 와 이런지 몰라~. 하기사 그리 복이 쏟아지쓰믄 이런 데서 와 청소하고 있겠노. 안 그런교?"

순옥은 미소로 답했다.

"언니. 언니는 고향이 부산 아니지예?"

"티 나요?"

“하모. 티 나지.”

“고향은 전라도 고창이에요. 동백꽃으로 유명한 선운산 근처.”

그 말에 복례의 눈이 휘둥그레졌다. 그리곤 입이 찢어져라 웃으며 냉큼 순옥의 손을 붙잡았다.

“오메, 그래라우. 아따, 반갑소! 고향 언니를 이 먼 부산에서 다 만나네!”

“그럼 그쪽도……?”

“나는 전라도 여수여라. 반갑소! 그카고 그쪽이 뭐요? 복례라 부르랑께, 복례라! 말도 거 편하게 하고잉.”

“으응. 반가워. 복례 동생.”

복례의 악력은 덩치에 어울리게 무지막지했다. 복례가 얼른 손을 뗐지만 이미 순옥의 손엔 발간 자국이 남아 있었다.

“에그머니! 나가 너무 과했소잉. 청소는 나가 저짝부터 할 테니께 언니가 이짝부터 오소. 오전엔 여기 복도만 할 거니께 너무 힘 빼지 말고.”

복례는 그렇게 말하곤 복도 반대편 끝으로 카트를 끌고 가버렸다. 순옥은 복례의 말대로 두 사람이 서 있던 곳부터 청소를 하기 시작했다.

“후우.”

병원 청소는 순옥의 예상보다 훨씬 힘든 일이었다. 좁은 복도 하나를 닦는 데만도 오랜 시간이 걸렸다. 매일 닦는 복도일 텐데도 거무튀튀한 얼룩들이 여기저기 들러붙어 있었다. 대걸레로 몇 번을 문질러도 잘 지워지지 않았다. 힘주어 한 번에 밀어내려 해도, 외래 환자들이 수시로 오가는 통에 계속 멈추고 비켰다가 기다리는 일이 허다했다.

힘겹게 복도를 걸레질하던 순옥은 한참이 지난 후에야 간신히 허리를 쭉 펴며 소매로 땀을 닦았다.

문득 복례는 어떻게 하고 있나 싶어 바라보니, 그녀는 그야말로 숙련된 동작으로 척척 환자들을 피해내며 물 흐르듯 걸레질을 해나가고 있었다. 그러면서도 꼼꼼하게 구석구석을 닦는 게 신통할 지경이었다.

순옥은 감탄 어린 눈으로 복례를 잠시 바라보다가 양손으로 가볍게 뺨을 쳤다.

"힘내자. 김순옥."

순옥은 느슨해진 두건 끈을 힘껏 조이고 다시 대걸레를 쥐었다. 어떻게 구한 직장인데.

익숙한 손놀림으로 열심히 청소하는 복례를 보고 있자니, 첫날부터 힘들다고 앓는 소리를 해선 안 될 것 같았다. 안 그래도 순옥이 청소한 복도보다는 복례가 청소한 복도가 훨씬 더 길었다.

"언니. 이제 밥 드십시다!"

어느덧 시계는 정확히 12시를 가리키고 있었다. 두 사람은 용역업체 대기실 앞에 카트를 가져다 놓고 1층의 구내식당으로 올라갔다. 이미 구내식당은 점심을 먹으러 온 직원들로 가득 차 있었다. 복례가 빠끔 고개를 내밀고 까치발을 들었다.

"오늘 메뉴가 어디 보자~."

"난 도시락 싸 왔어. 저쪽에서 자리 잡고 기다릴게."

복례가 돌아보니 순옥은 벌써 인파를 뚫고 저만치 가고 있었다.

잠시 후, 복례가 음식이 담긴 식판을 들고 나타났다. 그녀는 식당을 두리번거리다가 이내 다소곳이 앉아 있는 순옥을 발견하고는 얼른 다가왔다.

"언니는 꼭두새벽에 눈 씻고 나오기도 바빴을 턴디 언제 그렇게 도시락은 쌌다요?"

복례가 순옥의 맞은편에 앉으며 물었다. 그녀의 말대로 순옥의 앞에는 구내식당 식판이 아니라 직접 싸 온 도시락이 놓여 있었다.

"아따. 김치가 정갈한 것이 꼭 언니를 닮아부렀네."

복례가 입맛을 다셨다. 빨간 김치가 소담하게 담겨 있는 것이, 정말로 군침 넘어가게 생겼다. 복례는 결국 참지 못하고 순옥의 반찬을 한 젓가락 집어 입안에 쏙 넣었다.

"아따! 음식 솜씨 한번 끝내주네~! 맛나네, 맛나. 하나를 보면 열을 안다고, 부지런허고 일 똑소리 나게 하는 거 보고 알아봤고만!"

순옥이 슬며시 웃으며 더 먹으라는 듯 반찬을 내밀었다. 그러더니 복례의 식판을 가리키며 물었다.

"그렇게 해서 얼마야?"

구내식당 음식은 조촐하기 그지없었다. 국 하나에 반찬 세 개. 적당히 구색은 갖추었지만, 잔뜩 물러터진 김치와 눅진 김, 그리고 엄지손톱만 한 젓갈이 야박스럽게 담겨 있었다. 국도 메뉴판에 적혀 있는 소고기 국이 아니라, 소고기 향을 첨가한 대파 국이라 불러야 될 정도로 엉망이었다.

그래도 복례는 이 정도면 괜찮다는 얼굴이었다.

"4천 원. 구내식당이라 별 먹잘 것 없어도 어쩔 것인가? 바쁘고 몸 피곤헝께 그냥저냥 이렇게 한 끼 때우고 말제."

손사래를 치던 복례가 먼저 밥을 먹기 시작했다. 순옥도 그러려니 하며 고개를 끄덕이곤 도시락을 먹었다. 그때, 두 사람 옆을 지나치던 인턴 하나가 발걸음을 멈추었다. 인턴은 조용히 밥을 먹고 있는 순옥을 유심히 살피더니 반가운 미소를 지었다.

"어무이요!"

"……네?"

혹시 복례가 아는 사람인가 싶었지만, 인턴은 분명히 순옥을 바라보고 한 말이었다. 복례는 그저 놀란 표정으로 인턴을 바라볼 뿐이었다. 인턴은 순옥을 보고 씩 웃었다.

"접니다. 찬호."

찬호? 익숙하긴 한데 순간적으로 누군지 떠오르지 않는 이름이었다. 순옥이 잠시 생각을 되짚기도 전에, 찬호라 이름을 밝힌 인턴이 자신의 머리를 가리키며 말했다.

"안락동 살 때 슈퍼 옥상에서 떨어졌던 영재 친구 찬호입니다. 여 아직 땜빵도 있습니더."

"찬호. ……약국 아들 찬호?"

"야. 그 찬호 맞습니다."

그제야 순옥은 안락동에 살 때 영재와 자주 어울려 놀던 개구쟁이 찬호를 생각해냈다. 듣고 보니 어릴 때 얼굴이 조금 남아 있는 것 같기도 하다.

순옥의 가족이 영재가 고등학교 때 이사를 한 뒤에도 영재는 소꿉친구인 찬호와 계속해서 연락을 주고받았다. 순옥은 아들 영재가 가끔 찬호의 소식을 전해주던 것을 떠올렸다. 의대에 들어갔다는 말은 들었지만, 설마 이 병원에서 인턴을 하고 있을 줄은 몰랐다. 아들 친구를 이런 곳에서, 이런 몰골로 만나게 되니 난처한 마음이 들었다.

"병원에서 일하십니꺼? 반갑심니더."

"으응. 그래."

순옥의 내심을 미처 읽지 못했는지, 찬호는 그저 반가운 모양이었다.

"영재 금마하고는 통화 자주 하고 지냅니다. 며칠 전에도……. 아, 죄송합니다."

찬호가 말을 하다말고 주머니에서 휴대폰을 꺼냈다. 액정에 뜬 번호를 확인하더니 아쉬운 표정을 지었다.

"가봐야겠심더. 어무이요. 다음에 또 뵙겠심더. 식사 맛나게 하이소."

"그래. 잘 가렴."

찬호는 허리 숙여 예의바르게 인사를 하곤 헐레벌떡 식당을 빠져나갔다. 복례가 조심스레 물었다.

"누구? 아들 친군가 보요잉."

"응……."

고개를 끄덕이는 순옥은 여전히 난처한 표정이었다. 아니, 난처하다기보단 부끄럽고 창피하고…… 영재에게 미안했다. 이젠 다 커서 엄마를 창피해하거나 하지 않을 텐데도 그저 미안하기만 했다.

타닥. 탁. 타다닥. 탁.

그날 밤, 집에 돌아온 순옥은 분주히 손을 놀리며 계산기를 두드려댔다.

나이에 비해 고운 얼굴과는 달리 거친 주름으로 뒤덮인 손이 쉴 새 없이 숫자 위를 오갔다. 길고 긴 풍파를 버텨내느라 나무 껍질처럼 자글자글해졌지만 처녀 시절에는 유난히 곱던 손이었다. 어른들은 하얗고 부드러운 순옥의 손을 보면서 얼굴도 안 보여주고 시집갈 수 있겠다며 칭찬하곤 했다.

남편도 마찬가지였다. 요즘은 다정한 말 한 마디 할 줄 모르는 무정한 사람이 되었지만, 그땐 쑥스러운 듯 눈을 피하며 순옥 씨는 손이 예쁘다고, 어울리지 않는 칭찬을 하곤 했다. 그러나 이제는 험한 일들로 거칠어져 여기저기 성한 데가 없는 못난 손이 되고 말았다.

한참 동안 계산기를 두드리던 순옥이 별안간 한숨을 쉬며 이마를 짚었다.

"하아아아."

순옥의 앞에는 지로 영수증이 수북이 쌓여 있었다. 각종 세금과 보험료, 하다못해 휴대폰 사용료까지. 모두 순옥을 괴롭히는 것들뿐이었다. 어떻게든 조금이라도 아껴보려고 노력했지만 이번 달에도 빠듯하기만 할 뿐이었다. 아무리 계산기를 두드리고 두드려도 답이 나오질 않았다.

순옥의 남편 광섭은 늘어난 러닝셔츠에 사각 팬티 차림으로 앉아서 혼자 바둑을 두는 중이었다. 순옥이 한숨을 내쉴 때마다 그는 한 손에 들고 있던 바둑 책을 은근슬쩍 넘기거나, 순옥이 깎아놓은 사과를 집어먹거나 했다.

그래도 순옥의 한숨이 멎을 생각을 않자 별안간 딴소리를 했다.

"맛이 지대로 들었네! 이런 거나 좀 많이 사다 놔라. 쓸데없는 거 사지 말고."

괜히 한마디 툭 내뱉고는 다시 바둑판으로 시선을 옮겼다. 하지만 순옥은 남편의 말도 들리지 않는다는 듯 다시 계산기를 두드리기 시작했다. 그리고 혼잣말을 중얼중얼 늘어놓았다.

"무슨 날만 되면 이렇게 돈 달라는 데는 많은지…… 이 집 사면서 대출받은 거 이자랑 원금도 갚아야 되고…… 큰애 시집 보낼 때 부곡동 이모부한테 돈 빌린 것도 빨리 갚아야 할 텐데. 친척이라고 돈 그냥 막 쓰다가 이 나는 거 아닌지 몰라. 빨리 벌어서 이모부 돈 먼저 갚아야지."

"흐으음. 이기 이리 하는 게 아인가."

광섭은 괜히 못들은 척 바둑알을 만지작거렸다. 순옥이 혼잣말을 멈추자 되레 큰 소리로 헛기침을 하기도 했다. 딴에는 겸연쩍어서 하는 행동이었다.

영수증을 들고 땅이 꺼져라 한숨을 내쉬던 순옥이 문득 남편을 향해 고개를 돌렸다. 애꿎은 바둑판만 죽어라 노려보고는 있는데, 아무래도 바둑에 집중하는 것 같아 보이지는 않았다. 자꾸만 헛기침을 해대는 남편에게, 순옥이 눈치를 살피다 슬쩍 물어보았다.

"……저기. 당신. 웬만해졌으면 힘 안 써도 되는 일로다가 좀 알아봐 줄까요?"

바둑알을 놓으려던 광섭의 움직임이 멈췄다. 순옥은 조심스레 다시 입을 열었다.

"경비 같은 거, 그런 거는 힘 안 써도……."

"커, 커흠흠! 에이! 몬해먹겠네."

불쾌한 듯 끄응 소리를 낸 남편이 순옥의 말을 끊더니 벌떡 일어나 방으로 들어가 버렸다. 일어나면서 내던진 애꿎은 바둑

알이 바닥을 데굴데굴 굴렀다. 순옥은 터지려는 한숨을 간신히
참아냈다.

"다녀왔습니다."

때마침 둘째 미현이 퇴근했는지 현관문을 열고 집 안으로 들
어왔다. 미현은 양손에 쇼핑백을 잔뜩 들고 있었는데 순옥과
눈이 마주치자 슬그머니 뒤로 숨겼다. 하지만 그 많은 쇼핑백
이 감춘다고 감춰질 리가 없었다. 미현은 순옥이 뭐라 입을 열
기도 전에 잽싸게 자기 방으로 들어가 버렸다.

순옥은 꾹 참는 얼굴로 미현의 방을 불만스레 바라보다가, 결
국 계산기에서 손을 떼고 일어나 미현의 방문을 벌컥 열었다.

"미현아."

"아, 놀래라! 노크 좀 하고 들어온나!"

전신 거울 앞에서 새로 산 원피스를 몸에 대보던 미현이 화
들짝 놀라며 신경질을 부렸다.

"엄마가 딸년 방에 들어오는데 노크는 무슨."

미현은 얼른 실내복으로 갈아입고선 침대에 걸터앉으며 순
옥을 올려다보았다.

"아빠는 뭐 하노?"

"빨리도 물어본다. 좀 전까지 바둑 두시다가 방에 계셔."

"내한테만 붙어 있지 말고 아빠한테 좀 잘해라. 아빠 어깨가
요새 축 처졌는데 엄마 너무 잔소리만 해대는 거 아이가?"

퉁명스런 목소리긴 해도 제 딴엔 챙겨준답시고 하는 소리였

다. 알면서도 순옥은 미현의 쇼핑백이 눈에 밟히는 바람에 미현을 흘겨보며 타박했다.

"허이구. 그렇게 아빠를 생각하면 빨리 시집이나 가, 이것아. 이렇게 옷만 사면 언제 돈 모아서 시집 갈 거야?"

그러자 미현의 표정이 대번에 날카로워졌다.

"걱정 마라. 엄마한테 도와달라고 안 할 테니까. 언니랑 영재만 챙겼지, 언제 내 챙겨준 적이나 있나? …… 돈, 돈, 돈, 돈! 지겹다!"

투덜거리다 감정이 북받친 것일까. 미현이 결국 버럭 소리를 질렀다.

순옥도 알고 있었다.

미현이 얼마나 고생했는지는 잘 알고 있었다. 어쩌다 이렇게 쇼핑을 하고 들어오는 건 직장에서 받은 스트레스 때문이리라. 회사 생활을 하면서 우습게 보이지 않으려면 옷이 좀 필요하기도 할 터였다. 한 보따리나 되는 쇼핑백을 안고 들어와도 사실 그다지 비싼 건 별로 없었다. 고만고만한 월급으로 생활비 보태랴, 적금 부으랴, 용돈 남기랴…….

미현이 애를 쓰고 있다는 걸 순옥이 모를 리 없었다.

하지만 어쩌다 명품이랍시고 뭔가를 사 올라치면 잔소리가 나오는 걸 막을 수가 없었다.

"……"

"그냥 놔둬라, 쫌!"

　이번엔 뭔가 싶어 순옥이 쇼핑백을 살피려 하자, 미현이 매몰차게 쇼핑백을 낚아채 구석에 던져버렸다. 순옥은 무안해하면서도 미현에게 뭐라고 말 한 마디 할 수 없었다.
　그저 미안했다.
　낮에 영재에게 그랬던 것처럼, 아닌 줄 알면서 그저 미안하기만 했다.

* * *

　엄마가 병원에서 청소 아줌마로 일하고 있다는 걸 알게 되었던 날. 부끄러운 건 엄마가 아니라 나 자신이었다. 그게 더 참을 수가 없어서, 혼자서 울화를 삭이려 애쓰다가 급기야 큰누나에게 전화를 걸었다.
　"오늘 찬호가 내한테 전화로 무슨 말 했는지 아나? 울 엄마, 병원서 봤다카드라. 찬호네 병원 청소 아지매로 일하고 계시단다. 누난 엄마가 그카고 일하는 거 알고 있었드나?"
　[……아니, 니한테 처음 듣는 긴데.]
　전화하자마자 뚱딴지같이 무슨 얘기냐는 듯 느릿한 목소리였다. 누나의 느긋한 성격은 익히 알고 있으면서도 마음이 더 답답해졌다.
　"누나는 바로 옆 동네 살면서 뭐꼬? 엄마한테 반찬 받아가 먹을 줄만 알지 엄마가 어찌 사나 궁금하지도 않드나?"

[니 오늘 고슴도치로 국 끓여 묵었나? 와 사람 말도 끝까지 안 듣고 생난리를 치나. 안 그라도 취직한다기에 물어봤드만.]

그 말을 하면서도 차분함을 잃지 않았다. 물어봤다면서 왜 모르냐는 반박에 누나는 간단히 답했다.

[엄마가 비밀이라꼬 내한테 안 갈쳐줬다.]

할 말이 없었다. 간신히 꺼낸 말은 내가 생각해도 헛소리였다.

"학자금 대출은 내가 갚고, 작은누나도 살림 좀 보탠다드만 엄마는 와 그리 궂은일까지 하고 그라노? 큰누나도 용돈 좀 보태드린다 안 캤나."

[니 진짜 몰라서 그러나……. 집 대출 갚고 미현이랑 니랑 둘 다 시집 장가 보낼라 그라지. 특히 니랑 지윤이, 월세 살게 할 순 없잖냐 카드라.]

역시나 멍청한 질문이었다. 아무 말도 못하고 이를 악무는데, 누나가 한숨을 쉬며 마무리했다.

[거가 어데 병원이고? 내 예현이 맡기놓고 낼 한번 다녀올라 칸다.]

머뭇머뭇 찬호네 병원을 알려주고 전화를 끊은 뒤에도, 나는 한동안 머리를 쥐어뜯어야 했다. 큰누나한테 울컥했던 게 민망하기만 했다. 결국 나야말로 부끄럽고 짐이 되는 아들 아니었던가.

* * *

삶은 좋은 일과 나쁜 일의 반복이다. 사람이 살아가는 것만큼 단순한 일도 없다.

어제가 조금 우울했더라도 하루 자고 일어나면 어차피 오늘이 되는 것이다. 사람이 내일을 바라보며 살 수 있는 건, 어제를 잊고 오늘을 살며 내일을 기대하기 때문이다. 물론 그걸 가능하게 하는 건 아주 사소한 행복들이었다.

지금 순옥이 딱 그랬다.

"꽃이 피면~ 같이 웃고~."

옷을 갈아입던 순옥이 저도 모르게 〈봄날은 간다〉를 흥얼거렸다. 반대편에서 유니폼을 갈아입던 복례가 순옥에게 불쑥 고개를 들이밀었다.

"언니! 무슨 좋은 일 있는 갑소잉?"

순옥은 대답 대신 계속 노래를 흥얼거리며 사물함 안쪽을 빤히 바라보았다. 옷을 갈아입는 내내 시선이 떨어질 줄을 몰랐다.

"난 일 시작할라믄 꼭 학교 가기 싫어하는 아새끼들 맨치로 심난해 죽겄는디."

막상 일을 시작하면 누구보다 억척같이 해내는 복례지만, 그렇다고 일하기 전부터 신이 나고 일하는 시간만을 손꼽아 기다린다거나 하는 건 절대 아니었다. 그러니 저리 싱글벙글 웃고 있는 순옥이 이상해 보이는 게 당연했다.

"쯔쯔쯔~. 꼬옥 바람난 처녀 같소. 여그다 샛서방이라도 숨겨 논 거시여 뭐시여?"

궁금했던 복례가 순옥의 사물함을 벌컥 열었다. 그러자 문 안쪽에 환하게 웃고 있는 훤칠한 청년의 사진과 관광 엽서 한 장이 나란히 붙어 있었다.

"오메! 그놈 잘났네, 잘났어! 언니 아들이오?"

"응."

"좋겠네, 언니는 이런 아들이 있어서."

복례가 한숨을 푹 내쉬었다. 쉰 평생 홀로 살아온 복례에게, 장성한 자식은 그저 부러움의 대상이었다.

"그란디 뜬금없는 이 관광 엽서는 뭐시다야? 언니 고향 사진 은 아닐 것이고."

"영국 시골 마을이래. 참 예쁘지?"

순옥은 엽서를 바라보는 것만으로도 행복한 모양이었다. 사 진 속 풍경은 꼭 동화에 나오는 마을 같았다. 일곱 살 어린 계집 애들이 보는 동화책 속에서나 나오는 그런 마을. 울긋불긋한 지붕을 두른 집들이 아기자기하게 모여 있고, 마을을 가로지르 는 돌길조차 어여쁘기 그지없었다.

엽서 속의 풍경을, 그 속에서 웃고 있는 영재를 바라보는 순 옥의 얼굴은 꿈이라도 꾸는 듯 행복하기 그지없었다.

대걸레질을 하는 순옥의 이마에 땀방울이 송글송글 맺혔다.

순옥은 여전히 같은 노래를 흥얼거리고 땀을 닦아가며 청소에
열중했다.

자판기 주변 청소는 순옥이 맡은 곳 중에서 가장 힘든 일이
었다. 자판기 주변에 흐른 음료수는 물론이고, 쓰레기통 주변
에도 말라붙은 커피 자국이 흥건했다. 순옥은 바닥에 진득하게
눌어붙은 커피 자국이며 코코아 자국 따위를 닦기 위해, 있는
대로 허리를 숙이고 걸레를 문질렀다.

"휴우. 이 정도면 됐나."

순옥은 가까스로 걸레질을 끝마치고 허리를 폈다. 하도 굽
히고 있었더니 한 번에 펴지질 않았다. 걸레를 들지 않은 한 손
으로 간신히 허리를 두드려가며 일어서자 눈앞이 빙글 돌 정도
였다.

그때 뒤에서 순옥을 안쓰럽다는 시선으로 바라보는 여성이
있었다. 그녀는 복도 모퉁이에 서서 잠시 순옥을 바라보다가,
이내 억지로 입가에 미소를 지으며 느릿느릿 다가와 순옥의 등
을 탁 쳤다.

"엄마!"

"어머, 깜짝이야! 미선아! 얘가 웬일이야?"

큰딸 미선이었다. 순옥이 나지막이 말하며 주변을 두리번거
리자 미선이 싱글싱글 웃었다.

"어마마, 이 딸이 창피하드나. 뭘 주변을 둘러봐 쌌노. 거 비
밀이라드니 엄마 오늘 내한테 딱 걸렸다. 들킨 김에 취직 턱도

널 겸 이 딸내미한테 밥 한 끼 사도. 어차피 이제 점심 아이가."

그러고 보니 시계는 어느덧 11시 50분을 가리키고 있었다.

"예현이는 어쩌고?"

"지네 할머니가 보고 있다. 난 요 앞 마트 잠깐 왔고."

"그래?"

혹시 손녀도 같이 오지 않았을까 하고 주변을 흘낏거리던 순옥은 미선의 말에 고개를 끄덕였다. 최소한 손녀가 아파서 온 건 아닌 것 같으니 다행이었다.

"근데 여긴 무슨 일로 왔어? 어디 아픈 데라도 있어?"

병원에서 딸과 마주치니 우선 걱정부터 됐다.

"내 남는 건 체력뿐인데 무슨 수로 병에 걸리겠노. 병도 아무나 걸리는 기 아니다. 친구 병문안 왔다 카믄서 이래 자판기 커피 뽑아 마실라카는데, 어디서 많이 본 여사님이 딱~ 계시네. 이것도 인연이니께 여사님도 한 잔 마셔야 된다."

미선이 자판기 커피 두 잔을 뽑으며 너스레를 떨었다. 순옥은 피식 웃고는 커피를 받아 들었다. 그리고 얼른 휴대폰을 꺼내 복례에게 전화를 걸었다.

"복례 동생? 나야, 순옥이. 갑자기 점심 약속이 생겼거든. 오늘 같이 못 먹을 거 같아. 응, 휴게실까지 다했어. 응, 이따 봐."

순옥은 복례와 통화를 마친 후 미선과 함께 카트를 끌고 용역업체 대기실로 내려갔다.

"몇 푼이나 한다고 도시락을 싸 다니나. 그냥 식당 밥 먹지."

미선은 순옥이 사물함에서 꺼내 온 도시락을 보고 눈을 휘둥
그레 떴다.

"엄마한테 밥 좀 얻어먹을라 캤더니, 이래 보고 내가 우째
밥을 삼키겠노. 내 차라리 벼룩 간을 뺏아 묵고 만다."

순옥은 미선에게 입술을 비죽 내밀며 변명 아닌 변명을 했다.

"너 사줄 돈은 있어. 엄마는 그냥 병원 밥 싫어서 그러는 거
야."

미선은 기가 막히다는 얼굴로 실소를 흘렸다.

"그게 병원 밥이가? 식당 밥이지."

"아무튼."

"그럼 병원 밥 싫은 사람이 힘든 병원 일은 와 하노? 이제 그
만 좀 쉬면 좋을 끼고만."

한숨과 함께 미선의 속내가 드러나고 말았다.

"너, 엄마 나이 돼서 집에만 있어봐라. 그것도 지지리 궁상
이지. 이렇게 일 다니면서 바깥 공기도 마시고 하면 얼마나 좋
은데."

순옥이 정문을 빠져나가며 크게 숨을 들이켰다. 폐를 가득
채우고 있던 병원 공기가 빠져나가고 신선한 바깥 공기가 들어
오자 기분이 한결 좋아졌다.

"치~. 세상에 일하는 거 좋은 사람이 어디 있노. 그냥 하는
소리겠지."

미선의 핀잔에 순옥은 빙긋 웃었다.

"너는 뭐 먹을래? 요 앞에 우동 집이라도 갈까?"

"괘안타. 난 여사님 도시락 드시는 거 구경하다가, 이따 집에 가 시어머니랑 예현이랑 같이 먹을 끼다."

두 모녀는 화사하게 꽃을 피운 목련 나무 아래 벤치에 자리를 잡았다. 병원 앞 주차장에 군데군데 마련돼 있는 벤치였다. 병원 소독약 냄새가 싫었던지, 순옥과 미선처럼 바깥에 나와 식사를 하는 사람들의 모습도 어렵지 않게 눈에 띄었다.

순옥이 식사를 마칠 즈음, 미선이 주머니에서 무언가를 꺼내 건넸다. 순옥의 눈이 동그랗게 커졌다.

"밸 거 아니고, 핸드크림하고 비비크림 좀 샀다. 안 그래도 아까 엄마 생각나서 샀는데 마침 잘됐다."

"뭐? 뭐 하러 이런 걸 사."

남은 음식을 우물거리던 순옥이 눈을 둥그렇게 떴다.

"여자는 손 아이가. 우리 엄마 고운 손에 주름 느는 것도 싫고, 햇볕에 예쁜 얼굴 타는 것도 싫다."

미선의 말에 순옥이 배시시 웃음을 흘렸다.

"우리 큰딸밖에 없네. 고맙다."

"이럴 때만?"

순옥은 그저 미소로만 답했다. 미선은 피식 웃더니 금세 다른 이야기를 꺼냈다.

"엄마는 예나 지금이나 우째 그리 똑같나……. 그거 생각나나? 우리 서울 흑석동 살 때. 내가 아마 우리 예현이만 했었을 끼다."

"흑석동에 살 때면…… 그렇겠네. 딱 네가 예현이 나이 때겠
네. 그때가 왜?"

순옥은 새삼 미선의 어린 시절이 떠올라 입가에 웃음을 머금
었다.

"시장 따라갔다가 문방구 앞에서 바비 인형 사달라고 내가
울고불고 난리 피웠다 아이가. 그날 집에 와서 회초리로 얼마
나 많이 맞았던지."

미선이 풋 웃음을 터뜨렸다. 지금 생각하면 왜 그리 철이 없
었는지, 그 인형 하나가 뭐라고 그렇게 난리를 피웠는지 알 수
없었다.

"아, 그거……. 그래, 지갑에 돈은 한 푼도 없는데 가게 주인
한테 창피하기도 하고 속상하기도 하고! 그놈의 고집하고는,
누굴 닮아서 그런지 몰라."

"엄마 닮았겠지, 내가 뭐~."

그 말에 순옥도 미선을 마주 보며 웃었다. 하긴 엄마 딸이니
까 엄마 닮았겠지 싶기도 했다.

미선은 원래 뭘 사달라고 조르거나 고집을 부리는 아이가 아
니었다. 첫째들은 다 그런가 싶다가도, 너무 일찍 철이 들어 엄
마를 미안하게 만드는 그런 딸이었다.

그랬던 미선이 처음으로 사달라고 울며 떼를 썼던 것이 그
바비 인형이었다.

"안 된다니까!"

집으로 돌아와서까지 계속해서 울며 조르는 딸을, 당시 순옥은 원망스러운 눈으로 바라보았다.

"딴 애들은 다 있다! 와 난 안 사주는데!"

회초리에 피멍이 든 종아리를 하고서도 미선은 잘못했다는 말을 끝내 하지 않았다. 순옥은 속상하기도 하고 화가 나기도 해서 어쩔 줄을 몰랐다. 하지만 서럽게 울다가 지쳐 잠든 미선의 얼굴을 보는 순간, 가슴이 아파 견딜 수가 없었다.

"사실 나 다 봤다. 그날 밤에 자다가 눈을 떴는데…… 엄마가 내 종아리에 안티프라민 발라주면서 막 울고 있는 거라."

거기까지 말하고 미선이 잠시 말을 멈추었다. 어느덧 옛일을 떠올리던 미선의 눈가에 눈물이 맺히고 있었다. 미선은 울먹이는 목소리로 말을 이었다.

"다음 날 보니까 내 책상 위에 바비 인형 한 쌍이 놓여 있고, 근데 엄마 손을 보니까 반지가 없는 기라! 참말로……, 엄마는 우째 예나 지금이나 그래 변함이 없노! 이제 좀 편하게 살면 누가 안 된다 카드나!"

감정에 북받친 미선의 눈에서 기어코 눈물이 주르륵 흘렀다. 순옥은 얼른 주머니에서 손수건을 꺼내 미선의 눈물을 닦아주었다. 그리고 울음을 삼키려고 이를 악무는 딸을 와락 끌어안았다.

"울지 마. 저번엔 너도 예현이 낳고 나니까 알겠다면서. 다

그렇게 사는 거야. 할머니도 엄마도 너도 우리 예현이도 다 그
렇게 살아가는 거야."

인생이 별건가. 그리고 행복이 별건가.

살아가는 속에서 가족이 서로를 품으며 슬픔을 나누고, 그
렇게 계속 살아가는 것. 그게 인생이고 행복이지.

순옥은 그렇게 생각했다.

집이 기억하고 있는 것들

2012년 3월

남겨진 사람이 가버린 사람을 품으며 슬픔을 지고 계속해서 살아가는 것. 그래야만 하는 게 삶이라면, 난 아직도 이 삶에 적응하지 못하고 있다.

드르륵, 득.

기차 문이 열리기에 하는 수 없이 부산 땅을 밟으며, 나는 내가 얼마나 삶의 부적응자인지를 다시금 실감했다.

올해 들어 나는 한 번도 집에 내려간 적이 없다. 가족들이 몇 번이나 불렀지만 일을 핑계로 계속 미뤄왔다. 되도록 기계적인 인간이 되려고 애쓰면서, 낯익은 버스를 타고 낯익은 길을 지나쳐 낯익은 동네에 들어섰다.

3월 말의 토요일 오후. 부산의 골목길은 올해도 비교적 따스했다.

골목길 코너를 돌아 아파트 단지로 꺾어 들어온 나는, 탐스러운 과일이 잔뜩 진열된 작은 과일가게 앞에 멈춰 섰다.

오늘 내려오면 제일 먼저 들르기로 한 곳이다.

"지금 오나?"

진열되어 있는 과일들을 이리저리 둘러보는데, 아버지가 묵직한 과일 박스 하나를 들고 나왔다. 가방을 바닥에 내리고 얼른 박스를 받아 진열대에 내려놓았다.

"이사는 잘했나?"

"네."

이미 전화로 주고받았던 얘기를 우리는 또다시 그대로 반복했다.

"니 엄마 목숨하고 바꾼 돈이다. 잘 살아라."

"……."

새로 옮긴 오피스텔 얘기다. 가슴 한구석이 갈퀴로 긁히는 것 같아서, 나는 고개만 끄덕이고 박스 포장을 대신 뜯어드렸다. 안에는 탐스러운 사과가 한가득 들어 있었다. 이 가게에도 엄마의 목숨 값이 포함되어 있었다.

"장사는 좀 어떻심니꺼."

"그런대로…… 피곤할 낀데 집에 가 쉬라."

무뚝뚝하게 대꾸한 아버지는 사과를 하나씩 하나씩 정성스레 닦기 시작했다.

"그라믄 저 먼저 들어갑니다."

아버지에게 인사한 후, 나는 마지못해 결국 최종 종착지로 발길을 틀었다.

낯익은 풍경, 낯익은 소리, 낯익은 바람 냄새 속을 지나며 나는 집을 향해 천천히 걸었다. 그렇게나 질질 발을 끌며 걸었는데도, 집이 있는 골목길 어귀에 도착하기까지는 정말이지 눈 깜짝할 새밖에 지나지 않았다. 눈에 가장 처음으로 들어온 것은 베란다에 널린 빨래들이었다. 마치 엄마가 널어놓은 듯 반듯하게 펼쳐진 빨래들 위로 눈부신 오후 햇살이 내리쬐고 있었다.

그걸 보고 현관 앞에 서자 더더욱 문을 열기가 망설여졌다.

나는 가만히 서서 눈을 감았다.

집 안에서 부지런히 부엌을 오가는 엄마의 모습이 아직도 눈에 선하다. 아들이 오는 날이면 아무리 고단해도 시장에서 음식 재료를 잔뜩 사다가 진수성찬을 차려주던 엄마였다. 특히나 한두 달을 거르고 올 때면, 닭을 한 마리도 아니고 두어 마리씩이나 사서 다 먹지도 못할 엄청난 양의 닭도리탕을 끓여주곤 했다.

하지만 저 안엔 이제 아무도 없다.

집에 오길 꺼렸던 것도 그런 이유에서였다. 머릿속으론 알고 있어도, 온몸으로 실감하고 싶지는 않다는 멍청한 미련 때문에. 언제나처럼 나는 서울에 있고, 엄마는 부산 집 어딘가에서 잘 계실 거라는 말도 안 되는 이상 감각을 뿌리째 포기하고 싶지 않은 미련 때문에.

이 집은 지금의 내겐 엄마의 영정 사진과 다를 바가 없다. 생생하게 떠올릴 수 있는 만큼 엄마의 부재를 더욱 더 뼛속에 새길 수 있는 것이다.

결심을 굳히고 집 안으로 들어간 건 현관 앞에서 한참을 미적거린 후의 일이었다.

엄마가 가꾸고, 엄마가 머물던 집 안의 모습은 크게 변화 없었다. 달라진 게 있다면, 한쪽 벽면을 가득 채운 가족사진들이 가장 먼저 나를 반겨주었다는 것.

아버지, 아니 누나들이 함께 꾸며놓았으리라.

나는 최면에 걸린 듯, 사진이 잔뜩 걸린 벽을 향해 다가갔다.

활짝 웃는 얼굴의 엄마가 그곳에 있었다. 꽃 같은 처녀 시절 친구들과 함께 찍은 사진부터, 아버지와의 수줍은 결혼사진까지는 모두 흑백이었다. 컬러 사진으로 넘어오면서는 어린 나를 안은 엄마, 졸업하는 작은누나의 손을 꼭 잡고 있는 엄마, 예현이 돌잔치 때 큰누나 앞에서 눈시울을 적시는 엄마, 그리고 아버지와 나란히 앉아 행복한 미소를 짓고 있는 엄마가 그 안에 있었다.

나는 저도 모르게 눈물을 흘리면서 멍청하게 웃고 있었다.

문득, 언젠가 이 집에 처음 이사 오던 날이 생각이 났다.

벌써 10년 정도나 전의 일이다.

아침엔 옛집에서 등교를 했는데 하교는 새 집으로 해야 했던 신기한 하루였다. 버스를 타고 와선 두리번거리며 집으로 들어서자마자, 엄마는 교복 차림의 까까머리 아들을 반갑게 맞아주셨다.

— 아들!

여기저기 정리 덜 된 이삿짐들이 널려 있는 와중에도 엄마는 나를 보자 신이 나서 손을 흔들어 보였다.

— 이게 우리 집이가, 엄마?

— 응!

싱글벙글한 표정으로 고개를 끄덕이는 엄마에게 나는 코를 벌름거리며 실없는 질문을 해댔다.

— 근데 이기 무슨 냄새고?

— 새 집이라서 그래. 페인트 냄새가 아직 안 말라서 그런가 보네.

— 헤에. 페인트 냄새가 이리 좋은 거였나?

집을 이리저리 둘러보다가 다시 보니, 엄마는 활짝 웃는 얼굴로 나를 향해 양팔을 크게 벌리며 대기 중이었다.

— 얏호!

그렇게 얼싸안고 거실을 한참이나 빙글빙글 돌던 게 엊그제 같은데, 벌써 10년이 지나고 어느덧 엄마는 이곳에 없다.

눈을 깜빡이며 물기를 털어내던 내 시선이, 벽을 가득 채운 사진들 중 한 장에 붙잡히고 말았다. 사진 속의 엄마는, 노란색 원아복을 입은 채 울고 있는 나를 안아서 달래고 있었다.

손끝으로 가만히 쓰다듬자 그때의 기억이 물 흐르듯 밀려들었다.

내 유치원 졸업과 큰 누나의 초등학교 졸업식이 겹치던 날, 가족끼리 외식을 한다고 차를 타고 나갔다가 길거리에서 혼자 엄마를 놓치고 엉엉 울었던 적이 있다. 다행히 가족들이 나를 찾고 엄마가 달래주는 동안, 고개를 설레설레 저으면서도 그 모습을 아버지가 카메라에 담아버린 사진이었다.

— 아들! 나중에 장가가서도 엄마랑 같이 살 거야?

그날, 무릎을 베고 누운 내게 엄마가 물었다. 돌아오자마자 옷도 갈아입지 않은 채 엄마에게 안겨 어리광을 부리던 나는 언제 울었냐는 듯 히죽 웃었다.

— 와. 같이 안 살까봐 걱정되나?

엄마는 웃으며 고개를 저었다. 어린 나는 보란 듯이 가슴을 내밀고 큰소리쳤다.

— 엄마가 꼬부랑 할머니 돼갖고 아들 얼굴도 몰라보는 병에 걸리가 내를 맨날 맨날 욕하고 때려도 내는 엄마랑 같이 살 거다! 그라이까 걱정하지 마라! 엄마는 오래 오래 곁에만 있어주면 된다.

마냥 흐뭇한 얼굴로 바라봐 주던 엄마의 눈길이 지금도 사무치게 그리웠다.

그날 이후로 내내 참아왔던 울음을 더는 막을 수가 없었다.

기억하고 싶지 않았던 것들을, 집은 나 대신 모두 기억하고 있었다.

터져 나온 울음은 어느새 흐느낌으로 변했는데도, 집은 너무도 고요하기만 했다. 너무도 적막하기만 했다.

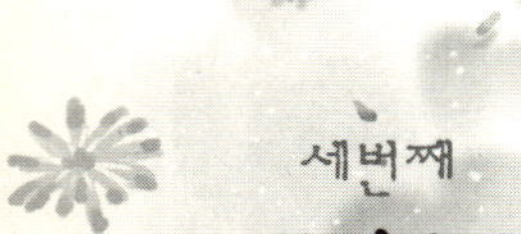

봄날은 간다

\# 2011년 5월

"후우."

장을 보고 돌아온 순옥이 지친 얼굴로 마루에 주저앉았다.

아무도 없는 집 안은 고요했다. 고요하다 못해 적막감이 흘렀다. 시곗바늘 똑딱거리는 소리도, 덜 잠긴 수도꼭지에서 물방울 떨어지는 소리도 나지 않았다. 바람조차 흐르지 않고 순옥의 곁에 가만히 엎드려 있었다.

병원 일을 하기 시작한 뒤 보름달이 두 번 더 지나갔다. 5월에 접어들자 그 사이 병원 일에도 요령이 생겨, 청소하는 순옥의 손놀림에는 거침이 없었다. 이제는 선배인 복례보다도 속도가 빨랐다. 어쩜 그렇게 손끝이 야무지우, 복례가 혀를 내두르

56

며 하는 말에도 순옥은 그저 웃기만 했다.

순옥의 일은 거기서 끝나지 않았다. 병원에서 퇴근한 뒤에도 산더미처럼 많은 집안일이 순옥을 기다리고 있었다. 용역업체 직원에서 가정주부로 직종이 바뀔 뿐, 순옥의 고된 손은 멈출 줄을 몰랐다.

그건 오늘도 마찬가지였다.

순옥은 쇳덩이처럼 무거운 몸을 이끌고 외출복을 벗은 후, 집에서 입는 편한 옷으로 갈아입었다. 그 김에 가득 찬 세탁 바구니를 들고 세탁실로 들어가 구형 세탁기를 작동시켰다. 오래된 세탁기가 덜컹덜컹 요란한 소리를 내며 들썩였다.

빨래가 돌아가는 사이, 순옥은 고무장갑을 끼고 싱크대 앞에 섰다. 아침부터 차곡차곡 쌓인 식기들이 순옥을 기다리고 있었다. 남편이 투덜거리며 챙겨 먹었을 밥그릇, 미현이 출근 전에 대충 비벼 먹었을 사발, 이런저런 접시에 물컵까지.

"응?"

설거지를 끝낼 즈음 순옥이 세탁실을 돌아보았다. 너무 시끄러워 아래층에서 항의가 들어오지 않을까 싶을 정도로 신나게 덜컹거리던 세탁기 소음이 거짓말처럼 뚝 멈춰버렸다. 빨래가 벌써 끝났을 리는 없었다.

순옥은 얼른 고무장갑을 벗고 세탁실로 달려갔다.

"또 말썽이네."

세탁기가 잠잠했다. 뚜껑을 열어보니 물은 여전히 한가득 고여 있었다. 늘 있는 말썽이었기에 순옥은 크게 놀라지 않았다. 익숙한 손놀림으로 전원을 껐다가 다시 동작 버튼을 눌러보고, 세탁기 통을 붙잡고 흔들어보기도 하고, 발로 몇 번 가볍게 차보기도 했다.

하지만 세탁기는 요지부동이었다. 이미 한두 번 고장 난 세탁기가 아니다. 잘 돌아가다가도 어느 순간에 갑자기 멈춰버려서 순옥의 고생이 이만저만이 아니었다. 벌써 2년은 된 일이었다. 영재나 미현이 세탁기 하나 사자고 그렇게 말을 해도 순옥은 늘 아빠가 고치면 돼, 하곤 한 귀로 듣고 한 귀로 흘려버렸다.

하지만 순옥 역시 잘 알고 있었다. 이제는 남편조차 어찌 못할 단계가 되어가고 있다는 걸.

순옥은 어쩔 수 없다는 얼굴로 빨래용 고무장갑을 찾아서 꼈다. 그리고 세탁기 안에서 빨랫감들을 일일이 건져낸 후, 대야에 담아놓고 한쪽 구석에서 빨래판을 꺼냈다.

가녀린 몸과는 달리 억척스러운 손놀림이었다. 물에 젖어 무거워진 빨래를 하나하나 꺼내 세제를 풀어놓은 물에 담근 뒤, 순옥은 빨래판에 대고 박박 문질렀다. 욕실 바닥이 순식간에 하얀 거품으로 바글바글했다.

그 거품을 보면서 순옥이 느낀 건 한 가지 감각이었다.

외로움.

순옥에게는 피로보다 더 참기 어려운 것이 외로움이었다. 큰딸을 시집보내고, 막내를 대학에 보낸 뒤에 시도 때도 없이 찾아오던 외로움. 한동안 잊고 살았나 했더니, 미현이 야근하는 날에 남편마저 늦게 오니 또다시 이렇게 가슴이 텅 비어버린 듯 허전해지는 것이다.

쓸쓸함이란 말로는 다 설명할 수 없는, 오롯한 우울.

그렇게 무거운 침묵이 고스란히 피로와 하나가 되어 순옥의 어깨를 짓눌렀다.

겨우겨우 세탁을 마친 순옥은, 거실에 주저앉아 지친 얼굴을 한 채 한 손으로 뭉친 어깨를 주무르다가 문득 전화기를 들었다.

몇 번의 신호음이 흐르고, 연세 지긋한 노인이 어눌한 목소리로 전화를 받았다.

[여보세요.]

순옥은 보이지도 않는 상대를 향해 일부러 활짝 웃으며 입을 열었다.

"엄마. 부산 순옥이!"

[아이고, 우리 큰딸!]

서울에서 큰아들과 함께 살고 있는 순옥의 노모였다. 자식에 손자까지 있는 순옥이었지만 아직도 엄마 앞에선 일곱 살 아이처럼 천진난만하기만 했다. 반가운 순옥의 목소리에 힘입어, 여든 노모의 목소리까지 덩달아 밝아졌다.

"잘 계시지요? 사는 게 바빠서 전화도 자주 못 드리네."

[나야 잘 있지. 전화 좀 자주 안 허면 어떠냐……. 너만 잘 살면 되지.]

늘 하는 말이지만 언제 들어도 가슴 뭉클한 소리였다. 순옥은 저도 모르게 전화기를 두 손으로 꼭 쥐고 천천히 눈을 깜박였다. 수화기 너머 먼 곳에서 엄마의 체온이 전달되는 것만 같았다.

내 걱정은 말거라. 너만 잘 살면 나는 아무 걱정 없단다.

시집오기 전에도, 시집온 뒤에도, 아이를 낳고 그 아이를 기르면서도 늘 같은 소리였다. 멀리 떨어져 사는 부모 자식 간의 평범한 대화. 하지만 순옥은 이제 그 평범하고 별것 아닌 말의 무게와 진심을 아는 나이가 되어 있었다.

그래서일까. 이렇게 목소리를 듣는 것만으로도 순옥에겐 큰 힘이 되었다. 어깨를 짓누르던 피로와 고독까지 모두 엄마의 따스한 체온에 씻겨 내려가는 것만 같았다.

[근데 어디 아프냐? 목소리가 영 힘이 없다.]

딴에는 명랑하게 말하려고 노력한 건데, 역시 엄마의 눈까지 속일 수는 없었다. 두 손으로 전화기를 꼭 쥐고 있던 순옥이 고개를 설레설레 저었다.

"아프기는. 조금 피곤해서……. 엄마! 나 엄마 노래 듣고 싶어서 전화했어요."

[노래? 뜬금없이 노래는 무슨 노래여.]

"엄마 노래 들으면 기운이 날 것 같아서……. 왜 있잖어. 엄마 18번, 봄날은 간다."

수화기 건너편에서 봄바람이 새는 듯, 엄마의 웃음소리가 났다.

[인자 다 까먹어서 몰라야.]

"엄마 노래 잘했잖어."

이제는 까마득한 70년대, 곱고 앳된 얼굴의 순옥이 매일같이 밭에 나간 엄마 대신 동생들을 돌봐야 했던 날이었다. 아직 배냇저고리조차 벗지 못한 동생이 젖이 고파 울음을 보채자, 순옥은 결국 그 길로 아이를 업고 엄마를 찾아 나섰다.

그리고 그 몇 평 되지 않는 밭에서 혼자 신명 난 엄마를 만났다.

고된 밭일, 신이 날 리 없는데도 하얀 무명 보자기를 머리에 뒤집어쓴 엄마의 입에선 구성진 노랫가락이 흘러나왔다. 호미 자루가 고랑을 따라 움직이며 자갈을 골라낼 때마다 길게 꺾어지던 엄마의 〈봄날은 간다〉.

순옥은 그날의 풍경을 잊을 수가 없었다. 이리 나이가 들어서도 엄마 생각이 날 때면 늘 그 노래가 함께 떠올랐다.

그래서였을 것이다. 남편이 먹다 남긴 그릇을 설거지할 때도, 다 큰 딸내미가 던지듯 벗어놓은 빨래를 모을 때도, 차비까지 아껴가며 비탈길을 걸어 다닐 때도, 순옥은 무심결에 엄마의 노래를 흥얼거렸다.

[다 옛날 얘기지. 다 흘러간 얘기야.]

꼬부랑 할머니가 된 엄마는 그때처럼 당신 혼자 신나서 노래를 부르지 않았다. 순옥은 그런 엄마가 못내 서글퍼, 결국 자신이 먼저 노래를 부르기 시작했다.

“연분홍 치마가 봄바람에…….”

[순옥아…….]

전화기 건너편에서 엄마의 아련한 목소리가 들렸다. 끊어질 듯 가냘픈 순옥의 노래를 가만히 귀 기울여 듣고 계신 것이었다. 그러더니 이내 순옥의 노래에 맞추어 구성진 가락을 뽑아내기 시작했다. 순옥이 한 소절을 부르면 엄마가 한 소절을 받았다. 급기야 모녀는 신이 나서 전화기를 들고 집 안을 이리저리 오가며 노래를 불러댔다.

꼭 그 시절로 돌아간 것 같았다. 엄마가 밭을 매는 사이, 동생을 업은 순옥이 그 옆에 쪼그리고 앉아 노래를 따라 부르던 때. 그러면 울며 보채던 아기도 어느새 울음을 그치고 곤히 잠들어 있곤 했다.

그때의 봄날은 그렇게 갔다.

노래가 끝나고, 두 모녀는 누가 먼저랄 것도 없이 웃음을 터뜨렸다.

“엄마. 고마워요. 기운이 나네.”

[그래. 덕분에 나도 기운이 난다.]

“또 전화할게요.”

[그래, 그래. 순옥아. 아프지 말고…… 니 몸 간수 잘허고.]

이제는 허리가 굽어서 제대로 서지도 못하는 양반이, 다리가 아파서 오래 걷지도 못하는 양반이 내내 자식 걱정이다. 순옥은 찌르르 울리는 가슴을 움켜쥐고 애써 고개를 끄덕였다.

"알았어. 엄마도 건강해야 해요. 자주 찾아뵙지 못해서 미안해요."

[괜찮다, 괜찮어. 너만 안 아프면…… 에미는 다 괜찮어.]

"영재한테 한번 들르라고 할게."

[아이고. 아니다, 애야. 우리 큰손자가 얼마나 바쁜데…… 그러지 말아라. 알았지?]

"바쁘긴……. 알았어."

뚜─.

통화가 끝난 수화기는 간헐적으로 뚜─ 뚜─ 소리만 냈다. 순옥은 통화가 끝난 뒤에도 한참이나 수화기를 들고 서 있었다. 분명 전화는 끊었고 엄마는 저 먼 곳에 있는데, 여전히 귓가에선 엄마의 노랫소리가 울렸다.

"연분홍 치마가 봄바람에……."

뻣뻣하게 굳어 아프던 어깨의 통증이 한결 나은 것도 같았다. 무겁기만 하던 다리도 조금은 더 움직일 수 있을 것 같았다.

아직도 손대지 않은 집안일들이 곳곳에서 순옥의 손길을 기다리고 있었다. 하지만 아까처럼 까마득하게 느껴지지는 않았다. 순옥의 손은 다시금 노랫가락을 따라 물 흐르듯 움직였다.

* * *

"저…… 순옥 아지매. 잠깐 보입시더."

복례와 함께 퇴근계를 찍고 밖으로 나가려던 순옥이 뒤를 돌아보았다. 작업반장이 어울리지 않게 심각한 표정으로 서 있었다.

무슨 일인가 싶어 복례를 바라봤지만 딱히 이유를 아는 것 같아 보이진 않았다. 순옥은 먼저 가라며 복례의 등을 떠밀고 작업반장을 향해 돌아섰다.

"나는 먼저 갈라네, 언니."

"아, 응. 내일 봐."

작업반장은 다른 아줌마들이 다 나갈 때까지 기다렸다가 담배에 불을 붙였다. 대기실 안에 하얀 담배 연기가 흩어졌다. 젊은 작업반장 앞에 두 손을 모은 채 순옥은 꼭 벌 받는 사람처럼 서 있었다.

"에휴~."

길게 한숨까지 내쉬던 작업반장이 다 피우지도 않은 담배를 도로 재떨이에 비벼 꺼버렸다.

"저기, 무슨 일 때문에 그러……."

"순옥 아지매. 여기 온 지 얼마나 되셨습니꺼?"

작업반장이 대뜸 순옥의 말을 자르며 물었다. 갑자기 그런 건 왜 묻는 것일까. 순옥은 불안한 마음에 평소보다 더 작은 목소리로 대답했다.

"이제 세 달째 되가는 것 같은데요."

"그런가예."

작업반장은 괜히 뜸을 들였다.

도대체 무슨 말을 하려고 그러나.

순옥은 잔뜩 긴장한 손바닥에 까칠한 손가락을 문지르며 그가 입을 열기만을 기다렸다.

"아지매요. 이번에 저희 업체가 규모를 좀 줄인다 캅니다. 비싼 청소 기계를 무리해가 들이는 바람에……"

"네……. 근데 그게 저하고 무슨……?"

"청소 아지매들 몇 명을 그만 일하게 하라꼬 지시가 내리와가……. 여러 가지로 고심, 고심하다가 일한 지 얼마 안 된 아지매들 몇 명 명단이 올라간 거라예."

거기까지 들은 순옥은 그제야 작업반장이 말하고자 하는 바를 알아듣고 고개를 숙였다. 그는 그러니까, 그만두라는 말을 하려던 거였다. 왜 다른 아줌마들이 모두 나갈 때까지 안절부절못하며 기다렸는지, 왜 쉽사리 말을 꺼내지 못하고 한숨만 푹푹 쉬었는지 대번에 이해가 갔다.

"이거 요번 달까지 일하신 걸로 쳐서 넣었심더."

작업반장이 하얀 봉투 하나를 순옥 쪽으로 내밀었다. 순옥은 서글픈 얼굴로 흰 봉투와 작업반장을 번갈아가며 쳐다보았다. 그는 차마 순옥과 눈을 마주치지 못해 애꿎은 벽만 노려보고 있었다.

"죄송합니더. 내일부턴 안 나오셔도 됩니다."

그 말을 끝으로 작업반장마저 대기실을 빠져나갔다.

순옥은 자신에게 남겨진 봉투를 막막한 표정으로 바라보았

다. 하염없이 바라보고, 또 바라보았다. 하지만 그런다고 상황
이 변하는 건 아니었다. 순옥은 천천히 봉투를 집어 들고 가방
안에 넣었다. 연이어 자신의 사물함을 열고 소지품을 정리하기
시작했다.

소지품이라고 해봤자 영재의 사진과 관광 엽서가 전부였다.
순옥은 사진과 엽서를 손수건으로 곱게 싸서 가방 안쪽에 넣었다.

병원을 빠져나와 집으로 가는 버스에 오르니, 그제야 실감
이 나기 시작했다. 순옥은 빠듯한 살림에 구명줄 같던 직장을
잃은 것이다.

투둑. 툭. 투두둑.

얼마 지나지 않아 굵은 비가 쏟아지기 시작했다. 버스 창문
을 두드리는 빗방울 소리에, 고개를 숙인 채 상념에 잠겨 있던
순옥은 멍하니 고개를 들어 어두워진 하늘을 올려다보았다. 하
지만 이미 무수한 빗방울로 얼룩진 유리는 순옥에게 제대로 된
하늘을 보여주지 않았다.

쏴아아아아.

그저 소리로만 빗줄기가 굵어졌음을 알 수 있었다. 비와 함
께 순식간에 부산 시내에 어둠이 내리깔렸다.

[이번 정류장은…….]

버스가 집 앞 정류장에 도착했다. 순옥은 재빨리 정류장 지
붕 안쪽으로 몸을 피한 뒤, 쏟아지는 장대비를 우울한 얼굴로
바라보았다.

함께 내린 승객들은 미리 챙긴 우산을 꺼내거나, 마중 나온 사람과 함께 하나둘 떠나갔다. 지나가는 비겠거니 하고 정류장 의자에 앉아 하염없이 기다려봤지만 비는 멈출 기색이 없었다.

[고객님이 전화를 받을 수 없어…….]

혹시나 싶어 남편에게 전화를 걸어봤으나 별 소용은 없었다. 도대체 어디를 간 건지 통 전화를 받지 않았다.

결국 순옥은 작은 가방으로 머리를 가리고 집을 향해 냅다 달리기 시작했다. 순식간에 온몸이 비에 젖어들었다. 긴 치마가 흠뻑 젖은 채 다리에 휘감기고, 머리카락에서 떨어진 빗방울이 목덜미 안쪽으로 스며들었다.

서두른다고 달리긴 했는데 금세 숨이 차올랐다. 나이가 들어서 그런지 금세 목 안이 찢어질 듯 아파지고 가슴 한쪽이 욱신거렸다. 순옥은 가쁜 숨을 몰아쉬며 쿨럭쿨럭 기침을 하고는 근처 상가 처마 밑으로 들어갔다. 아직 집으로 가려면 한참 멀었는데, 이미 물에 빠진 생쥐 꼴이었다.

빗발은 여전히 거세게 쏟아지고 있었다. 순옥은 처마 밑에 서서 덜덜 떨리는 손으로 손수건을 단단히 여몄다. 가방 안쪽에 집어넣은 영재의 사진과 엽서가 걱정되어서였다. 내친 김에 젖지 않도록 좀 더 깊숙한 안쪽에 집어넣기까지 했다.

옷은 이미 흠뻑 젖었고, 가방을 타고 내려온 빗물이 머리와 얼굴까지 온통 적시고 있었다. 화장은 지워진 지 오래다.

이쯤 되고 보면 이제 더 이상 달릴 필요도 없었다. 오히려 시원하게 쏟아지는 비를 맞고 있으니 답답했던 가슴이, 어지럽던 머리가 시원해지는 것 같았다.

끼익.

집에 도착한 순옥은 아파트 현관문을 열고 들어갔다. 순옥의 옷에서 빗물이 뚝뚝 떨어져 현관이 금세 흥건하게 젖었다.

거실에선 광섭이 라면을 먹으며 TV 바둑 프로그램에 심취해 있었다. 현관문 열리는 소리에 고개를 돌렸던 광섭은 비에 흠뻑 젖은 순옥을 힐긋 바라보곤 다시 TV로 시선을 돌렸다.

"오늘도 집에 있었어요?"

순옥이 소파 쪽으로 다가와 옆에 걸린 수건을 집어 들며 물었다. 광섭은 TV에서 눈을 떼지 않은 채 무심하게 답했다.

"낮엔 기원 갔다."

"거기 말고요."

"좀 지나니게 이만치 비 오는데 가긴 어딜 가노. 쯧. 니는 택시나 타고 오지 그거 아낀다고 버스 타고 왔나? 저 젖은 거 봐라. 쯧쯧."

몸은 차갑고 젖은 옷이 피부에 달라붙어 숨이 막힐 것 같았던 순옥이다. 남편이 TV 보느라 전화를 안 받는 것도, 순옥에게 퉁명스럽게 핀잔을 주는 것도 하루 이틀 된 일이 아니다.

하지만 오늘은 그래선 안 되었다. 오늘만큼은. 더 이상 참을 수 없었던 순옥이 머리를 닦던 수건을 꼭 쥐고 버럭 소리를 높였다.

“내가……!”

순옥이 발끈하자 남편 광섭은 깜짝 놀라 아내를 돌아보았다. 순옥은 평소에 결코 큰 소리를 내는 법이 없었다. 언제나 조용하고 차분하게 남편의 말을 듣는 여자였다.

그런데 오늘만은 어쩐지 별 생각 없이 던진 말에 버럭 소리를 치고는 저리도 원망스런 눈으로 자신을 바라보고 있었다. 덜컥 놀란 광섭은 한껏 굳어서 순옥을 바라봤다. 아직도 거실 한쪽에 선 채 빗물을 뚝뚝 떨어뜨리며 서 있던 순옥이, 차마 나오지 않던 목소리를 다시금 쥐어짜냈다.

“내가, 내가 누구 때문에 이렇게 사는데……!”

순옥의 눈동자에 차오른 건 참고, 참았던 오랜 원망이었다. 그리고 그 원망은 곧 눈물이 되어 흘러내렸다.

“젠장!”

온갖 복잡 미묘한 감정이 뒤섞인 채 일그러진 얼굴을 하고 있던 광섭이, 뒤늦게 버럭 소리를 지르며 젓가락을 바닥에 팽개쳤다. 그리곤 그대로 안방으로 들어가 버렸다.

“흑…… 흑흑…….”

남편이 들어간 후 순옥은 허물어지듯 바닥에 주저앉았다. 비에 젖은 옷이 천근만근 무겁게 느껴졌다.

“미선 아빠……. 나 왜 이렇게 힘들게 살지……?”

홀로 힘들게 중얼거려봐도 광섭에게선 대답이 돌아오지 않았다.

순옥은 알고 있었다. 저렇게 버럭 소리를 지르고 들어간 광
섭도, 안에서 가슴 아파하고 있을 거라는 걸.

다음 날 아침.
"돈 있나."
아침부터 어딜 나가나 했더니 광섭이 퉁명스레 물었다. 순
옥은 새삼 남편의 눈치를 보다가 주머니에서 꼬깃꼬깃한 만 원
짜리 지폐 한 장을 꺼내 건넸다.
"저⋯⋯."
돈을 받아 챙긴 뒤 얼른 나가려는 남편의 뒤통수에 순옥이
머뭇머뭇 말을 걸었다. 하지만 광섭은 들은 척도 안 하고 현관
문을 열었다.
"아니에요. 어서 다녀와요."
오히려 순순히 다녀오라고 하니 마음에 더 걸렸는지, 막 문
을 나서려던 광섭은 발걸음을 멈췄다. 안 그래도 광섭 또한 어
제의 일로 잠도 편히 못 잔 상태였다. 그는 잠시 망설이다가 불
퉁한 얼굴로 슬쩍 뒤를 돌아보았다.
"무슨 할 말 있나."
"안락동 김씨네 공사 현장에 함바집 있잖아요. 거기 일할 사
람 필요 없나 좀 알아봐 줘요."
"밤새 잠 설치가 그 생각 했나?"
광섭이 퉁명스럽게 순옥의 말을 받았다. 밤새 뒤척이며 다

른 일자리가 없는지 고민했던 것을 눈치챈 모양이었다.

"아니, 뭐, 내가 그만두고 싶어서 그만뒀나? 들어갈 돈은 많은데 그럼 어떡해. 돈 나올 데는 없는데. 아무튼 잘 다녀와요."

순옥이 변명하듯 중얼거리자 돈 얘기가 듣기 싫었던 광섭이 다시 등을 돌렸다. 그런데 그때, 투덜거리며 인사하던 순옥이 갑자기 목을 움켜쥐고 날카로운 신음을 흘렸다.

"……아야!"

"와 그라노."

깜짝 놀란 광섭이 순옥을 돌아보았다. 순옥은 고통에 인상을 찌푸리면서도 어서 나가라는 듯, 괜찮다며 손을 내저었다.

"어제 비 맞은 것 때문에 그러나. 목이 좀 따갑고 뻐근하네. 들어올 때 약 좀 사다 줄래요?"

"약만 갖고 되나……! 아프면 병원을 가라! 미련 곰탱이처럼 그카지 말고. 그칸다고 자식새끼들이 알아주길 하나, 잘난 서방이 알아주길 하나!"

광섭이 버럭 소리를 질렀다. 현관문 닫는 소리가 쾅하고 울렸다. 아픈 목을 주무르던 순옥이 입을 비죽 내밀었다.

"으이그, 화상아. 말뽄새하고는."

남편의 퉁명스러움이야 수십 년 익숙해진 것이니 괜찮다. 그가 내던지고 간 말이 그래도 걱정이 돼서 하는 소리라는 것도 잘 알고 있었다. 그래도 매번 서운하기는 해서, 순옥은 애꿎은 현관문만 노려보았다.

　그런데 아무리 문질러도 목의 통증이 사라지질 않았다. 밉살맞기는 하지만 이번만큼은 남편이 하는 말을 들어봐야 할 것 같았다. 순옥은 옷을 갈아입고 그 길로 동네 병원을 찾아갔다.

　"흠. 내시경 한번 찍어봅시다."
　"내시경이오?"
　나이 지긋한 동네 의사가 별거 아니라는 듯 진료 의자를 가리키며 말했다.
　"별거 아니니까 그냥 한번."
　"……알았어요."
　"이쪽으로 오세요."
　순옥이 커다란 의자로 자리를 옮기자 등받이가 뒤로 넘어갔다. 순옥은 진료 의자에 눕다시피 몸을 젖히고 앉아 입을 벌렸다.
　의사는 내시경 기계를 작동시킨 후, 초소형 카메라를 쭉 뽑아 순옥의 입으로 집어넣었다. 내시경 모니터에 목 안쪽의 모습이 생생하게 뜨기 시작했다.
　"흠."
　그냥 물리치료나 받아볼까 싶어 온 길이었다. 한참을 내시경 카메라를 움직이며 순옥의 목 안쪽을 들여다보던 의사가 흠, 무거운 헛기침을 내뱉더니 순옥의 입에서 카메라를 꺼냈다. 그리고는 자리로 가 앉은 채 한동안 책상을 검지로 두들기며 생각에 잠겼다.

"잠깐만 봅시다. 근육 뭉친 건 따로 풀어드릴 테니……."

순옥이 어렵게 몸을 일으켜 앉자 의사가 순옥의 쇄골 바로 위, 목 부위를 손으로 만져보고는 고개를 저었다.

"요즘 기침은 없던가요?"

"비를 호되게 맞고 나서 기침을 조금 하긴 했는데 지금은 또 괜찮아요."

의사의 얼굴엔 표정이 없었다. 하얀 진료 차트에 알 수 없는 영어를 휘갈기는 그의 손끝을, 순옥이 불안한 눈으로 쫓고 있었다.

"목에 종기 같은 게 보이는데 조직 검사 한번 해보셔야겠네요."

의사가 순옥을 지긋이 바라보며 담담하게 말했다.

"네?"

순옥은 자기도 모르게 숨을 크게 들이마셨다.

"여기서는 힘들고 대학 병원을 가보셔야 할 건데……."

순옥은 주름진 손바닥에 차오른 식은땀을 옷자락에 문질러 닦았다. 그리고 힘겹게 말문을 열었다.

"대학 병원에 아는 의사…… 인턴이 있긴 한데요."

"소견서 써드릴 테니까 되도록 빨리 가서 조직 검사부터 하세요."

"네……."

순옥은 동네 병원을 나서자마자 얼마 전까지 청소부 일을 하던 대학 병원으로 향했다. 괜히 불안하고 마음이 급했다.

넋 나간 사람처럼 정신없는 와중에도 순옥의 발은 자연스레 익숙한 버스 정류장으로 향하고 있었다.

[니는 택시나 타고 오지 그거 아낀다고 버스 타고 왔나?]

문득 어젯밤 남편이 한 말이 떠올라, 순옥은 걸음을 멈추었다.

"지금 타라고 한 건 아니지만, 뭐 어때."

마음이 바뀐 순옥이 빈 택시를 향해 손을 뻗었다. 그리고 택시에 올라타자마자 휴대폰 주소록을 뒤적여 전화를 걸었다.

"여보세요. 안녕하세요. 혹시 찬호네 어머님 되시나요? 아휴, 안녕하세요! 다행이네요, 여태 전화번호 안 바뀌어서! 저 영재 엄마예요. 네, 안락동에서……."

대학 병원에 도착하자 미리 연락을 받았는지, 찬호가 나와서 순옥을 기다리고 있었다. 순옥은 오래지 않아 진료실에 들어갈 수 있었다.

"찬호 때문에 그래도 빠르네. 바쁠 텐데 이제 가봐. 내가 알아서 할게."

"아입니더. 괜찮심니더. 병원 길도 복잡한데 제가 안내해드리겠심더."

찬호가 고개를 저었다. 이런 상황에서 아는 사람이 옆에 있다는 게 얼마나 큰 힘이 되는지 찬호는 잘 알고 있었다. 찬호는 순옥과 함께 병리 검사실로 향했다.

“잠시만 기다려주세요.”

“빨리 좀 부탁드립니다.”

찬호가 간호사에게 당부하며 뒤를 바라보았다. 순옥은 다소 상기된 표정으로 의자에 앉아 기다렸다. 찬호는 되도록 밝은 표정으로 순옥에게 다가섰다.

“어무이요. 겁나심니꺼?”

“겁나기는 무슨.”

“하하. 별로 안 아플 깁니다.”

찬호가 웃으며 말했다. 밝은 찬호의 표정을 보니 순옥의 긴장도 다소 풀리는 것 같았다.

“김순옥 씨, 들어오세요.”

때마침 간호사가 순옥을 불렀다. 순옥은 한 차례 심호흡을 하며 자리에서 일어났다.

“같이 들어갈까예?”

“내가 애도 아니고 검사실까지 무슨……. 여기까지 와준 것도 고마워. 이제 진짜 들어가 봐. 더는 내가 불편해서 그래.”

“알겠심더. 들어가 보겠심더.”

“영재한테는 아무 말 하지 말아. 괜히 걱정 끼치고 싶지 않아.”

“네. 말 안 하겠심더.”

찬호의 확답을 듣고 나서야 순옥이 안심하며 안으로 들어갔다. 작고 여윈 등이었다. 찬호는 순옥의 뒷모습을 보며, 아주 길고 무거운 한숨을 내쉬었다.

― 친구 어머니랬나. 친구에게 뭐라 할지 생각해두는 것도 나쁘진 않을 거다.

순옥을 진료했던 선배 의사가 한 말이 찬호의 머릿속을 맴돌았다. 어느새 찬호의 얼굴에는 불안함과 착잡함이 가득 들어차 있었다. 찬호는 무거운 걸음으로 검사실 앞을 벗어났다.

순옥이 병리 검사실 안으로 들어가자, 의사가 바늘이 기다란 주사를 들고 기다리고 있었다. 잔뜩 겁먹은 순옥의 시선이 주삿바늘에 고정된 채 떨어질 줄을 몰랐다.

"쇄골 위에 찌를 거구요. 쪼매 아프실 겁니대이."

"……!"

과연 쇄골 위로 주삿바늘이 파고들자 저절로 양손에 힘이 잔뜩 들어갔다. 비명조차 지르지 못한 채 순옥이 아랫입술을 꽉 깨물었다. 잔뜩 구겨진 미간 위로 고통에 겨운 식은땀이 송골송골 맺히기 시작했다.

"검사 결과는 3일 후에 나오니까예. 2시에서 5시 사이에 오시면 되예."

"네. 감사합니다."

순옥은 간신히 간호사에게 인사를 하고서 병원을 빠져나왔다.

무거웠다.

어깨가 무겁고 공기도 무거웠다. 당장이라도 하늘이 무너져 내릴 것같이 무거웠다.

　삶이, 무겁기 그지없었다.

　그리고 이틀 후.

　[정밀 검사가 필요할 것 같아 미리 전화 드렸습니다…….]

　병원에서 걸려 온 한 통의 전화에, 순옥의 하늘은 무너져 내렸다.

네번째
바보짓, 헛짓

2012년 3월

"이걸로 배가 차겠나? 오늘은 내 쏠 테니께 맘껏 시키뿌라."

전화를 받자마자 꼼장어 골목으로 출동한 찬호가 약속대로 꼼장어를 샀다.

호기롭기까지 한 찬호의 선언에, 미역국을 한 숟갈 떠먹다 피식 웃음을 흘렸다.

"돌팔이, 니 내한테 무신 원수 졌나? 배 터져 죽으라 카게?"

참숯 통에 깔아놓은 석쇠 위에선 이미 꼼장어 여러 마리가 지글지글 소리를 내며 오그라들고 있었다. 더불어 그 뒤로는 구이용 조개 한 바가지가 대기 중이었다. 장정 서넛이 과식을 해도 충분히 남을 만한 양이다.

오랜만에 실컷 울고 나선지 속이 헛헛해지긴 했지만, 그래도 이건 좀 아닌 것 같았다.

"니가 하도 안 와가 내 반가와 그란다, 이 무심한 넘아."

빨갛게 익은 꼼장어를 말없이 뒤집으려니, 찬호가 나를 향해 눈을 한번 부라리고는 소주잔을 채웠다.

연거푸 세수를 했지만 눈이 잔뜩 충혈된 데다 퉁퉁 부었는데, 녀석은 내 얼굴을 뻔히 봤으면서도 쓸데없는 질문은 일절 하지 않았다. 이럴 땐 여러 모로 기특한 녀석이다.

"이모, 여기 소주 한 병 더 주소!"

소주병의 술이 반도 더 남았는데 찬호는 벌써부터 추가 주문을 했다.

"와 자꾸 시키노? 내 인자 많이 안 마신다. 모레 출근할라믄 내일 일찍 출발해야 하고."

그러면서도 내가 녀석의 빈 잔에 술을 채워주는 걸 보고, 찬호가 피식 웃으며 술잔을 높이 들었다.

"자, 자! 다 잊고 묵고 마시다 죽어뿌라. 주말에 죽었다가도 월요일에 살아나가 다시 출근하면 된다 안 카나!"

술잔을 맞댄 후 소주를 들이키던 나는 그 말에 흠칫했다.

작년 봄에도 저런 말을 들은 적이 있었다. 술을 권하는 우스갯소리. 잊고 싶은 그 밤에도 꼭 저런 말을 들었다.

2011년 5월

"와하하하!"

"이모, 여기 소주 한 병 더요!"

도대체가 직장인의 스트레스라는 건 술이 아니면 풀리지 않는다는 듯, 회사 주변의 금요일 밤거리는 매주가 요란했다. 마침 그 전날인 목요일은 어린이날이어서, 다른 회사의 애 아빠들은 육아 스트레스마저 심히 쌓였는지 더욱 광란의 밤을 즐기고 있었다.

우리 팀도 모두들 정신을 놓아버리긴 매한가지였다. 대규모 웹디자인 프로젝트를 마친 기념으로 회식이 한창이었던 것이다. 1차는 진즉에 끝났고, 이미 거나하게 취한 팀장이 실내 포장마차에서 우리들의 빈 잔에 맑은 소주를 찰랑이도록 가득 부어주는 참이었다. 어차피 나는 어린이날에 특별 근무를 했던 만큼 토요일에서 화요일까지의 휴가가 보장되어 있었기에 더욱 부담이 없었다. 토요일 하루는 자취방에서 푹 쉬고 일요일과 월요일엔 어버이날을 챙길 겸 부산에 다녀올 요량으로 한껏 느긋해진 채였다.

덕분에 술이라면 이미 한계치까지 마신 뒤였다. 얼굴은 물론이고 귀, 목덜미까지 붉게 달아올라 숨을 내쉴 때마다 알싸한 소주 향이 쏟아졌다.

"자, 자! 마시고 죽어. 주말 동안 죽었다가 월요일에 살아나서 다시 출근해!"

머칠 동안 면도를 하지 못해 턱수염이 덥수룩해진 팀장이 호탕하게 웃으며 내 잔에도 술을 채웠다. 가득 채워진 술잔을 받자마자 단숨에 비우고 머리 위에서 가볍게 털었다.

"크~."

"역시! 역시 우리 영재! 일처리도 확실하고 술 처리도 확실하지!"

팀장이 어깨를 두들겨주며 신나게 웃어젖혔다. 옆에 있던 한 살 아래 후배도 삑삑 휘파람을 불며 박수를 쳤다.

주머니에서 휴대폰 진동음이 느껴진 것은 그때쯤이었다.

"응? 돌팔이잖아."

휴대폰에 뜬 발신자 표시를 보며 나도 모르게 중얼거렸다. 나는 무슨 얘기가 들려올지도 예상치 못하고, 술에 취한 채 반갑게 친구의 전화를 받았다.

"어이, 돌팔이! 웬일이고. 니 또 사고 쳤나?"

술 때문인지, 회사 사람들하고 있는데도 사투리인지 표준어인지 경계가 모호한 말들이 튀어나왔다.

"영재 선배! 제 술도 한 잔 받으셔야죠!"

"어어, 잘 따라봐라. 아니, 너 말고. 행님 술 한 잔 하고 있지. 그래, 인마."

찬호가 뭐라 뭐라 하는데 하도 주변이 시끄러워서, 무슨 말인지 잘 들리지가 않았다. 전화기를 댄 반대쪽 귀를 막고 들어도 소용이 없었다.

술잔을 받으면서 후배한테 조금만 조용히 해보라는 손짓을 해보았으나, 얼큰하게 술이 오른 녀석은 내 말이 들리지도 않는지 전혀 목소리가 낮아지지 않았다.

어차피 상대는 돌팔이 찬호 놈이다. 중요한 일은 아닐 거고, 중요한 일이 있다 쳐도 문자로 보내겠지.

그렇게 생각하고 포기해버렸다.

"야, 안 되겠다. 내 이따 다시 거게."

주변의 소음 때문에 이따 회식이 끝나면 다시 건다는 말만 남기고 곧장 전화를 끊어버렸다.

술이 사람을 미치게 만든 것이 틀림없었다. 정신이 좀 들고 나니 어느덧 나는 익숙한 담벼락과 가로등을 게슴츠레한 눈으로 바라보는 중이었다.

지윤의 집 앞이었다. 몇 년이나 매일같이 바래다주었던, 어릴 때부터 그토록 오래 알아왔음에도 불구하고 헤어지기 싫어 몇 번이나 돌아서서 걷곤 했던 그 언덕길이었다.

"이기 미쳤나…."

허망함에 실없는 웃음만 터져 나왔다. 나는 한동안 그곳에 서서 불 꺼진 창문을 바라보았다.

퇴근했을까. 밥은 먹었겠지. 나처럼 회식하고 술에 취해 잠든 건 아닐까……

쓸데없는 생각만 떠올랐다. 주머니 속에 들어 있는 손이 자꾸만 휴대폰을 만지작거렸다. 하지만 정작 진짜로 전화할 생각 같은 건 없었다.

바보짓이다. 헛짓이다.

머리보다는 감각으로 먼저 알고 있었기에, 그저 애꿎은 휴대폰만 만지작거리며 정신을 수습하려 애썼다.

그때였다. 거짓말처럼 진동이 울렸다. 깜짝 놀라 휴대폰을 꺼내 확인해보니, 화면엔 익숙한 이름이 떠올라 있었다. 찬호였다.

"어……."

무심결에 입에서 힘없는 목소리가 흘러나왔다. 뒤돌아 터덜터덜 걸음을 옮기는 내 그림자가 좁은 골목길을 따라 길게 흐느적거리며 이어졌다.

분명 목소리를 들었을 텐데도 찬호는 가타부타 말이 없었다. 한참을 전화기에 대고 망설이더니, 낮고 떨리는 목소리로 천천히 말을 이었다.

[영재야. 니네 어무니 말이다…….]

"엄마가 와 우쨌는데?"

지윤의 집이 멀어졌다. 골목을 돌아 큰길로 나오는데 발목이 뭔가에 붙잡힌 듯 걸음이 저절로 점점 느려졌다. 급기야는 정류장을 코앞에 둔 채 나는 완전히 멈춰 서고 말았다.

전화기 너머로 들려오는 저주 같은 이야기가 서늘하게 목덜

미를 타고 내려가 온몸으로 퍼지고 있었다. 알코올보다도 더 빠르고, 옛 추억 따위보다도 더 깊게.

"뭐라꼬?"

대꾸하는 목소리가 무심결에 가늘게 떨렸다.

"엄마가…… 뭐라꼬?"

찬호는 몇 번이나 진정하고 들으라고 했다. 하지만 나는 충분히 진정하고 있었다. 화조차 나지 않았다. 찬호가 하는 말을 믿을 수가 없었기 때문이다.

"그기 진짜가. 진짜냐고."

몇 번이고, 몇 번이고 찬호에게 되물었다. 처음에는 두세 번, 침착하게 대답하던 찬호도 이제는 그저 침묵으로 답변을 대신할 뿐이었다. 긍정의 침묵.

[영재야…….]

"닥치라, 돌팔이 새끼야! 지금 니 뭐라 씨부리는 기고!"

어두운 밤거리, 골목길 앞에 서서 나는 왈칵 소리를 질렀다. 지나가던 사람들이 깜짝 놀라 바라봤던 것도 같지만 신경 쓸 여유 같은 따위는 없었다.

처음에는 찬호가 착각한 거라고, 이게 무슨 더러운 장난이냐고 화를 낼 생각이었다. 하지만 몇 초가 지나고, 둘도 없는 친구의 목소리가 전에 없이 진지하다는 사실을 깨닫는 순간, 마치 누가 귀에 마개라도 끼워 넣은 것처럼 아무 소리도 들리지 않았다.

심장이 차갑게 가라앉았다. 가슴은 시리도록 찬데, 머리는 뜨거워지며 아무 생각이 나질 않았다.

그저 엄마, 지친 얼굴로 잘도 웃어주던 엄마의 얼굴만이 부옇게 떠오를 뿐이었다.

"엄마가, 엄마가 뭐 어쨌다고? 니 똑바로 말해라."

떨리는 건 목소리만이 아니었다. 휴대폰을 쥐고 있는 손도 덜덜 떨리기 시작했다. 옆에서 누가 건드리기만 하면 그대로 쓰러질 것처럼 온몸이 부들부들 떨렸다.

전화기 너머, 찬호의 숨소리가 우뚝 멎었다. 그 녀석도 뱉기 힘든 말이었을 것이다.

[암이다.]

말도 안 돼.

말도 안 되는 일. 지독하게 비현실적인 헛소리였다.

끼이익!

다음 날 오후 5시가 다 되어갈 무렵에야 나는 대학 병원 앞에 겨우 도착할 수 있었다.

"총각, 거스름……."

"가지소!"

다급하게 택시에서 내린 나는 거스름돈을 받을 틈도 없이 병원 로비로 달려가 주변을 두리번거렸다.

망할 놈의 연휴 주말. 기차도 버스도 통 표가 없는 참에 바로 오질 못하고 그제야 도착한 것이다. 제일 빠른 시간으로 구한 게 고작 낮 시간대 기차 표였다. 미친 척 서울에서부터 택시를 타고 올까 시도해봤지만, 술 취한 나를 태우고 부산까지 가주 겠다는 택시는 한 대도 없었다.

얼마 지나지 않아 급하게 달려오는 찬호를 발견했다.

"호흡기 내과 어디고!"

녀석을 보자마자 다짜고짜 물었다. 당장이라도 호흡기 내과 로 달려가, 진단 내린 의사를 붙잡아 엄마가 뭐 어쨌다는 건지 제대로 듣고 싶었다. 하지만 찬호는 황급히 내 손을 붙잡았다.

"진정하라 안 카드나. 요 앞에서 차라도 한 잔 하자."

"차? 차는 나중에 실컷 사주꾸마. 그라고, 딴 데 병원으로 엄 마 자료 가져가야 하니께 니가 얼른 좀 챙기 도."

거칠게 손을 뿌리치자 찬호가 다시 내 손을 붙잡았다. 하룻 밤이 지나고 난 뒤인데도 나는 오히려 더욱 정신이 나가 있었 다. 밤새 골몰한 결과, 오히려 이런저런 망상과 가능성들이 내 머릿속을 잠식해버린 것이다.

어떻게든 믿지 않고 싶었다. 믿을 수도 없었다.

우왕좌왕하는 나를 난감해하는 얼굴로 바라보던 찬호는, 그 제야 한 마디 한 마디 힘을 주어 말했다.

"검사 결과는 틀림없다. 내도 몇 번씩이나 다시 확인해봤 다."

눈이 휙 돌아갈 것만 같았다.

"돌팔이 새끼, 지랄하고 있네! 니 같은 돌팔이가 근무하는 병원을 어떻게 믿노, 이 새끼야! 당장 가서 엄마 자료 갖고 온나!"

주변에 있던 환자와 보호자들이 고함소리에 깜짝 놀라 나를 바라보았다.

"죄송함니더, 죄송함니더. 니, 따라온나."

찬호가 얼른 주변 사람들을 향해 사과하더니, 길게 한숨을 내쉰 후 나지막이 말했다.

"믿기 싫은 건 알겠지만 니 지금 그칼 시간도 없다. 이러면 이럴수록 어무이만 더 힘들다는 거 모르겠나?"

알고 있다. 이성으로는 알고 있는데, 가슴으로는 인정할 수가 없었다. 나는 결국, 누구를 향하는지도 모를 원망을 뱉어냈다.

"……우째 일이 이리 될 때까지 모를 수 있노."

병원 창밖으로 바다가 보였다. 끊임없이, 고집스레 하얀 파도를 밀어내는 바다. 아무리 밀어내도 어차피 파도는 끝없이 온다.

머릿속을 온통 무의미한 원망과 참담함으로 가득 채운 채, 나는 두 주먹을 꽉 쥐었다.

"그놈의 병이 그렇다. 통증도 특별하게 없고 보통 우연하게 발견되거나…… 어무이처럼 임파절까지 전이됐을 때 제일 많이 발견된다. 그땐 이미 너무 늦는데 말이다."

조심스레 설명하던 찬호가 이미 늦었다는 말을 꺼냈다. 울 컥해서 입을 열려던 나는 다시 말을 삼키고 큰 숨을 뱉어냈다. 목 안쪽이 아프고 메였다. 뜨겁고 날카로운 칼을 품은 것처럼 괴로웠다.

조금이라도 진정하려고 애를 쓴 후 다시 한 번 입을 열었다.

다른 건 몰라도 이것만은 물어야 했다. 하지만 입을 열고 다시 닫기를 여러 번 반복하는 동안, 그 말은 소리가 되어 밖으로 나오지 않았다.

얼마나 남은 걸까.

그렇게 물어보는 순간 이 모든 일이 사실이 되어버릴 것만 같았기 때문이다.

찬호는 내가 하려는 말이 무엇인지 듣지 못했음에도 잘 알고 있는 기색이었다. 녀석은 두려움이 가득했을 내 얼굴을 보며 참을성 있게 가만히 기다려주었다. 나는 창밖을 보고, 주먹을 쥐고, 심호흡하기를 여러 번. 한참이 지난 후에야 간신히 입을 열 수 있었다.

"찬호야. 엄마…… 우리 엄마…… 어느 정도고?"

예상했을 테지만, 이미 준비하고 있었겠지만 대답하는 찬호의 입도 쉽게 열리진 않았다. 녀석은 자신을 애타게 바라보는 내 눈을 차마 마주할 수 없다는 듯, 고개를 숙였다.

"내가 그쪽 전문의는 아니다만…… 호흡기 내과 선배한테 들은 증상으로 봐서…… 학교 다닐 때 배운 대로라면 6개월 정도 본다."

내내 참아왔던 눈물이 왈칵 쏟아졌다. 두 눈이 불처럼 뜨거워졌다. 세상이 온통 가늘게 떨리고 있었다.

"야, 이 돌팔이야. 니 학교 다닐 때 공부 몬했다 아이가."

울먹이던 나는 억지를 쓰며 찬호의 어깨에 떨리는 손을 올렸다. 주체할 수 없는 눈물이 어느덧 내 얼굴을 뜨겁게 적시고 있었다. 뺨을 타고, 턱을 타고 하염없이 흘러내렸다. 아니라고 말해주길 빌며 나는 찬호의 어깨를 잡고 앞뒤로 흔들었다.

"6개월? 지랄하고 있네. 나. 우리 엄마 무슨 일이 있어도 살릴 기다. 이렇겐 못 보낸다."

이내 힘없이 미끄러지는 내 손을, 찬호는 그저 말없이 잡아주었다.

나는 바닥을 바라보며 하염없이 짓씹듯 중얼거렸다.

두고 봐라, 두고 봐라……

뿌옇게 흐려진 바닥이 소용돌이처럼 어지러이 일렁였다.

* * *

찰칵, 방문이 열렸다.

거실 불빛이 스며들어 어둑한 방 안을 비추었다. 순옥은 벽 안쪽으로 손을 뻗어 간단히 스위치를 찾아 눌렀다.

형광등이 몇 차례 깜빡인 후 환하게 밝아졌다. 그러자 엉망

진창으로 어질러진 미현의 방이 드러났다.

이불은 침대 위가 아니라 방바닥에 아무렇게나 떨어져 있고, 언제 마셨는지 모를 빈 우유팩이 화장대 위에 쓰러져 있었다. 빨아야 할 옷가지들이 두서없이 뒤섞여서 방구석에 돌돌 말려 있기도 했다. 미현의 방은 언제나 이런 식이었다. 회사 일 때문에 바쁘고 피곤하다는 건 잘 알고 있지만, 어째 갈수록 나아지기는커녕 정도가 심해지는 것 같았다.

그걸 보면서도 순옥은 평소와 달리 멍한 얼굴로 우두커니 서 있었다.

— 가족들에게 알리시고, 빨리 치료를 시작해야…….

의사가 했던 말이 머릿속을 붕붕 날아다녔다. 골치 아픈 벌한 마리가 생각을 헤집는 느낌이었다. 자신이 많이 아프다는데, 아주 많이 아프다는데 아무렇지가 않아서 더 현실처럼 느껴지지가 않았다.

아무래도 이건 아닌 것 같았다. 순옥은 이 모든 일이 꿈인 것만 같아 기가 막혔다.

순옥의 머릿속은 거의 포화 상태였다. 생각해야 할 일이 너무 많아서, 아무 생각도 할 수가 없었다. 멍한 얼굴엔 한껏 지친 그늘이 졌다.

— 입원 날짜는 언제가 좋으실지…….

내가 아프면 집안일은 어떡하나. 세금에 보험료, 적금 날짜도 다들 모르는데. 남편 밥은 누가 챙기고……. 애들이 많이 속상해할 텐데……. 영재한테는 말하지 않는 편이 나을까…….
그리고 엄마, 우리 엄마는…….

"하아."

순옥은 깊은 한숨을 내쉬고는 팔을 걷어붙였다. 그리고 아무렇게나 떨어져 있는 이불을 잘 펴서 침대 위로 올려두었다. 옷장 안에 넣어야 할 옷들도 골라 옷걸이에 걸었다. 그런 식으로 차근차근 하나씩 정리를 해나가는데 뭔가가 툭 떨어져 순옥의 발치에 뒹굴었다.

떨어진 물건의 정체를 확인한 순옥은 결국 꾹 눌러 참던 게 터지고 말았다.

"나이는 어디로 처먹는지 몰라! 내일 모레면 서른 넘어가는 게 안 빤 속옷이나 훌훌 던져놓고! 나 없으면 어떡할라고……!"

눈가가 시큰했다. 순옥은 아무렇게나 떨어져 있는 미현의 속옷을 집어 들고, 화장대 위에 있던 우유팩까지 챙겨서 천천히 몸을 돌렸다. 그런데 방문 앞에 방금 퇴근하고 돌아온 것으로 보이는 미현이 서 있었다.

두 사람의 눈이 마주쳤다. 순옥은 한없이 지친 얼굴이었다. 미현은 그런 엄마와 오랫동안 눈을 마주치지 못해 괜한 투정을 부렸다.

"누가 엄마더러 방 치워 달라 카더나?"

미현이 자신의 속옷을 낚아채선 가방과 함께 다시 침대 위로 던져버렸다.

안 그래도 매년 봄만 되면 미현은 하루하루가 더욱 고단해지곤 했다. 대졸 동기들은 월급이 오르거나 승진을 하고, 고등학교 때 친구들 중에는 결혼을 하는 애들도 하나씩 느는데, 미현 자신은 늘 제자리에서 허덕이고만 있었다.

회사 생활을 한 지는 오래됐지만 고졸 여사원의 경력이라는 건 햇수가 쌓였다고 굉장한 걸로 쳐주는 세상이 아니다. 미현도 사회 초년생 때는 이런저런 잡다한 자격증을 열심히 따서 모으던 적이 있었다. 그러나 이력서에 '대졸'과 '어학연수' 중 한 단어라도 포함한 애들이 나오면, 미현이 쌓아온 것들은 길게 적어봤자 휴지 조각 취급을 받곤 했다. 굳이 '대학원', '해외 유학' 같은 것까진 갈 필요도 없었다.

그렇다고 뒤늦게 대학에 들어가겠다고 우기면 아마 아버지 어머니는 경기를 일으킬지도 모른다. 더구나 지금까지 모은 돈을 다 쏟아붓지 않으면 학비를 마련할 방도도 없는데, 동생 영재도 아직 학자금 대출을 갚느라 쩔쩔 매는 걸 보면 차마 엄두가 나지 않았다. 안 그래도 얼마 안 되는 월급의 반은 그나마 엄마에게 고스란히 주고 있고, 잠자리를 빼면 나머지 비용도 다 스스로 알아서 해야 하는 처지다. 조금씩 적금 들기도 빠듯한 상황에, 이걸 다 무위로 돌리고 등록금 빚부터 시작할 생각을 하면 진저리가 쳐졌다.

그런 고로, 삼십을 코앞에 둔 미현은 날마다 고단한 도돌이표를 찍는 중이었다. 그런데 유일하게 쉴 수 있는 장소에 들어

오자마자 엄마의 울분 섞인 잔소리를 들어야 했던 것이다.

"새벽에 일어나서 일 다닌다고 유세 떠는 거니?"

잔뜩 인상을 찌푸린 미현을 바라보며 순옥이 차갑게 물었다. 순옥은 보통 미현이 짜증을 내기 시작하면 못 이기는 척 내버려 두고 나가 주곤 했다. 하지만 이번엔 달랐다. 조금의 흔들림도 없이 미현을 쏘아보며 책망하는 순옥의 시선.

미현은 기가 막혀 물었다.

"뭐라꼬?"

그녀라고 일부러 하는 행동이겠는가.

순옥의 말대로 새벽부터 일어나 출근 준비를 해야 하는 미현이다. 일어나서 씻고 나가기도 급급해 아침 같은 건 거르기 일쑤였다. 안 되겠다 싶어 급하게 아무렇게나 밥을 비벼 먹고 나가는 날이면 언제나 뱃속이 더부룩하고 소화가 안 돼, 아침부터 배탈에 시달리는 날이 허다했다. 하루 종일 서서 일하고 통통 부은 다리를 질질 끌고 퇴근하면, 이미 더는 움직일 기력이 없었다. 따뜻한 물에 샤워하고 조금 쉬다 보면 이미 잘 시간이다. 그리고 또 피로에 찌든 하루가 시작되는 것이다.

순옥도 그걸 모르는 건 아니었다. 그래서 미현의 짜증에도 언제나 적당히 넘어가 주었다. 그런데 평소라면 이쯤에서 조금 입만 비죽이다 물러날 순옥이, 오히려 미현에게 큰 소리로 윽박을 질렀다.

"유세라고 했다, 왜! 방은 돼지우리 하면 딱 좋게 해놓고, 몸치장하는 데 자꾸 돈 쏟아붓고! 서른 밑자리에 앉은 년이, 이러다 나중에 너 혼자 어쩔라고 그래!"

"그래, 엄마 말마따나 내 혼자 알아서 할 테니 신경 꺼라! 어차피 내 인생이다! 언제 엄마가 나 자식 취급해준 적이나 있었나?!"

순옥의 목소리가 높아지자 덩달아 미현의 언성도 높아졌다. 미현은 허리를 꼿꼿이 세운 채 순옥을 정면으로 노려보았다.

"언니 대학 다닐 땐 언니 핑계! 언니 졸업하니까 집에 빚 생겼다고 빚 핑계! 그러다 또 영재 놈 대학 간다는 핑계! 내만 이렇게 고등학교 졸업해가 새벽에 밥 굶어가며 일 다닌 게 벌써 십 년이다! 십 년!"

순옥은 말문이 턱 막혔다. 미현이 가슴에 맺혀 있던 말을 토해내기 시작하자, 순옥은 망연자실하게 그런 딸을 바라볼 수밖에 없었다.

"엄마가 나한테 뭘 해준 게 있어서 이리 잔소리하고 그라는데? 밥 챙기는 거? 빨래 해주는 거? 그게 그렇게 대단한 일이가!"

말 그대로 그거 외엔 미현에게 신경을 많이 써준 적이 별로 없었다. 뭣보다 남매들 중 미현만 대학 진학을 시키지 못한 게 순옥은 늘 마음에 걸렸다. 특별히 공부를 못했기 때문은 아니었다. 조금만 욕심을 부렸다면, 집안 사정 같은 거 신경 쓰지 않고 제 욕심만 차렸다면 미현의 생활은 지금과 많이 달라졌을 것이다.

하지만 그때 집안이 기울었다. 허리 부상 때문에 더 이상 직장을 다닐 수 없었던 광섭이 그동안 모은 돈을 사업 실패로 잃어버리고, 빚보증까지 잘못 서는 바람에 집안 사정이 말이 아니었다.

미현이 아니었다면, 대학을 포기하고 고등학교 졸업 후 바로 취직을 해준 미현이 아니었다면 지금 이렇게 사는 것조차 불가능했을지 모른다. 순옥이 아무리 일을 다녀도 남편의 구멍을 혼자 메울 수는 없었다. 영재를 대학에 보낼 수 있었던 것도, 미현이 성실하게 직장 생활을 하며 생활비를 보태줬기 때문이었다.

"내 몸치장에 돈 쏟아붓는다꼬? 엄마한테 절반 넘게 주고 나면 그리 쏟아부을 만치 돈이 남기나 하는 줄 아나? 내가 밖에서 어찌 서럽게 사는지 엄마가 알기나 하나? 그라고 밑 빠진 독처럼 집에다 계속 쏟아붓는 돈, 그 돈 차라리 몸치장에 쏟아붓고, 잘 사는 남자 홀리서 이 집 탈출하는 기 내한테는 훨씬 보탬이 된다 말이다!"

짝―.

미현의 고개가 홱 돌아갔다. 울화를 참지 못한 순옥이 자기도 모르게 미현의 뺨을 때린 것이다. 맞은 미현보다 때린 순옥이 더 놀랐다.

화가 나서 하는 말이라는 건 알고 있었다. 말을 예쁘게 할 줄 몰라 그렇지 속정이 깊고 생각이 많은 아이라는 것도 알고 있었다. 또 어떻게 생각하면 그리 틀린 말이 아닐지도 몰랐다. 하지만 심란한 절망감 때문인지, 자신도 모르게 손을 올려버리고만 것이다.

순옥은 빨갛게 부어오르기 시작하는 미현의 뺨과 자신의 손을 번갈아 바라보았다.

멍한 눈으로 순옥을 보는 미현의 눈엔 눈물이 그렁그렁 맺히고 있었다.

"미, 미현아……."

"……나가! 나가라고! 나가라 안 카나!"

미현은 뒤늦게 울분과 눈물이 뒤섞인 외침을 내뱉곤 침대에 털썩 주저앉았다. 순옥은 어깨를 들썩이는 작은 딸을 향해 손을 내밀려다 멈칫하곤 축 처진 어깨를 하고 조용히 방을 빠져나갔다.

캄캄했다. 불 켜진 거실이, 찢어지는 가슴이 온통 캄캄하기만 했다.

한 시간쯤 지났을까. 안방으로 들어가 홀로 오도카니 앉아 있던 순옥의 귀에 갑자기 이상한 소리가 들리기 시작했다. 거실에서 들려오는 요란한 기계음이었다.

웅웅웅웅! 웅웅웅웅!

깜짝 놀란 순옥이 고개를 돌렸다. 넋 놓고 있는 사이 남편이 돌아왔나 싶었다. 아까 그렇게 한바탕하고 난 뒤, 미현은 옷을 챙겨 입고 밖으로 나가 버린 것이다.

순옥은 자리에서 일어나 거실로 나가 보았다.

"어어~. 어허, 야~, 이거!"

광섭이 허리에 복대 같은 벨트를 찬 채, 조그만 기계 위에 발을 올리고선 온몸을 흔들고 있었다. 미현은 역시나 보이질 않았다.

남편의 들뜬 모습에 순옥은 인상을 찌푸렸다. 보기에도 안 좋은데 소리까지 요란해 더 거슬렸다.

광섭은 순옥이 기가 막혀 바라보는 줄도 모른 채 열심히 몸을 흔들었다. 이상한 추임새까지 넣어가며 트위스트를 추는데 아주 가관이었다.

순옥은 광섭의 주변으로 시선을 돌렸다. 이제 막 개봉한 것인지 박스 하나가 굴러다니는 게 보였다. 그곳엔 〈최신 전자동 발 마사지기〉란 문구가 조잡스레 쓰여 있었다.

이를 악문 순옥이 성큼 다가가 전원 코드를 뽑았다.

"크아…… 아? 와 이카노 이거."

광섭이 돌아보니 잔뜩 화가 난 얼굴의 순옥이 서 있었다. 한바탕 잔소리가 쏟아질 것 같아 그는 괜히 헛기침을 하며 뒷머리를 긁었다.

"빨리 나가가 돈 벌어오라 안 캤나. 그래가 큰 맘 먹고 장만했다 아이가. 이기 말이다. 허리 찜질팩은 공짜고, 딱 오늘까지만 20% 세일이랬는데 내가 10% 더 깎았다 아이가!"

광섭이 짐짓 유쾌하게 자랑했지만 당연히 순옥에겐 씨알도 먹히지 않았다.

"무슨 돈으로?"

순옥이 싸늘하게 물었다.

"아. 그건 걱정 마라. 24개월 할부다."

24개월. 할부. 순옥은 눈앞이 캄캄해졌다.

24개월 뒤에 무슨 일이 일어날지 저 사람은 지금 알기나 알까.

홀로 앉아 하나하나 곱씹던 걱정들이 순옥을 통째로 집어삼키는 것만 같았다. 이젠 더 생각할 것도 없었다.

순옥은 박스를 집어 들더니 남편에게 집어던졌다.

"가서 환불해요!"

"이기 와 이 지랄이고! 누가 니보고 할부금 내달라 하드나!"

깜짝 놀란 광섭이 되레 큰소리를 쳤다.

그때, 병원에 다녀온 영재가 현관문을 열고 들어왔지만 순옥도 광섭도 전혀 눈치채지 못했다.

결국 순옥의 눈에서 눈물이 흘러나오기 시작했다.

"시집와서 이날까지 평생 뒤치다꺼리하느라 인생 끝나게 생겼어! 내가 뭘 잘못했는데? 내가 집안 돈을 홀랑 말아먹길 했어, 어디 아들을 못 낳았어? 남편이라는 사람이 말을 한 마디 따뜻하게 해주기를 하나, 그렇다고 돈을 남들처럼 벌어 오기를

하나! 난……, 호강이라는 말, 그거 꿈도 안 꾸고 죽어라 일만
했어!"

가슴에 맺히고, 입 밖으로 토해내지 못해 늘 마음에 걸려 있
던 말이었다.

내가 뭘 잘못했는데.

흐느끼던 순옥이 크게 울음을 터뜨리며 절규하기 시작하자
광섭의 얼굴이 일그러졌다.

"그놈의 돈, 돈, 돈! 마지막은 또 돈이제! 니는 지나가는 똥
개 새끼보다 내가 우습제?"

콰작! 광섭의 발길질에 박스가 단숨에 찌그러졌다. 남편의
난폭한 행동에, 서럽게 울던 순옥이 입술을 파르르 떨었다.

뻣뻣하게 굳은 채 그 광경을 보던 영재는 비명처럼 소리를
질렀다.

* * *

― 평생 뒤치다꺼리하느라 인생 끝나게 생겼어! 내가 뭘 잘
못했는데?

엄마의 말 한 마디 한 마디가 내 심장을 저미는 것 같았다.

현관 앞에 서서 두 주먹을 꽉 움켜쥔 채 나는 소리를 지르고
말았다. 그만…… 제발 이젠 좀 그만하라는 비명이었다. 누굴
향한 건지는 나도 모를 소리였지만, 또다시 박스를 걷어차려던

아버지는 내 비명에 발을 멈추었다.

"어, 언제 왔어?"

엄마가 눈이 휘둥그레져서 재빨리 눈물을 닦으며 물었다. 애써 울음을 그치려고, 어떻게든 눈물을 감추려고 허둥지둥하는 모습에 가슴이 또 뜨거워졌다. 반가움인지 창피함인지 모를 표정으로 엄마의 얼굴은 기이하게 굳어 있었다.

엄마와 내가 서로를 바라보며 말 한 마디 제대로 잇지 못하는 모습을 보고, 아버지는 더욱 화가 난 모양이었다. 아니, 어쩌면 민망했던 건지도 모르겠다.

"독한 여편네. 허리 고장 난 남편 밖에 나가서 그리 돈 벌게 하고 싶드나!"

"아버지, 그만 좀!"

나는 다시 버럭 소리를 쳤다. 이상한 소리를 한 마디라도 더 하셨다간 아무리 아버지라도 한 대 칠 각오가 되어 있었다.

그때까진 사춘기 시절에도, 머리가 다 커서도 아버지에게 반항 한번 한 적이 없었다. 내가 고등학교에 들어갈 때쯤까진 아버지가 여느 가장들과 다를 바 없기 때문에 그러기도 했고, 무뚝뚝한 것 외에는 이렇다 할 불만이 없었기에 더욱 그랬다. 아버지의 듬직했던 등이 무너진 건 고등학교 2학년 때쯤이었지만, 그 뒤엔 뭐랄까. 나도 특별할 것 없는 무심한 경상도 남자가 되어가고 있어서일까. 잘했고 못했고를 떠나 아버지의 상황도 인간적으로 전혀 이해가 안 가는 바는 아니었다.

하지만 지금은 아버지를 이해해주고 싶은 마음이 티끌만큼도 없었다.

"너…… 너, 이…….""

태어나 처음으로 아버지를 노려보며 소리치는 내 모습에, 아버지는 기가 막혀 말을 잇지 못했다. 우리 둘이 서로를 노려보고 있자, 중간에 끼어 난처해하던 엄마가 살그머니 내 팔을 잡아당겼다. 그만하고 방으로 들어가자는 뜻이었다.

하지만 그건 잠시 뒤에 해도 될 일이었다. 내가 목석이라도 된 양 꿈쩍도 하지 않고 있자, 아버지 역시 노발대발하셨는지 물러날 생각을 안 했다.

"……영재야……."

하필이면 그때, 미현이 누나가 집으로 들어왔다. 집안 분위기가 심상치 않아서일까. 누나는 굳은 건지 화가 난 건지 놀란 건지 모를 얼굴로 현관에 멈춰 있었다.

누나야 애꿎게 말려들고 말았지만, 나는 그 기회에 그냥 아버지에게 할 말을 해버리기로 했다. 그러지 않고서는 참을 수가 없었다.

"아버지. 허리 아프다 카면서 엄마 계속 밖으로 내모셨지요? 엄마랑, 누나랑, 날마다 돈 갖고 아등바등할 때 아버진 뭘……!"

"이놈의 자식! 그만하지 못해? 아버지한테 무슨 말버릇이야!"

내가 다시 입을 열자 엄마가 뒷말을 자르며 냉큼 앞을 가로
막았다. 그래도 감싸주시는 걸 보니 기가 막혔다. 나는 이를 악
물고 오히려 한 걸음 아버지를 향해 다가섰다.

"잘난 우리 자식새끼들 키우시겠다고 지하철 공사장에서 막
일 할 때도! 병원에서 남들 피고름 묻은 쓰레기 치울 때도! 엄
마 몸속엔……!"

거기서 뜨거운 뭔가가 왈칵, 목구멍으로 치솟는 느낌에 나
는 말이 막혀버렸다.

암. 그 끔찍한 단어를 입 밖으로 꺼낼 수가 없어서였다. 나
는 이를 악물고 고개를 떨구었다. 참았던 눈물 한 방울이 기어
이 바닥에 떨어졌다.

"엄마 몸속엔……."

"영재야, 그만!"

엄마가 비명처럼 소리를 높였다.

내 눈물을 보는 순간 모든 걸 알아채고 마셨으리라. 찬호가
내게 연락을 해줬다는 것도, 내가 병원까지 가서 당신의 병을
확인했다는 것도.

엄마는 막고 싶으셨던 거다. 그 끔찍한 사실을 홀로 자기 가
슴속에만 담아두고서, 가족들이 걱정하고 슬퍼하는 건 막고 싶
으셨던 거다.

하지만 울분으로 가득 찬 나를 막을 수는 없었다. 한참을 씩
씩거린 끝에 나는 비로소 아버지를 향해 그 말을 내뱉을 수 있

었다.

“엄마 몸속엔 그놈의 암 덩어리가 여기저기 퍼지고 있었다 아입니까!”

거실에 정적이 찾아들었다.

모두가 숨을 멈춘 듯했다. 인상을 잔뜩 찌푸리고 있던 아버지의 눈이, 더 커질 수 없을 정도로 부릅떠졌다. 주름진 눈가가 떨리는가 싶더니, 다물었던 입술마저 떨기 시작하셨다. 엄마의 얼굴은 차마 볼 생각도 못한 채 나는 주먹으로 눈물을 훔쳤다.

하염없이.

아버지는 도저히 믿을 수가 없다는 얼굴이었다. 잘못 안 거 아니냐고, 어디서 헛소리를 하고 있냐고 금세 소리칠 기세였다. 하지만 일체의 부정도 하지 않은 채 죄인처럼 고개를 숙이고 서 계신 엄마를 보더니, 장승처럼 서 있던 아버지는 한 걸음을 내딛다 쓰러지듯 소파 위로 주저앉고 말았다.

“뭐……?”

아까부터 마네킹처럼 굳었던 누나가 뒤늦게 반응을 보였다. 집안 분위기가 말이 아니라선지 들어갈까 말까 망설이던 모습 그대로, 누나는 현관에서 내게 물었다.

“영재 니 그게 뭔 말인데. 암이라니. 뭐? 엄마가 뭐?”

누나는 아버지와 똑같은 표정이 되어 가까스로 벽을 짚고 서 있었다.

“누나……, 바보 같은 우리 엄마가, 암…… 암이란다! 그것도 이미 다 퍼졌다고……!”

누나의 얼굴을 보는 순간 왠지 모르게 흐느낌이 터져 나왔다. 소매로 눈물을 훔쳤지만, 이미 둑이 무너진 듯 쏟아지는 눈물은 쉽게 멈추질 않았다.

그때, 죄인처럼 한쪽에 서 계시던 엄마가 말없이 다가오더니 다정하게 내 어깨를 다독여주었다.

나는 분노인지 슬픔인지 모를 것으로 한껏 달궈져서 와락 엄마를 끌어안았다.

“엄마! 엄마는 와 이리 바보 같노? 정말……!”

엄마는 아무 말도 하지 않았다. 눈물 한 방울도 흘리지 않으신 채, 오히려 걱정스런 얼굴로 내 울음이 잦아들 때까지 조용히 어깨를 다독여줄 뿐이었다.

그 후로 가족들은 말이 없었다.

가장 먼저 자리를 뜬 건 아버지였다. 아버지는 벽을 짚으며 가까스로 걸어가, 베란다 밖으로 나가 버렸다. 말없이 흐느끼던 누나도 자기 방에 틀어박혔다. 엄마는 그 와중에도 내게 저녁을 차려주겠다고 하셨지만, 나는 제발 좀 쉬시라고 당부를 한 뒤 거실 불을 끄고 방으로 들어갔다.

학창시절에 쓰던 내 방은 어둡고 고요했다.

침대에 무너져 내린 나는 간절히 기원했다. 이대로 잠이 들어서, 푹 자고 나면 이 모든 것이 악몽이었기를.

하지만 그날 밤 나는 한숨도 편히 자지 못했다. 그건 아마 다른 가족들도 마찬가지였을 것이다.

* * *

집안은 고요했다. 불 꺼진 거실을 마지막까지 지키고 있던 건 순옥이었다.

차라리 잠이라도 자자는 생각에 안방으로 들어가 누웠지만, 잠이 오지 않았다. 모로 누워 있던 순옥의 어깨가 간헐적으로 들썩였다.

"……흑."

차라리 다 잊어버리고 자고 싶은데, 그것마저 마음먹은 대로 되질 않았다. 뺨을 타고 흘러내린 눈물이 순옥의 베개를 흥건히 적시고 있었다.

광섭은 여전히 베란다에 혼자 서서 담배를 피우고 있었다. 그의 초라한 모습 위로 하얀 담배 연기가 흩어졌다.

"……후우."

집에서 담배를 피우지 않은 게 벌써 5년도 넘었다. 하지만 담배라도 피우지 않으면 답답한 가슴이 도무지 숨을 쉴 수 없을 것 같았다. 광섭은 찬바람에 손끝이 차갑게 얼어도 집 안으로 들어갈 생각을 하지 않았다.

　미현의 울먹이는 전화를 받고 미선은 한달음에 친정으로 달려왔다. 무겁게 가라앉은 집에 들어와 아버지의 뒷모습을 바라보다가, 미선은 그냥 동생의 방으로 들어갔다.

　"가시나, 그만 좀 울어라. 엄마 알면 더 속상하다."

　미현은 무릎에 얼굴을 묻은 채 계속 울고 있었다. 미선 역시 그렇게 울고 싶었지만 순옥을 위해선 그러지 말아야 한다는 걸 잘 알고 있었다. 먼 훗날 자신에게도 병이 난다 치면, 미선은 예현이가 슬퍼하는 모습을 보는 것이 더욱 더 슬플 것 같았다. 그래서 애써 울음을 꾹 참고 미현을 달랬다.

　"언니야…… 나 어쩌노."

　미현은 아까부터 같은 말을 계속 중얼거리고 있었다.

　"뭘."

　"그래도, 그래도 언니는 무슨 날이면 엄마 챙기고 전화도 자주 하고 엄마한테 잘했다 아이가. 근데 난……, 내가 얼마나 못되게 군지 아나. 월급 몇 푼 준 걸로다가 생색만 내고……. 엄마가 나만 미워한다고 생각해가 말도 함부로 하고 잘해준 것도 없고 못할 짓만 했다. 내는 어쩌란 말이고. 응? 언니야. 우리 엄마 불쌍해서 우짜노, 언니야!"

　미현은 기어이 어린애처럼 엉엉 울음을 터뜨리고 말았다. 미선도 눈물이 그렁그렁해져서 동생을 꼭 끌어안아 주었다.

　"고마해라. 니가 얼매나 착한데……. 우리 울보 미현이……, 니가 맘이 여려서 상처도 많이 받고, 말이 좀 날카로와 그렇지

우리 중 제일 희생 마이 하고 속도 젤 깊은 걸 엄마가 와 모르겠
노. 니 없었으믄 우리 집 이렇게 있지도 못했다 아이가.”
　따뜻한 언니의 말에 미현은 아니라고 도리질을 치며 더욱더
거세게 흐느꼈다. 울보였던 어린 미현을 순옥이 달래었던 것처
럼, 미선은 동생을 오래도록 품에 안고 등을 쓸었다.

사람을 살게 만드는 것

2012년 3월

찬호 놈과 둘이서 소주를 네 병이 좀 넘게 마시다가 돌아왔는데도 술기운은 전혀 오르지 않았다. 매운 꼼장어를 안주 삼아 계속 먹고 마셔서인지 속이 쓰리고 더부룩할 뿐이었다.

10시가 다 되어가는 저녁. 현관문을 열고 어두컴컴한 거실로 들어오는데, 컴컴한 주방에 누가 앉아 있는 것 같았다. 흠칫해서 불을 켜보니 아버지가 주방 식탁 의자에 홀로 오도카니 앉아 계셨다.

"아니, 와 불도 안 켜시고……."

"내 혼자 할 일도 없는데 불은 켜서 뭐 하노. 의자에서 좀 졸다 보니 이리 어두워졌다."

눈이 부신지 인상을 잔뜩 찌푸린 채, 아버지는 식탁 위에 두서없이 널린 것들을 주섬주섬 정리하기 시작했다. 뜯어놓은 마른안주와 소주, 딸기, 치킨, 그리고 식탁 한쪽의 케이크.

마른안주와 빈 소주병을 빼곤 죄다 뜯지도 않은 상태였다.

식탁 위의 그 미묘한 조합을 보자마자 어째 속보다는 눈이 더 쓰라려졌다.

내가 기억하기로, 아버지는 지금껏 한번도 가족 중 누군가의 생일 케이크를 따로 사 들고 오신 적이 없었다. 당황스럽기도 하고 미안하기도 해서 머릿속이 달아올랐다.

"전화하시지 그러셨습니꺼."

"어차피 들어올 텐데 무신 전화. 밥은 잘 묵었나."

흘낏 눈치를 보듯 묻는 아버지의 말에 나도 모르게 답해버리고 말았다.

"……술이랑 안주만 묵어서, 더 먹을랍니다."

그리고 수저와 빈 그릇을 챙겨 곧장 식탁에 앉았다. 뱃속을 어찌 수습할지는 내일 생각해도 될 문제였다.

"니 애기 때 딸기 좋아했다. 아직도 잘 묵나."

"네."

"잘됐구마. 케이크도 딸기 케이크다. 닭도리탕은 내 못 끓이가 양념 치킨 시켰는데, 다 식었다. 렌지 데워 묵어라."

"네. 양념 치킨도 잘 먹십니더."

치킨을 접시에 덜어 데운 후, 딸기를 곁들여 먹었다. 아버지는 마른안주와 새 소주병을 꺼내 와 앉으셨다.

"아버지는 와 안 드시고……."

"내는 양념 치킨 안 좋아한다. 과일은 맨날 냄새 맡아가 질렸고."

그리고 내가 먹는 모습을 물끄러미 구경하시며 마른안주를 뜯으셨다.

안 그래도 원래 안 좋아하는 양념 치킨은 전화해서 항의를 하고 싶을 정도로 맛이 없었지만, 대체 언제 좋아했다는 건지 기억도 안 나는 딸기는 그럭저럭 먹을 만했다.

음식 광고 찍는 연예인들의 고충을 체험하는 기분으로 치킨을 삼분지 일쯤 꾸역꾸역, 하지만 맛있어 보이게 먹었을 때쯤 현관문 열리는 소리가 들렸다.

"영재야, 니 이것 좀 받아도라."

작은누나 목소리였다.

무겁고 팽창한 배를 끌어안고 일어나 가보니, 작은누나가 부스럭거리는 봉지 더미들을 현관 앞에 잔뜩 내려놓고 있었다. 도무지 저걸 어떻게 다 들고 온 건지, 케이크 상자도 하나 보였다.

"야근 끝나고 후딱 장보긴 했는데 늦어부렸네. 니 이미 밥 묵었나? 미역국이랑 닭도리탕이랑 끓일 거 다 사 왔는데, 먹을라면 말해라. 바로 해준다."

부츠를 벗자마자 비닐봉지 몇 개를 또 들려고 하기에 얼른 다 뺏어버렸다.

“고마운데, 지금은 배 터질라 카니까 좀 봐도라. 근데 누나도 닭도리탕 끓일 줄 아나?”

“당연하재. 니 내를 뭐로 보는 기고?”

부산을 떠는 작은누나는 작년이나 지금이나 똑같은 얼굴이었지만, 내가 아는 작은누나는 미역국은 고사하고 다른 때도 라면 한번 끓여준 적이 없다.

“모르겠다. 생긴 건 작은누나 맞는데⋯⋯.”

케이크 상자를 집어 들다가 등을 얻어맞는 바람에 하마터면 떨어뜨릴 뻔했다.

부엌으로 함께 직행한 누나는 아버지와 식탁 위를 번갈아 보더니 묘한 표정이 되었다.

“아빠, 내한테 전화라도 하시지⋯⋯.”

“어차피 들어올 텐데 무신 전화. 에이, 다들 그놈의 전화 타령은.”

그러고 헛기침을 하시더니 자리를 털고 일어나셨다.

“잠 온다. 케이크는 알아서 썰어 먹고 언능들 자라.”

안주를 또 한쪽에 밀어놓고 일어서시는데, 움직임이 어째 많이 느렸다. 작은누나는 그 모습에 나한테 눈짓을 하며 아버지를 불렀다.

“아빠, 아빠도 같이 드시지예.”

“됐다, 마. 내는 케이크 안 좋아한다.”

말은 그렇게 해도 다시 자리에 앉으셔서 팔짱을 끼셨다.

"초나 함 꽂아바라."

어느 케이크에 초를 꽂으라는 건지 잠시 혼란스러워하던 나는, 그냥 둘 다 열어놓고 두 군데에 다 초를 꽂았다. 아버지가 사 온 건 커다란 분홍 하트 모양의 딸기 크림 케이크로, 한가운데에는 어린이 만화에 나오는 분홍색 비버 소녀가 장식되어 수줍게 웃고 있었다. 누나가 사 온 건 그 절반만 한 크기의 고급스런 모카 블루베리 쉬폰 케이크였다.

"비키라. 불은 내가 붙일란다."

케이크 위의 촛불을 바라보면서 궁금해졌다. 이제 노래라도 부르는 건가. 아버지마저?

다행히 그럴 일은 없었다.

"……으흠, 축하한다. 꺼라."

팔짱을 끼고 보던 아버지의 말이 떨어지자마자, 나는 스타트 신호를 받은 육상선수처럼 힘차게 도합 열여덟 개의 촛불을 껐다.

작은누나의 썰렁한 박수 몇 번이 끝난 후, 아버지는 비로소 제법 흡족한 얼굴로 일어나서 방으로 들어가셨다. 돌아서서 걷는 아버지의 등은, 기억보다도 더 작고 늙어 보였다.

어릴 땐 늘 바위처럼 단단하게 느껴졌던 아버지의 등. 그 등이 처음으로 왜소해 보였던 것은, 엄마를 처음으로 입원시키던 날의 일이었다.

2011년 5월

　병원은 어느 곳이나 그렇듯, 멀쩡한 사람이 아무도 없었다. 몸이 아픈 사람, 그 옆에서 마음이 아픈 사람, 그 아픈 사람들을 상대하느라 지친 사람들. 그날 내 눈엔 다 그렇게 보였다.

　머리에 깊게 모자를 눌러쓴 환자들이나 피골이 상접한 채 휠체어를 타고 다니는 이가 눈에 띄기라도 하면, 나는 불길해서 괜히 고개를 숙이고 지나갔다. 결국 하얀 병원 바닥을 보며 병실을 찾던 나는, 한참이 지나서야 812호 앞에 도착해 간신히 고개를 들 수 있었다.

　김순옥.

　하얀 팻말에 낯익고도 낯선 이름이 붙어 있었다. 김순옥. 엄마와 함께 있을 때는 결코 쓸 일이 없는 이름. '밖'에서나 어쩌다 한 번 쓸까 말까 한 이름.

　낯설고 불편했다.

　엄마라면 알지만 '김순옥'이라는 이름의 여인을 나는 얼마나 잘 알고 있을까. 그렇게 자문하다가 피식, 자조하듯 웃었다. 애초에 그런 걸 내가 궁금해한 적이 있기라도 하냔 말이다.

　"……여기야?"

　돌아보니, 막 도착했는지 작은누나가 어두운 얼굴로 서 있었다. 퉁퉁 부은 눈. 사나운 척만 했지 눈물은 제일 많은 우리 울보 누나. 병원에 오면서 한참을 운 모양이었다. 나는 무겁게 고개를 끄덕이고 먼저 병실 안으로 들어갔다.

엄마는 창가 쪽 침대에 앉아서 큰누나와 도란도란 대화를 나누고 있었다. 보기만 해도 우울한 환자복을 입고 있으면서도 표정은 밝기만 했다. 큰누나는 심지어 빙글빙글 웃기까지 했다.

쓸데없이 우울을 몰고 들어온 건 나인가 싶어, 애써 얼른 표정을 풀며 마음을 가다듬었다. 작은누나도 부은 눈가를 한 손으로 꾹 누르며 표정을 추슬렀다.

엄마는 다행히 내 들어올 때의 표정을 보지 못했는지, 그저 반가운 얼굴로 물었다.

"영재, 어디 갔다 와?"

"원무과."

사람 하나가 병원 침대에 며칠간 자리를 확보하고 누우려면 엄청나게 복잡하고 지치는 과정이 필요하다는 사실을 처음 알게 된 날이었다. 겨우 할 걸 다하고 나니 저녁이 다 되고 말았다. 찬호가 힘을 많이 써줘서 다행이지, 안 그러면 연휴 직후라 그날 당장 입원하는 것도 불가능했을 것이다.

엄마는 질문의 화살을 작은누나에게로 돌렸다.

"미현이 넌 아예 이리로 퇴근한 거야? 힘들게 뭐 하러……. 며칠 있다가 집에 갈 건데."

"같이 있는 환자 없나?"

누나는 물음에 대답하는 대신 다른 질문을 던졌다. 엄마의 병실은 2인실이었는데, 작은누나 말대로 옆자리 침대는 비어 있었다. 그러고 보면 밖의 팻말에도 아직 엄마 이름밖에 쓰여 있지 않았다.

"아직 없다. 근데 엄마가 내일부터 4인실로 옮겨달라고 난리다."

"와? 불편하나?"

작은누나가 걱정 어린 표정으로 돌아보자 큰누나가 쯧, 혀를 찼다.

"불편하기는. 또 돈 생각하는 거지."

"뭐라꼬? 어지간히 좀 아끼라, 엄마."

작은누나도 덩달아 혀를 차며 침대에 걸터앉았다.

그 상황에도 돈 걱정이라니. 안 그래도 전날에 거실에서 자신의 암 보험 증권을 들고 계산기 두들기시던 걸 보긴 했지만, 과연 우리 엄마다웠다.

― 엄마. 내가 빚내서라도 돈은 알아서 챙길게. 이제 엄마 몸이나 챙기라. 진짜 바보같이 와 그라는데, 엄마!

그리고 화를 내는 나에게 엄마는 눈을 동그랗게 뜨고 반문했었다.

― 준다는 걸 놔두고 뭐 하러 네가 빚을 내니? 아무리 어려워도 식구들 보험 하나씩 꼭 들어놓길 잘했지. 이거라도 있으니 든든하네. 보자. 암 판정 시 치료비……, 사망 시 보장료……, 일단 목돈은 좀 나오네. 좋지?

좋긴 뭐가 좋단 말인가.

"그래도 2인실 가격에 독실 쓰고 있으니 다행이다, 얘. 가족들 편히 드나들면서 신경 안 써도 되고."

다행이긴 또 뭐가 다행이란 말인가. 심란해서 절로 한숨을 쉬는데, 엄마가 병실 문 쪽을 흘끔거리며 입맛을 다셨다. 대번에 엄마 마음을 읽어낸 큰누나가 팔짱을 끼며 못마땅한 얼굴을 했다.

"아버지는 하는 일도 없는 양반이 얼굴도 안 보이시노. 하긴 염치가 있어야 나타나지."

"아빠한테 그런 말 하는 거 아니야! 특히 미선이 넌 동생들 앞에서 하는 말이 그게 뭐니?"

그래도 남편이라고, 엄마는 아버지 편을 들며 큰누나를 나무랐다. 가볍게 큰누나를 흘겨보던 엄마는 문득 뭔가가 떠올랐는지 내게로 시선을 돌렸다.

"참, 영재야. 넌 집에 들어가 봐."

"그래도……."

"그래도는 무슨 그래도. 아버지 혼자 계시게 하면 안 돼. 동태찌개 끓여서 냉장고에 넣어놨으니까, 그거 반찬이랑 같이 꺼내서 좀 데워드리고."

이 정도면 내심 기가 막힐 정도였지만, 엄마에게 안 좋은 얘기를 해봤자 좋을 건 없겠기에 그냥 입을 다물었다. 큰누나도 같은 생각이었는지, 그저 못 말리겠다는 얼굴로 고개를 설레설레 젓고 말았다.

“……알았다.”

마지못해 불만이 가득한 얼굴로 시선을 돌리며 대꾸했다. 가기 싫었지만 아픈 엄마가 저리 걱정스런 얼굴로 부탁하니 차마 계속 남아 있겠다고 할 수가 없었다.

“가볼게. 큰 누나, 작은 누나. 엄마 잘 좀 챙기라.”

“니도…… 아버지 잘 챙기드리라.”

“알았다.”

병실을 나온 나는 떨어지지 않는 발걸음을 억지로 움직였다. 병원 복도를 따라 천천히 걷는데, 휴게실 앞에서 익숙한 실루엣을 발견하는 바람에 우뚝 발이 멈추고 말았다.

아버지의 뒷모습이었다.

어두컴컴한 휴게실 안에서 아버지는 홀로 앉아 창밖을 바라보고 있었다. 처진 어깨와 굽은 등이 그토록 쓸쓸하고 초라해 보이기는 처음이었다.

이제 와서…….

나는 울컥 차오르는 설움을 삼키고 곱지 않은 시선으로 아버지를 지켜보다가, 휴게실 안으로 들어갔다.

“……아버지.”

“영재가.”

“언제 왔어요?”

“…….”

아버지는 대답하지 않았다. 하지만 분위기를 보아하니 이미 아침부터 와 계셨으리라는 걸 굳이 말하지 않아도 알 수 있었다.

"병실엔 와 안 들어오시고⋯⋯."

"내가 무슨 염치가 있어가 거길 가노."

아버지는 다시 창밖으로 시선을 돌렸다. 창문에 비친 아버지의 얼굴에는 어둑한 하늘이 회한처럼 겹쳐져 보였다. 그걸 보고 있자니 아버지만 생각하면 딱딱하게 뭉쳐들던 내 안의 뭔가가, 어이없이 스르르 누그러드는 것만 같았다. 나는 시선을 창밖으로 돌리며 말했다.

"그래도⋯⋯, 아니. 염치가 없으시면 더더욱 오셔서 엄마 곁에 계셔야 할 거 아입니까."

"내일⋯⋯ 내일 다시 오마."

"저도 집에 갈랍니다."

나도 자리를 털고, 일어나는 아버지를 따라나섰다.

"영재야."

"네?"

병원 정문에서 아버지가 문득 입을 열었다.

"소주나 한 잔 하자."

"⋯⋯네."

우리는 동네까지 돌아가는 동안 서로 한마디도 나누지 않았다. 그저 침묵으로 일관하며 묵묵히 길을 향했다. 그렇게 가다가 집 가까운 곳에서 포장마차를 발견하곤, 들어가 김치찌개와 소주를 시켜놓고 마주 앉았다.

아버지는 찌개를 시켜놓고도 숟가락조차 들지 않은 채 연거푸 소주를 들이켰다. 나는 그 앞에 앉아 애꿎은 소주잔만 빙글빙글 돌리고 있었다.

한참 뒤. 아버지가 쓴물을 토해내듯 어렵게 입을 열고 물었다.

"의사는 뭐라 카노."

나는 술잔의 소주를 한 방울도 남김없이 들이킨 후 입을 열었다.

"……6개월 정도 본다 캅니다."

6개월. 헤어짐을 받아들이기엔 너무 짧은 시간이다.

아버지는 말없이 잔을 비웠다. 잔이 비면 또 채우고, 잔이 차면 또 비웠다.

나는 아버지가 잔에 채우고 있는 게 소주인지, 아니면 아버지의 눈물인지 알 수 없었다.

다음 날, 아침 일찍 아버지를 모시고 함께 대학 병원으로 왔다. 휴가 마지막 날을 맞이하고 있던 나는 마음이 답답하기 그지없었다. 하루든 이틀이든 더 있고 싶었지만, 엄마도 큰누나도 하도 가라는 바람에 연장 신청도 끝내 내지 못했다.

― 엄마가 저 지경인데 내 혼자 우째 올라가노! 누나는 와 아무 일도 없는 것처럼……!

― 시끄럽다. 니, 사람이 언제 죽는지 아나?

오밤중에 전화해서 갑자기 서울에 제때 올라가라기에, 울컥

해서 소리를 쳤더니 큰누나가 말을 뚝 잘랐다. 예의 그 느릿하고도 차분한 목소리였다. 평소에는 너스레도 잘 떨고 유쾌한 큰누나지만, 저럴 때는 엄마보다도 더 엄하다는 걸 알기에 나도 모르게 멈칫했다.

— 그게 뭔 소리꼬?

죽는다는 말에 괜히 불길해서 되물었다.

— 우리 시아버지, 시한부 판정 받고 1년 넘게 앓다가 가신 건 니도 알 끼다. 근데 그분이 진짜로는 언제 돌아가셨는지 아나? 그건 바로 시한부 판정 받은 그날이다.

뭐라 말해야 할지 몰라서 나는 입만 벙긋거렸다.

— 너 말이다. 니도 미현이도, 어제 오늘 내내 엄마를 어떤 눈으로 봤는지 알기나 하나? 엄마 아직 살아 있다. 벌써부터 엄마를 죽을 사람 보듯 보지 말란 말이다. 그랄라면 서울 가서 머리 식힐 때까지 엄마 보러 오지 마라.

뒤통수를 한 대 맞은 것 같았다. 누나의 말이 너무도 날카롭게 가슴을 후벼 파서, 순간적으로 숨이 턱 막혔다.

— 사람을 살게 만드는 거, 그기 뭐 난리 버거지를 떨어야 되는 건 줄 아나. 자기가 살아 있다고 생각하면 그건 산 사람이고, 죽을 거라고 생각하면 그건 죽어가는 사람이다. 니가 지금처럼 계속 그라고 있으면, 엄마는 엄마가 아니라 그냥 시한부 환자 되는 기다.

반박할 말이나 생각 같은 건 전혀 떠오르지 않아서, 결국은

누나에게 항복하고 전화를 끊는 수밖에 없었다.

그 결과, 나는 저녁 표를 끊어놓고 병원에 온 참이었다.

둘째누나는 아직 휴가가 접수되지 않아서 회사에 출근해야 했고, 큰누나도 예현이를 유치원에 보내느라 병실엔 엄마 혼자서 항암제를 맞고 계셨다.

내게 등이 떠밀려 병실 안까지 들어온 아버지는 쭈뼛거리며 물었다.

"거, 많이 아프나."

"아프지 그럼 안 아프겠어요?"

"……말이라도 안 아프다고 하면 안 되나."

"안 돼요. 거짓말하면 벌 받으니까."

엄마는 힘든 와중에도 짓궂은 미소를 지었다. 저런 걸 보면, 큰누나의 장난기는 다 엄마한테 물려받은 거 같았다. 엄마는 아버지의 뒤에 서 있는 내게 가까이 오라고 손짓했다.

"아가. 이제 그만 올라가 봐. 엄마 때문에 일 방해되는 거 싫어."

그리고는 내 손을 꼭 쥐었다. 아니, 꼭 쥐려 했을 것이다. 하지만 며칠 새 부쩍 야윈 엄마의 손엔 힘도 제대로 들어가지 않았다.

"안 그래도 저녁 기차 끊었다."

"언니."

그때, 병실 문이 열리며 반가운 얼굴이 들어섰다.

“작은 이모, 오셨어요.”

“처제 왔나.”

엄마의 셋째 동생, 이모로는 둘째 이모였다. 엄마는 반가워
하면서도 민망해하며 말했다.

“아이 참. 다들 사느라 바쁜데 온 식구가 나 때문에 난리네.
넌 또 어찌 알았어?”

“나야 어제 미선이한테 들었지. 언니 좋아하는 밑반찬 좀 해
왔어.”

이모가 싸 들고 온 짐을 들어 보이며 말했다. 얼결에 받아 들
고 보니 제법 묵직했다. 작은 냉장고에 차곡차곡 우겨넣는데,
뒤로 다가온 이모가 내 등을 두드리며 흐뭇한 표정을 지었다.

“우리 영재 너무 멋있게 큰다. 언니, 형부. 영재 얼른 장가보
내야겠어요.”

어색하게 웃는 나를 보며 엄마는 마냥 행복한 얼굴로 웃었
다. 이모도 따라서 웃다가, 엄마의 손을 꼭 잡고 입을 열었다.

“언니.”

“응?”

이모의 입이 쉽게 떨어지지 않았다. 엄마는 그런 이모를 의
아한 얼굴로 보고 있었다.

이모가 잠시 뜸을 들이다 결국 입을 열었다.

“엄마한테도 말했어.”

외할머니에게 소식을 전한 모양이었다. 엄마의 얼굴에 처음

으로 그늘이 졌다.

"……왜 얘기했어."

"나중에 아셨다간 노인네 쓰러져, 언니. ……어찌됐든 맘 단단히 먹고 꾹 참아내야 해. 그동안 억척스럽게 살았잖아. 딱 그만큼 독하게 마음먹고 잘 참아. 애들 봐서라도. 알았……지?"

신신당부하던 이모가 결국 눈물을 보이고 말았다. 미안하다고 얼른 눈물을 닦으면서도 또 눈물을 흘리는 이모를 보며, 엄마는 이모의 손을 잡고 달래주었다. 그러는 엄마의 눈가에도 어느새 눈물이 고이는 것을 보며, 나는 큰누나가 무슨 얘기를 하려고 했던 건지를 마음속 깊이 공감할 수 있었다.

엄마가 잠든 건 그날 초저녁이었다. 항암제 탓일까. 잠든 얼굴엔 생기가 없었다. 그저 식은땀만 가득할 뿐이었다.

손수건으로 이마의 땀을 닦아드리는데, 오후 세 시쯤부터 함께 자리를 지키고 있던 큰누나가 옆에서 말했다.

"그만 가봐야지. 차 시간 다 됐다."

"아버지가 태워준댔다. 조금만."

"그 조금만, 아까 다 찾고도 남았겠다."

이미 아슬아슬한 시간이다. 하지만 나는 도저히 발길이 떨어지지 않아, 잠든 엄마의 얼굴을 계속해서 바라보았다.

"영재야, 내가 어제 전화로 얘기 안 했드나."

“……알았다, 알았어. 누나가 고생 많겠네.”

결국 가방을 둘러메고 일어났다. 큰누나는 한숨을 쉬며 고개를 저었다.

“엄마 살아온 세월에 비하면 이게 고생이가?”

“그건 그렇다.”

쓰게 웃고 병실을 나오는데, 마음이 천근만근 무겁기만 했다. 소독약 냄새 섞인 암 병동의 복도가, 그날따라 길기만 했다.

* * *

순옥은 난생 처음 당해보는 항암제의 고통에 들떠 정신이 오락가락하다가 퍼뜩 눈을 떴다. 방금 전까지만 해도 영재와 미선이 두런거리는 소리가 들린 것 같았는데, 눈을 떠보니 미선만 앉아서 순옥의 땀을 닦아주고 있었다.

“……영재, 갔니?”

“더 자야지 와 일어나노.”

순옥은 미선을 향해 간신히 손을 뻗었다.

“엄마 좀 일으켜줘.”

“뭐 필요한 거 있나?”

순옥은 대답 대신 화장실을 가리켰다. 미선의 도움으로 일어난 순옥은 화장실 세면대에 도착하기가 무섭게 노란 액체를 쏟아냈다.

“웨에엑……! 켁, 켁! 커헉.”

“엄마! 괜안나? 지금 간호사 호출…….”

미선이 반사적으로 호출 벨을 누르려는데 순옥이 소매를 붙잡았다.

“아니야. 그러지 마. 이럴 거라고 다 설명 들었잖니.”

항암제 부작용. 물론 충분히 알아들었다. 환자가 많이 힘들어할 거라고, 증상은 어떻고, 어떻게 해야 한다고. 하지만 실제로 눈앞에서 엄마가 이렇게 괴로워하는데 보고만 있으려니 미선은 숨이 막힐 것만 같았다.

“……흐읍! 우웩……!”

좀 잠잠해진 듯 침대로 돌아가려던 순옥이 급히 돌아서더니 다시 노란 액체를 토해냈다. 순옥은 몇 번이나 그 행동을 반복하고 나서야 미선의 부축을 받으며 침대로 돌아올 수 있었다. 순식간에 두 배로 야윈 듯한 순옥의 얼굴은 이미 창백해 핏기가 없었다.

미선이 이를 꾹 악물고 해줄 수 있는 거라곤, 순옥의 손을 잡고 곁을 지키는 것뿐이었다. 떨리는 손으로 순옥의 이마에 흐른 땀을 닦아내면서 미선은 속이 타들어가는 것만 같았다.

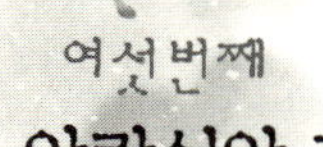

아카시아 질 무렵

2011년 6월

서울에 올라온 후 한동안은 어떻게 지냈는지 기억도 안 난다. 그저 일을 하다가도, 밥을 먹다가도 가슴이 콱 막힌다 싶다가 정신을 차려보면 어느새 회사 옥상의 하늘 정원을 혼자 서성이고 있곤 했다. 하늘 정원, 회사 옥상에 직원들을 위해 마련해 놓은 한적한 휴게 공간이었다. 휴식은 전혀 안 됐지만, 혼자 하늘 정원에 올라 빡빡한 도심을 내려다보는 게 그나마 먹먹한 가슴을 달래는 길이었다.

시원한 바람을 맞으며 그날도 나무 테이블 앞에 앉아 허망한 한숨을 흘리고 있었다.

"어머니는 좀 어떠시냐?"

126

　팀장 형이 자판기에서 음료수를 뽑아 들고 다가왔다. 집안에 일이 터진 걸 알고 곁에서 가장 걱정해준 사람이었다. 형이 건네준 음료를 받아 들고 나는 침울하게 대꾸했다.

　"고마워요. ……요 며칠 부작용 땜에 아무것도 못 드시나봐요."

　실소를 흘리며 중얼거렸다.

　"근데 형, 그거 알아요? 엄마는 저렇게 죽을 고비를 넘나드는데, 나는 아직도 끼니때만 되면 배고프고, 자정만 넘으면 막 잠 와요. TV 보다가 코미디 나오면 웃기기까지 하더라고요."

　나처럼 나쁜 놈은 세상에 별로 없을 것 같았다. 사지 멀쩡하게 숨을 쉬고 있다는 사실 자체가 찜찜해서, 차라리 어딘가 아프면 나을 텐데 웃기게도 나는 감기 한 번 걸리질 않았다. 혹시나 내가 아플 것까지 엄마가 다 가져간 건 아닐까 싶어, 숨을 쉬기가 어려웠다.

　"아……, 형, 저 진짜 죽일 놈인가봐요."

　팀장 형은 혀를 차며 내 머리를 한 대 쥐어박았다.

　"죽일 놈인지는 모르겠고, 병신은 맞는 거 같네. 야 인마, 네가 식음 전폐하고 엄마, 엄마, 하고 울고만 있으면 너네 어머니께서 아이구 내 아들 효자네~ 하면서 좋아하실 거 같냐? 원래 다 그런 거야. ……나도 그랬고."

　쓴웃음을 짓고 있는 형은 몇 년 전, 어머니를 대장암으로 잃었다.

"……미안해, 형. 근데 말이야. 근데 내가 정말 힘들고 괴로운 건 말이야, 형. 내가 해줄 수 있는 게 아무 것도 없다는 거야. 여섯 달 남았다던 게 이미 지난달 됐어. 그런데 형, 뭘 어떻게 해야 될지도 모르겠어. 날짜 바뀔 때마다 미칠 것 같아."

호흡이 또 거칠어지려 하기에, 일단 말을 끊고 심호흡을 했다.

"웃어. 웃고, 잘 먹고, 잘 싸고, 잘 자라. 그게 너희 어머니가 제일 기뻐하실 일일걸. 우리 엄마도 나한테 그러더라."

"하아아. 힘드네, 그게."

억지로 웃어보려던 나는, 결국 긴 한숨을 내쉬며 뿌연 회색빛 하늘을 올려다보았다.

그날 밤.

늦게야 일을 마치고 퇴근하다가 집 앞 골목길에 접어들자 더는 참지 못하고 주머니에서 휴대폰을 꺼냈다. 신호가 울리고, 잠시 후 큰누나가 전화를 받았다.

[응, 영재야.]

"어, 누나. 고생이 많네. 엄마는?"

누나도 나도, 약속처럼 둘 다 애써 밝은 목소리를 내고 있었다. 걸음을 멈추고 건물 벽에 등을 기대고 섰다. 전화기 너머에서 미선이 조곤조곤 말을 이었다.

[엄마 지금 주무신다. 저녁에 죽 좀 달라고 하시더니 억지로 드시곤 주무신다.]

억지로나마 무언가를 드셨다는 소식에 겨우 한숨이 나왔다. 그리고 어쩔 수 없는 죄책감에 사로잡혔다.

평생 엄마가 뭐 하나 드셨다는 말에 이토록 감사한 적이 있었던가. 나는 전화기를 들고 있지 않은 반대쪽 손을 들어 관자놀이를 문질렀다. 그리고 한참 묵묵히 전화기만 들고 있다가 목소리를 쥐어짜 큰누나에게 부탁했다.

"엄마 좀 바꿔도."

[주무신다니까.]

"안다. 근데 누나. 나, 여기서 할 수 있는 건 엄마한테 전화하는 것밖에 없다……."

뭘 해야 할지, 내가 여기서 뭘 할 수 있을지…….

'시험적인 치료', '곧 인증 받을 신약', '미국에서는 이미 행해지고 있는', '기적의 체험담'……. 밤마다 인터넷이나 의학잡지를 뒤지면서 발버둥을 쳐봤지만 가족들의 반대를 통과한 건 아무것도 없었고, 나조차도 그런 것들이 엄마를 치료하기보다는 위험하게 할 가능성이 더 크다는 것쯤은 잘 알고 있었다.

그런데 그런 것 말고는, 그저 꽃이나 과일 같은 것을 이따금 보내드리고 전화를 하는 것 외에는 아무것도 할 수 있는 일이 없었다. 그리고 날마다 엄마의 나날들은 하루하루가 사그라지는 것이다.

그 절망적인 무력감이 날마다 나를 진저리치게 했다.

"제발이다. 누나 말대로 엄마 우울하게 안 할 테니까, 그냥,

귀에다 전화기만 갖다 대봐라."

돌아오는 대답은 없었다. 대신 낮고 힘없는 숨소리만 들려오기 시작했다. 누나가 부탁을 들어준 것이다.

나는 가만히 전화기를 귀에 대고 숨을 죽였다. 엄마의 숨소리가 마치 소라 속에서 들려오는 파도소리처럼 나지막하게 전해져 왔다.

"엄마. 아들이다. 엄마…… 엄마 자나?"

목소리가 크게 나오질 않았다. 아주 가까이에서 들어도 알아듣기 어려운 정도로 작았다. 나는 그저 엄마를 부르고, 또 부르다가 간신히 하고 싶은 말을 꺼냈다.

"엄마, 지금 뭐 하고 있는데……. 아들이 속 많이 썩여서 시위하는 거가? 나 이제 엄마 속 안 썩일 테니까 아프지 마라."

엄마의 숨소리에는 변함이 없었다.

아프지 말라고 부탁한다고, 엄마의 고통이 사라질까. 다 바보짓이다.

그렇게 생각하면서도 달리 할 말이 없었다. 약속대로 울지 않으려고 그렇게 애를 썼지만, 어느덧 볼을 타고 뜨거운 게 흘러내렸다. 목소리가 떨리는 것을 최대한 참으려고 애쓰면서, 나는 실없는 소리를 계속했다.

"고등학교 때, 처음으로 엄마한테 소리 지르고 대들었다 아이가. 미안하다. 내 다신 안 그럴 테니까…… 엄마도 그만 아파라. 나 이제 담배도 끊고 손톱 물어뜯는 것도 그만하고…… 엄마가 그렇게 원하는 교회도 나갈 테니까. 응? 이제 그만 아파라. 알았제, 엄마. 툴툴 털고 일어나는 거다. 약속……했다, 한 기다."

그나마 생각나는 말을 주절대다 보니 점점 더 가슴만 쓰라렸다. 애초에 잔소리 같은 건 별로 하지 않는 엄마다. 하지만 그 엄마가 어쩌다 잔소리를 할 때조차 나는 어느 것 하나도 제대로 들어준 적이 없었다. 말하다 깨달은 건 그 사실뿐이었다. 눈물이 볼을 타고, 턱을 타고, 바닥으로 떨어졌다.

나는 더 이상 견디지 못하고 전화를 끊어버렸다.

격렬한 서러움이 울음에 뒤섞여 쏟아져 내렸다. 벽에 기대서 있던 나는 전화기를 두 손으로 꽉 잡고 주저앉았다. 차가운 벽을 타고 시린 한기가 올라왔지만, 뜨거워진 머리는 전혀 식질 않았다.

* * *

아침, 보호자용 간이침대에서 눈을 뜬 미선은 곁에서 잠들어 있어야 할 순옥이 없다는 사실을 깨닫고 화들짝 놀라 자리에서 벌떡 일어났다.

"어디 갔노."

미선은 급히 병실에서 복도로 나왔다. 혹 복도 창가에 서 있나 싶어 살펴봤지만 순옥의 모습은 보이질 않았다. 급한 마음에 데스크로 달려가니, 아침을 맞이한 병원 데스크는 환자들과 보호자, 거기에 간호사들까지 오가느라 부산하기 짝이 없었다. 미선의 눈이 바빠졌다. 하지만 거기에도 순옥은 없었다. 휴게실도, 화장실도 마찬가지였다.

"엄마……."

도대체 아픈 사람이 어디로 사라졌단 말인가. 미선은 어젯밤에도 고통에 떨던 순옥을 떠올렸다. 그러고 보니 기절하듯 간신히 눈을 감은 순옥의 귀에, 밤늦게 영재에게서 걸려 온 전화를 가만히 가져다댔던 기억이 문득 떠올랐다. 아들의 목소리를 들어서인지 혹은 아파서인지는 몰라도, 잠든 줄 알았던 순옥의 눈가에선 눈물이 한 방울 흘러내렸었다.

그렇게 아파도 웬만하면 안 우는 엄마인데…….

미선은 그런 생각에 괜히 마음이 더 불안하고 불길해져서, 급히 발걸음을 서두르며 순옥을 찾아 나섰다.

어이없게도 웃고 있는 순옥을 발견한 건, 코너를 돌아 복도 끝에 이르러서였다. 순옥은 햇볕이 내리쬐는 밝은 창가에 서서 가벼운 스트레칭을 하며 몸을 풀고 있었다.

"일어났니?"

스트레칭을 하던 순옥이 상쾌한 얼굴로 미선을 바라보았다.

"엄마!"

따스하게 쏟아지는 햇살 덕분일까. 지난밤과는 달리, 안색이 아주 밝고 활기차 보였다. 밤새 몇 번이고 구토를 한 사람이라곤 믿을 수 없는 얼굴이었다. 순옥이 환히 웃으며 딸을 향해 손을 내밀었다.

"배고프다, 밥 먹자!"

"응."

미선은 고마운 마음에 눈물이 날 것 같았지만 꾹 참고 웃었다. 그리고 순옥을 따라 환하게 웃으며 야윈 손을 잡고 병실로 돌아왔다.

순옥은 마치 다 나은 사람 같았다. 미선이 올려주는 반찬을 한 번도 밀어내지 않고 모두 씹어 삼켰다. 먹는 속도는 느릿느릿했지만 부지런히 밥을 떠 입에 넣고, 한참을 우물거리다 꿀꺽 삼키는 일을 반복했다.

"우리 엄마 잘 먹네."

어린애를 칭찬하듯 미선이 웃으며 순옥을 바라보았다. 순옥은 그저 고개를 끄덕이며 한 숟갈이라도 더 먹으려고 턱을 움직였다.

기분 좋은 아침 식사를 마치고 얼마 지나지 않아 순옥의 주치의가 회진을 왔다. 그는 차트를 이리저리 넘겨보고 순옥의 상태를 점검하더니 고개를 끄덕였다.

"점심부턴 제대로 식사가 나올 겁니다. 그거 드시고요. 며칠 있으면 퇴원하실 수 있을 것 같습니다."

의사의 말에 깜짝 놀란 순옥이 미선을 돌아보았다. 퇴원이라니, 혹 잘못 들은 건가 싶어서였다. 얼떨떨한 얼굴로 바라본 미선이 자신과 똑같은 얼굴을 하고 있었다. 두 사람은 약속이나 한 것처럼 의사를 향해 고개를 돌렸다.

"퇴원하신 후가 더 중요합니다. 본인의 의지와 가족이 도움이 절실해요. 최대한 기운을 차리셔야 2차 치료에서도 효과를 볼 수 있습니다."

의사가 웃으며 건넨 말에 미선의 눈동자엔 오랜만에 물기가 어렸다. 고통스러웠던 1차 치료가 끝난 것이다.

"선생님, 고맙심니더. 고맙심니더."

미선이 자리에서 일어나 허리 숙여 인사했다. 의사가 손을 내저었다.

"아뇨. 환자분과 가족분이 힘을 모은 결과입니다. 대단하시네요."

미선은 만류하는 의사에게 몇 번이고 고맙단 말을 건넸다. 뒤돌아 병실을 나서는 의사의 등에 허리가 아프도록 구부리며 인사를 건넨 것이다.

순옥은 주치의가 나가자마자 이 반가운 소식을 전하기 위해 휴대폰을 꺼내 들었다.

영재에게였다.

"아들!"

[엄마?]

깜짝 놀란 영재의 목소리엔 당혹감이 묻어 나왔다.

"왜. 엄마 목소리도 까먹은 거야?"

[아니. 엄마 번호인 건 봤는데 그래도 큰 누나나 작은 누나일 줄 알았지. 좀 괘안나?]

걱정 어린 영재의 목소리에 순옥이 배시시 웃으며 자랑스럽게 말을 이었다.

"그럼~ . 엄마 이제 밥도 먹는다? 의사 선생님 말이 엄마보고 대단하대. 며칠 있다간 퇴원도 해도 된대."

[와, 우리 엄마…… 진짜 대단하다.]

영재의 목소리가 살짝 떨리고 있었다. 순옥도 물론 알고 있었다. 이 퇴원이 일시적이라는 것쯤은. 암이라는 게 호전되는 듯 보이다가도 손바닥 뒤집듯 악화되기 일쑤라는 것도.

하지만 예상보다 퇴원이 빠르다는 이 작은 사실 하나에, 순옥은 날아갈 것만 같았다.

* * *

시간이 흘러 퇴원하는 날이 다가왔다. 순옥을 데리러 온 광섭은 큰딸 미선과 사위가 먼저 와 있는 걸 보고는 겸연쩍은 얼굴로 다가와 순옥의 짐을 들어주었다.

환자복을 벗은 순옥은 꼭 예전의 건강했던 모습으로 돌아온 것 같았다. 염색을 하지 못해 늘어난 흰머리와 조금 살이 빠졌다는 것. 더 예뻐진 것 같다는 넉살 좋은 사위의 말에 순옥이 소녀처럼 웃음을 터뜨렸다.

“그리 좋나?”

“그러엄~, 집에 가는데.”

순옥은 콧노래까지 흥얼거리고 있었다. 시한부를 선고받은 사람이라곤 믿을 수 없을 정도로 밝고 명랑한 모습이었다. 마치 완치라도 된 것처럼 행복해하는 순옥의 모습에, 광섭은 차마 얼굴을 똑바로 바라보지 못하고 시선을 멀찌감치 던졌다.

순옥은 주차장으로 내려오자마자 광섭의 낡은 소형 트럭을 향해 서둘러 걸어갔다.

“이 사람 차 타고 가면 좋을 끼고마는, 저래 고집을 부리노.”

광섭의 낡은 트럭 옆에는 중형 승용차 한 대가 서 있었다. 미선네 차였다. 순옥은 미선이 걱정스럽게 내뱉은 말에 그 차를 한 번 바라보다가, 이내 고개를 저었다.

“오랜만에 아빠랑 데이트 좀 하려고.”

“니 엄마 고집을 누가 꺾노.”

마음대로 하라는 듯 툭 내던진 광섭의 말에는 숨길 수 없는 흐뭇함이 자리하고 있었다. 그는 순옥이 조수석 문을 열기 위해 손을 뻗자, 얼른 짐 가방을 내려놓고 다가가 대신 문을 열어 주었다. 연이어 순옥의 손을 잡고 쉽게 차에 오를 수 있도록 도와주기까지 했다. 평소의 그라면 결코 하지 않을 행동이었지만 순옥은 비아냥거리지 않았다. 그저 웃으며 남편의 마음을 받아 주었다.

“아빠. 엄마 잘 챙겨드리세요.”

"장인어른, 조심해서 들어가세요."

"알았다. 니들도 조심해서 드가라."

광섭은 미선과 사위의 인사를 건성으로 받아주고는 얼른 운전석에 올라탔다. 그는 창밖으로 딸에게 손을 흔드는 순옥을 힐끔 돌아보더니 조심스럽게 시동을 켜고 액셀을 밟았다.

트럭을 운전하는 광섭의 움직임이 조심스러웠다. 하지만 낡을 대로 낡은 트럭은 부드럽게 움직이긴커녕 시끄럽고 덜컹거리느라 난리도 아니었다. 어쩐지 평소보다 더 덜덜거리는 느낌이 들 정도였다.

순옥이 걱정된 나머지 광섭의 입에선 퉁명스러운 말이 튀어나왔다.

"속도 안 좋을 낀데 덜컹대는 고물 차 타겠다고 고집을 부리노, 고집을."

"난 당신 차가 제일 편해요."

순옥이 창밖에 시선을 고정시킨 채로 말했다.

"편하기는 무신……."

광섭이 한결 작아진 목소리로 말을 흐렸다. 그러면서도 아내의 말이 썩 싫지는 않은 눈치였다.

순옥은 마치 처음 세상에 나온 어린아이처럼 하염없이 창밖을 바라보고 있었다. 머리가 울리는 것도 아랑곳하지 않고 유리창에 기댄 채 지나가는 풍경을 쫓았다. 급기야는 바람이 차다는 광섭의 만류에도 기어이 창문을 열고 말았다.

부스스한 머리카락이 바람에 휘날렸다. 순옥은 창밖으로 손가락을 내밀고 지나가는 바람을 느꼈다.

"좋다……."

광섭은 아닌 척하면서도 아내를 꼼꼼하게 살피고 있었다. 지나가는 길에 흐드러진 꽃이라도 언뜻 스치면 순옥은 그 보드라운 꽃잎들에서 시선을 떼지 못하고 뒤를 돌아봤다. 그럴 때면 광섭의 운전 속도도 덩달아 줄어들었다. 바깥쪽 차선을 따라 거북이걸음으로 기어가는 낡은 트럭. 도로 위의 차들이 광섭의 차를 피해 차선을 바꾸기 시작했다.

봄 풍경에 취한 순옥은 파란 잎사귀 하나, 지나가는 바람 하나 놓칠 새라 부지런히 눈을 깜박였다. 처음엔 걱정스럽게, 시간이 가면서는 흐뭇하게 아내를 바라보던 광섭은, 뭔가를 결심하기라도 한 듯 운전대를 꾹 눌러 잡았다.

그리고 운전대의 방향을 틀었다. 집으로 가는 길이 아닌데도 트럭은 도심을 벗어나 외곽을 향해 달리기 시작했다.

순옥은 길이 다르다는 걸 알면서도 아무 말 하지 않았다. 광섭도 마찬가지였다.

그리고 얼마 지나지 않아, 어여쁜 아카시아 꽃길이 펼쳐지기 시작했다.

하얗고 부드러운 꽃잎이 바람을 타고 이리저리 조그마한 발을 옮겼다. 얇고 굵은 가지마다 옹기종기 모여 있는 꽃망울들이 너도나도 손을 내밀고 바람에 몸을 맡겼다.

순옥의 입에서 숨길 수 없는 탄성이 새어나왔다.

“어휴…… 저 꽃 좀 봐. 예쁘게도 피었네…….”

선들선들한 바람이 불었다. 한차례 꽃길을 휘감고 지나간 바람을 따라 꽃눈이 떨어졌다. 순옥은 두 손을 가슴 앞에 모으고선 그 장관을 바라보았다. 해맑은 눈동자가 반짝반짝 빛을 발했다. 마치 사춘기 소녀 같았다.

어느새 광섭의 트럭은 길가에 세워진 채 움직이지 않았다. 그는 열일곱 소녀 같은 아내의 모습을 묵묵히 바라보다, 아무 말 없이 차 문을 열고 운전석에서 내렸다.

순옥이 깜짝 놀라 남편을 바라보았다. 무슨 생각을 하는지 알 수 없는 얼굴을 한 광섭이 조수석 앞으로 다가와 문을 열더니 순옥에게 거친 손을 내밀었다.

“내리라. 좀 쉬다 가게.”

무뚝뚝하기 그지없는, 참으로 멋없는 데이트 신청이었다. 하지만 숨길 수 없는 기쁨이 순옥의 입가에 피어났다. 광섭의 손을 잡고 트럭에서 내린 순옥은 코끝을 맴도는 아카시아 향을 만끽하며 천천히 걸었다.

광섭도, 순옥도 잡은 손을 놓지 않았다. 부부는 누가 먼저랄 것도 없이 두 손을 꼭 맞잡았다. 말없이 걸어가는 두 사람의 머리 위로 하얀 꽃망울들이 취할 것 같은 향기를 뿜었다.

“우리 여기 앉을까요?”

아카시아 꽃길 한가운데 비어 있는 벤치가 있었다. 순옥이 광섭의 손을 잡아끌자 남편은 묵묵히 따라와 앉았다.

"꽃이 참 예쁘게도 피었네……. 여보. 우리 맞선 본 날도 아카시아 꽃이 얼마나 예쁘게 피었는지…… 당신 기억나?"

순옥이 가만히 물었다. 광섭이 가만히 고개를 끄덕였다. 세월이 흐르면서 순옥의 얼굴엔 주름살이 생기고 고된 삶의 흔적이 묻어났지만, 순수하고 따스한 눈빛만은 예전 그대로였다. 광섭은 확실하게 기억하고 있었다.

"그날 공원 전신에 아카시아 꽃 천지였다 아이가."

"엊그제 같은데 벌써 31년이나 지나버렸네."

순옥이 살포시 웃으며 광섭의 어깨에 머리를 기댔다. 31년인가. 어깨를 따라 느껴지는 아내의 체온이 딱딱하게 굳어 있던 광섭의 마음을 감싸 안아주었다.

그는 어색하게 손을 올려 그런 아내의 마른 어깨를 보듬어 안았다. 순옥이 가만히 웃음 짓는 것이 느껴졌다.

"그러고 보니…… 우리는 꽃놀이 한 번을 제대로 못 갔네. 미안하다. 니 다 낫거든 내년엔 꽃놀이도 가고…… 가을엔 단풍놀이도 가고…… 남들 다 가는 해외여행이란 것도 꼭 가자. 알았나?"

"응. 그러면 좋겠네요."

떨어지는 꽃눈을 맞으며 아스라이 눈 감는 아내의 옆 얼굴을 보고, 광섭은 다짐하고, 또 다짐했다. 너무 늦은 약속이 아니기를 바라며.

그날 밤, 모처럼 집으로 돌아온 순옥은 행복한 꿈을 꾸었다.

늦은 봄날이었다. 순옥은 만개한 아카시아 꽃길에 서 있었다. 오늘 낮에 본 것보다도 더 향기롭고 아름다운 아카시아 나무가 순옥의 머리 위에 화사한 꽃 그림자를 만들어주고 있었다.

순옥은 그곳이 어딘지 궁금해하지 않았다. 광섭을 만난 이후로 순옥이 단 한 번도 잊은 적 없었던 장소. 바로 오래 전의 부산 대신 공원이었다. 비록 꿈이었지만, 31년이나 지난 일이었지만 쏟아지는 아카시아 꽃을 보자마자 알았다.

순옥은 이날 남편을 두 번째 만났다.

꿈속의 순옥이 수줍게 웃으며 옆을 돌아보았다. 젊은 시절의 광섭이 잔뜩 긴장한 채 주위를 두리번거리고 있었다.

지금은 많이 빠지고 하얗게 세어 볼품없지만, 이때만 해도 광섭의 검은 머리카락은 머리를 온통 덥수룩하게 뒤덮고 있었다. 뿐만 아니었다. 불룩 나온 배도 없었고, 생전 불편하다고 입지 않는 멀끔한 양복까지 차려 입고 서 있었다.

"그놈의 꽃, 우라지게 마이 컸네."

자꾸만 검은 양복에 떨어지는 아카시아 꽃이 귀찮았던지, 광섭이 뚱한 얼굴을 하고 투덜거렸다. 그때는 참 메마른 사람이다 생각했는데, 지금은 그런 말들이 그저 쑥스러움을 감추려고 아무렇게나 하는 말이라는 것을 알았다. 불만스러워 보이는 얼굴도, 무뚝뚝한 말투도, 전부 그래서였을 것이다.

"그래도 예쁘고 좋잖아요."

"마, 순옥 씨가 그래 생각하면 내야 상관없는데."

경상도 남자가 으레 그렇듯, 광섭도 무뚝뚝하기로 둘째가라면 서러울 그런 남자였다. 평생 함께 살면서도 자기감정을 쉽게 내보이지 않았다. 그런 그가, 흘깃흘깃 순옥을 훔쳐보며 귓가를 벌겋게 물들이고 있었다.

— 우리 내일 한 번 더 보입시다.

선을 보자마자 대뜸 전화를 걸어오더니 가타부타 말도 없이 던진 첫 마디였다. 남들 다 한다는 아름다운 로맨스 같은 건 없었다. 심지어 순옥을 배려해주지도 않았다. 그저 내일 한 번 더 보자는 강압적인 통보.

이게 어딜 봐서 선본 상대에게 데이트를 신청하는 대사란 말인가.

순옥은 그때 왜 자신이 이 남자의 데이트 신청을 받아들였는지 스스로도 알 수 없었다.

그때 바람이 불어, 취할 것 같은 향기가 한차례 두 사람을 부드럽게 감쌌다. 순옥은 어린애처럼 기뻐하며 두 손을 꼭 맞잡았다.

어쩌면 그냥 아카시아 꽃이 지기 전에 한 번 더 보러 오고 싶었던 걸지도 모른다. 만발해 있는 아카시아 꽃이 바람에 흩날려 떨어지는 광경을 보며 순옥이 자그마한 탄성을 내질렀다.

"와아."

"맘에 드십니꺼."

“네. 너무 멋져요.”

“……그라믄 내년에 또 같이 오면 되겠네.”

뭐라고? 순옥은 자신이 뭘 잘못 들은 건가 싶어 동그랗게 눈을 뜨고 광섭을 돌아보았다. 하지만 정작 그렇게 말한 광섭은 혼자 어딘가로 성큼성큼 걸어가고 있었다.

“어디 가요?”

“꽃이 이뻐도 밥은 무야지예. 밥이나 묵읍시다.”

당황한 순옥은 앞서가는 광섭을 잰 걸음으로 쫓았다.

두 사람은 그 해 겨울 결혼식을 올렸지만, 내년에도 또 꽃을 보러 가자던 약속은 결국 지키지 못했다. 삶에 여유가 없었다. 그렇게 바삐 사는 와중에 세월은 훌쩍 흘러가 버렸다.

생각해보면 딱히 행복한 꿈은 아닌 것 같기도 하다. 하지만 어쩌겠는가. 순옥에겐 더없이 소중한 추억인 것을.

＊　＊　＊

퇴원을 하고 며칠이 지난 어느 날이었다. 그동안 내내 집에 붙어 있던 광섭은 미선이 오는 걸 확인하고는 어딘가로 나갔다.

순옥은 괜찮다 했지만 환자를 혼자 집에 둘 수 없어, 두 부녀가 번갈아가면서 집에 붙어 있었던 것이다. 하지만 그날 순옥은 혼자서 할 일이 있었다. 그래서 나도 혼자만의 시간이 필요하다고, 가지 않으려는 미선을 억지로 집에 돌려보냈다.

혼자 남은 순옥은 천천히 집을 둘러보면서 심각한 얼굴이 되었다. 집이 더럽거나 엉망이어서는 아니었다. 병원에 입원해 있는 사이 미선이 틈나는 대로 친정과 병원을 오가며 청소와 식사를 도와주었기에, 기적적으로 생각보다는 상태가 양호했다.

하지만 지금 순옥은 더 큰 걸 계획하고 있었다.

"좋아."

순옥은 팔을 걷어붙이며 자리에서 일어났다. 이윽고 대청소가 시작되었다. 진공청소기로 구석구석 쌓여 있는 먼지를 꼼꼼하게 제거하고, 깨끗하게 빤 걸레를 들고 나와 바닥을 기어 다니며 박박 문질렀다. 장식장에, 선반과 소파, 가전제품까지 순옥의 손길이 닿지 않는 부분이 없었다. 한참을 그렇게 먼지와 씨름을 하고 나니 집에서 반짝반짝 빛이 나는 것 같았다.

청소를 마친 순옥은 거실을 바라보며 흡족한 표정을 지었다. 기분 탓인지 거실이 한층 넓어진 것 같았다. 그러다 고장 난 지 오래되어 쓰지 않는 오디오 장식장을 발견하곤 다시 소매를 걷었다. 순옥의 몸집만큼 커다란 장식장이었지만 31년차 주부에게 못할 일이란 건 없었다.

결국 혼자 힘으로 장식장을 치우는 데에 성공한 순옥이, 만족스런 얼굴로 이마에 배어난 땀을 닦으며 소파에 앉았다.

"휴. 이제 좀 사람 사는 집 같네."

순옥의 손에는 선반을 정리하다 발견한 낡은 앨범이 들려 있었다.

앨범 첫 장을 넘기자 낡은 흑백 사진 한 장이 드러났다. 사진 속엔 젊은 시절의 광섭과 순옥이 한복을 입은 채 어색하게 웃고 있었다.

그 아래엔 〈약혼 기념〉이라는 촌스러운 글씨가 적혀 있었다. 옛 사진을 보는 순옥의 입가에 미소가 그려졌다.

갑자기 사진이 흐릿하게 보이기 시작했다. 순옥의 눈에 눈물이 가득 고여서였다. 시야를 가린 부연 눈물이 결국 앨범 위로 한두 방울씩 떨어지기 시작했다.

웃고 싶은데, 옛 추억을 회상하며 행복해하고 싶었는데 야속하게도 눈물이 멈추질 않았다. 순옥은 결국 낡은 앨범을 품에 안고 엉엉 울음을 터뜨렸다.

그 시각, 광섭은 홀로 감자탕 집 구석 테이블에 앉아 술잔을 기울이고 있었다. 혼자 먹기엔 많아 보이는 양의 감자탕이 보글보글 끓었지만 광섭은 수저를 들지 않았다. 그저 연거푸 소주만 입에 털어 넣을 뿐이었다.

광섭의 맞은편 자리엔 쓰지 않은 수저와 잔이 준비되어 있었다. 테이블 위에 놓여 있던 소주병 셋 중 하나는 이미 텅 비어버렸다. 광섭은 끓어 넘치는 감자탕을 멍하니 바라보았다.

잠시 후, 광섭 또래의 중년 남자가 가게 문을 열고 들어왔다. 수척해 보이는 얼굴에 지저분하고 남루한 옷차림. 그가 가게 안을 두리번거리더니 광섭을 발견하곤 어색한 얼굴로 다가와 맞은편에 앉았다.

까득.

광섭은 말없이 소주병 뚜껑을 까서 내밀었다. 그는 묵묵히 잔을 받고, 광섭의 빈 잔도 채워주었다. 두 사람은 약속이라도 한 듯 건배조차 하지 않은 채 단숨에 잔을 비웠다.

"오랜마이다."

"그래. 오랜마이다."

그제야 인사가 오갔다. 사내가 광섭의 잔을 다시 채워주었다.

결혼 후 서울에 올라갔던 광섭은 90년대 초에 가족을 데리고 다시 부산에 내려왔다. 무역회사에서 쌓은 노하우와 고향의 인맥을 바탕으로 컨테이너 사업을 하기 위해서였다.

5년이 지나자 힘들었던 사업이 간신히 정상 궤도에 올랐다. 고생만 시켰던 아내에게도, 드디어 조금만 지나면 그 보상을 다 해줄 수 있을 줄 알았다.

눈앞의 사내는 당시 사업에 큰 도움을 준 친구였다. 그래서 광섭은 거리낌 없이 친구의 보증을 서주었고, 결과적으로 그 빚은 고스란히 광섭에게 돌아왔다.

엎친 데 덮친 격으로 IMF까지 터지니, 광섭은 도저히 일어설 수 없었다. 사업에 여유가 사라지니 인원을 감축해야 했고, 인원이 줄어드니 광섭까지 현장으로 나와 일해야 했다. 직원이 줄어들수록 광섭의 육체적 부담은 늘어만 갔고, 결국 심각한 허리 디스크로 이어졌다. 사업은 곧 주저앉았고, 남은 건 빨간 딱지뿐이었다.

순옥이 밖으로 나가 고된 일을 시작한 것도 그때쯤이었다.

그렇게 10년이 지나도록 연락 한 번 없었던 친구였다. 어디서 뭘 하고 있다더라, 하는 뜬구름 같은 소식은 들은 적 있지만 광섭은 한 번도 그를 찾지 않았다. 찾아봐야 소용도 없을 것이고, 잘못하면 칼부림이라도 날 것 같아서였다.

이제 와서 무슨 낯짝으로 찾아왔느냐고 멱살이라도 잡고 싶었지만, 광섭은 쓰디쓴 술을 삼키는 것으로 대신했다. 행려병자 같은 친구의 안색에, 더럽고 낡은 작업복에 숨이 턱하니 막혔기 때문이다. 사실 광섭은 순옥이 저 지경이 되도록 방치했던 자신에게 남을 탓할 자격이 있는지조차 의문이었다.

"애들은 잘 있나."

"이젠 아도 아이다. 다 커가꼬 지 갈 길들 가고 있지."

"제수씨 이야기는…… 들었다."

두 남자 사이에 불편한 침묵이 맴돌았다. 광섭은 광섭대로, 친구는 친구대로 제각기 목을 조르는 죄책감에 딱히 할 말을 찾지 못한 탓이었다.

"……미안하다."

"내가 니 때문에……, 아이다. 암것도 아이다."

광섭은 고개를 저으며 단숨에 술을 들이켰다.

"미안하다. 차도는 좀 있나."

"……원래 니 보면 아구통을 쳐 갈길랬는데. 그래봐야 뭐 달라지겠노 싶다. 관둘란다."

광섭은 어느새 푹 익은 감자를 집어 먹었다. 친구는 그런 광섭의 눈을 차마 바라보지 못하고, 구깃구깃한 종이봉투 하나를 품에서 꺼내 내밀었다.

"이거."

"이기 뭐꼬."

별 생각 없이 봉투를 받아 든 광섭의 얼굴이 딱딱하게 굳었다. 하얀 봉투 안엔 때 묻은 만 원짜리 지폐가 수북하게 들어 있었다. 언뜻 봐도 백만 원은 넘어 보이는 액수였다.

"푼돈이다. 푼돈부터 조금씩 갚을라꼬."

"치아라. 니 꼬락서니 바라. 뭔 돈이 있다고."

"받아라. 제발 부탁이니까 받아라."

광섭이 인상을 찡그리며 봉투를 도로 내밀었지만, 친구의 태도는 완강했다. 그는 한숨을 내쉬며 말했다.

"내 몇 년 전부터 쪼만한 건설회사에서 작업반장하고 있다. 요번에 거서 부산에다 뭐 짓는대가꼬 내가 온 기고."

"노가다 해가 번 돈이가."

"……그냥 받아라. 제수씨한테 이리 죄인 만들지 말고…… 그거라도 제발 받아라."

"……."

"거 가지고야 턱도 없겠지만…… 그래도 제수씨 치료비에 보태고……. 내 평생 동안 니한테 갚으면서 살 끼다."

봉투를 든 광섭의 손끝이 살짝 떨렸다. 그는 침중한 얼굴로 고개를 숙인 친구의 모습을 넋 놓고 바라보았다.

참담했다. 화가 나고, 또 화가 났다. 이 돈, 이 돈 때문에 고생한 세월이 얼마인가. 아이들 학비, 남편 보험료, 아파트 대출금 좀 갚아보겠다고 순옥은 지금까지 하지 않은 일이 없었다. 무능한 광섭이 아픈 허리를 핑게 삼아 집에서 하루 종일 TV를 끼고 살아도, 밖에 나가 일을 하고 집으로 돌아오면 밥을 하고 청소를 했다.

문득, 퇴원하고 돌아온 순옥이 캄캄한 밤에 슬그머니 일어나 혼자서 무언가를 들여다보고 있던 게 생각났다. 보험 증서였다. 처음엔 크게 신경 쓰지 않았던 광섭이지만 시간이 지나 순옥이 어째서 그렇게 꼼꼼하게 보험 서류를 읽었는지 알게 되었을 때, 그는 진심으로 목 놓아 울고 싶었다.

6개월 시한부 확진 시, 사망보험금 일부를 미리 받을 수 있다는 대목. 순옥은 그 부분을 확인하고, 또 확인하고 있었다.

광섭의 손끝이 사정없이 떨리기 시작했다. 돈의 무게가 이토록 무겁게 느껴진 적이 없었다. 그는 두 눈 가득 차오른 눈물을 내버려 둔 채, 친구를 향해 잔뜩 쉬어 갈라진 목소리를 내뱉었다.

"왜……."

툭. 광섭의 눈물이 술잔에 떨어져 내렸다. 친구는 그런 광섭을 보며 차마 고개를 들지 못한 채 붉은 눈가를 계속 문지르고,

또 문질렀다.

"와 이리 늦게 왔노……. 응? 너무 늦었다 아이가……. 차라리, 차라리 죽은 다음에 오지 그랬나!"

"미안하다……. 미안해……. 참말로 미안하다……."

버럭 소리를 지르는 광섭의 얼굴은 처참하게 일그러져 있었다. 울먹이는 그에게 친구는 하염없이 너무 늦은 사과를 건넬 뿐이었다.

한참을 그렇게 어깨를 들썩이던 광섭이 갑자기 무슨 생각을 한 건지, 굳은 얼굴로 봉투를 품에 갈무리했다. 그리고 잠깐의 침묵 끝에 다시 입을 열었다.

"좋다. 그란데, 받는 김에 부탁도 하나 하자."

친구가 고개를 끄덕였다. 이어 광섭이 하는 말에도 고개를 끄덕였다. 두 사람은 이번에도 말없이 동시에 술잔을 비웠다.

"……고맙다."

"고맙긴…… 내가 미안하지."

소주가 이렇게 쓴 술이었던가. 광섭은 자신의 눈물이 떨어진 잔을 천천히 들어 올렸다.

광섭이 그렇게 취해가고 있을 무렵, 순옥은 동네 전자제품 매장에 나와 있었다. 마냥 울고 있을 수만은 없단 생각에 기세 좋게 나오긴 했지만, 막상 가게 안으로 들어가진 못하고 밖에서 디스플레이 된 제품들을 훑어보았다.

각종 신제품들이 알아들을 수 없는 기능들을 뽐내고 있었다. 그렇게 한참을 망설이던 순옥은 직원들이 호기심 어린 눈으로 바깥을 바라보기 시작하자 용기를 내어 매장 안으로 들어갔다. 밖에서 보던 것보다 더 번쩍거리는 전자제품들이 순옥의 시선을 사로잡았다.

"어서 오십시오."

"그냥 구경 좀 하러 왔어요."

수줍게 대꾸한 순옥이 천천히 매장 안을 둘러보기 시작했다.

순옥은 먼저 최신형 TV를 가만히 살펴보았다. 순옥의 집엔 TV가 하나밖에 없었다. 그나마도 무척 오래된 것으로, 거실에 놓여 있다 보니 미현은 광섭이 집에 있을 때엔 좋아하는 드라마조차 마음대로 볼 수가 없었다. TV를 하나 사서 거실에 두고 예전 것을 안방으로 옮겨 놓으면, 남편도 미현도 원하는 시간에 마음껏 TV를 보며 쉴 수 있을 것이다.

순옥의 발길은 에어컨이 있는 곳으로 옮겨졌다. 여름이 되면 유독 더위를 많이 타는 식구들이었다. 덥다고 밤새 선풍기를 틀어놓는 일도 허다했다. 정말 더운 날에는 찬물을 떠다가 발을 담근 채 앉아 있기도 했다. 에어컨을 바라보는 순옥의 얼굴에 고민의 빛이 어렸다.

그뿐 아니었다. 아침이 바쁜 미현을 생각하니 토스트 기계가 있으면 좋을 것 같기도 했고, 냉장고도 이제 몇 년을 쓴 건지 헤아리기 어려울 정도였다.

그때, 보다 못한 직원이 순옥에게 다가와 특별히 찾는 물건이 있냐고 물었다. 순옥은 친절해 보이는 직원에게 돌아서서 잠깐 망설이더니 이내 고개를 끄덕였다.

순옥이 가장 중요하다고 생각한 건 바로 세탁기였다.

"이게 요즘 제일 많이 나가는 겁니다."

"이거 남자들도 혼자서 쓸 수 있을까요?"

"하하. 혼자 사는 할아버지, 할머니도 하실 수 있습니다. 작동이 무진장 간단해서요."

직원은 순옥을 데리고 최신형 세탁기가 있는 곳으로 걸어갔다. 그리고 순옥이 주문한 대로 고장이 덜하고 작동법이 쉬운 것으로 골라 설명해주었다.

확실히 겉으로 보기에도 간편해 보이는 세탁기였다. 대신 신제품이다 보니 아무래도 가격이 다른 것들에 비해 비싼 편이었다. 하지만 이번엔 망설이지 않았다.

꼭 필요한 것이었기 때문이다. 순옥이 세탁기를 구매하는 데는 오랜 시간이 걸리지 않았다.

"……배달되죠?"

"되지요. 주문서 쓰시겠습니까?"

"네."

순옥이 후련한 얼굴로 주문서를 작성했다. 내친 김에 설치 기사와 함께 집으로 와 설치까지 마치고, 낡은 세탁기 처리까지 한 번에 해결했다.

그리고 순옥이 뿌듯한 얼굴로 새 세탁기를 바라보고 있을 때, 광섭이 돌아왔다.

"내 왔다."

세탁실에 있던 순옥은 얼른 거실로 나와 남편을 맞이했다. 광섭이 거실을 두리번거리며 물었다.

"와 혼자 있노. 미선이는?"

"환자도 아닌데, 뭐. 미선이 피곤한 거 같아서 나중에 병원에서 보자고 했어요. 병원에서도 혼자 움직이고 그런 것도 중요하댔거든."

거기까지 말한 순옥이 둥그렇게 커진 눈으로 남편을 바라보았다. 나갔을 때와 차림새가 달랐기 때문이다. 어디서 난 건지, 광섭은 웬 남색 작업복을 입고 있었다. 나갈 때 입고 있었던 외출복은 대충 접어 손에 든 채였다.

"……당신 무슨 일 다녀요?"

의아해진 순옥이 물었다. 광섭은 괜히 저도 모르게 목소리를 키웠다.

"일? 일은 무슨! 아이다, 걍 친구네 잠깐 도와주고 왔다."

거짓말인 게 분명한 반응이었다. 순옥은 피식 웃으며, 당황하는 광섭의 손을 붙잡았다.

"아무튼 이쪽으로 좀 와봐요."

순옥이 광섭을 데리고 간 곳은 세탁실이었다. 세탁실에는 처음 보는 신형 세탁기가 번쩍이는 위용을 자랑하며 자리하고

있었다. 순옥이 자랑스레 새 세탁기를 가리켰다. 휘둥그런 눈
으로 그 광경을 바라보던 광섭이 이내 씩 웃었다.

"왜요?"

"왕소금 김순옥 여사께서 웬일이고? 세탁기 샀다고 자랑하
는 기가?"

"미선 아빠. 여기 잘 봐요."

순옥은 대답 대신 방긋 웃으며 세탁기 뚜껑을 열었다. 그리
고 바구니에 쌓인 빨랫감을 세탁기 안에 집어넣었다.

"여길 열고 빨래 넣으면 되고요. 여기 작은 서랍 같은 거 있
죠? 열면 이렇게 나와요. 이쪽에 세제, 이쪽에 섬유 유연제. 마
지막에 이렇게 버튼 눌러주면 알아서 돼요. 쉽죠?"

순옥은 하나씩 하나씩, 아주 천천히 반복해서 보여주었다.
세탁기 뚜껑을 열고 직접 빨래 넣는 시늉까지 하면서. 어떤 게
세제고, 어떤 게 섬유유연제인지도 일일이 가르쳐주었다.

이건 두 스푼, 이건 한 스푼. 들어가는 세제의 양까지 설명
을 마치고 뒤를 바라보니, 광섭은 듣지도 않은 채 그저 멍하니
순옥을 바라보고 있었다.

"할 수 있겠어요? 왜 그렇게 봐요?"

"이기 지금 뭐 하는 짓이고. 니 지금…… 죽을 준비하나?"

광섭의 얼굴은 파랗게 질려 있었다.

"무슨 소리예요? 그냥, 나 병원에 또 입원하면 빨래도 제대
로 못할 거고……. 당신이 홀아비처럼 옷 입고 다닐까봐 걱정

돼서 그래요. 멀쩡하게 마누라 두고 그러면 안 되잖아."

"시끄럽다!"

버럭 소리를 지른 광섭이 그대로 순옥을 끌어안았다. 그 상태로 두 사람은 아무런 말도 하지 않았다. 목이 메여 아무 말도 할 수가 없었다. 그저 순옥이 조금씩 어깨를 들썩였고, 광섭이 그런 순옥을 토닥일 뿐이었다.

"다녀왔습니다."

그때 현관 쪽에서 미현의 목소리가 들려왔다. 작은 딸의 등장에 깜짝 놀란 부부가 그제야 서로를 놓아주었다.

미현은 외투와 가방을 방에 두고 거실로 나왔다. 불은 켜져 있는데 순옥이 보이지 않자, 안방과 거실을 두리번거렸다.

"엄마, 아빠."

"응, 미현아. 세탁실."

"여기서 뭐 하노? 와! 새 거네?"

미현은 세탁실로 고개를 빠끔 내밀자마자 세탁기를 발견하고서 탄성을 질렀다. 순옥이 웃으며 답했다.

"아버지한테 세탁기 사용법 좀 알려드리고 있었어."

"아항~, 맞나. 아빠, 좀 알겠나?"

미현의 표정엔 어딘가 짓궂은 구석이 있었다.

"알고 말고가 어딨노! 쉽구만."

광섭은 투덜거리며 거실로 나가 리모컨을 쥐었다. 순옥과 미현은 서로를 바라보며 풋, 웃음을 터뜨렸다.

순옥은 잠시 후 미현의 방으로 들어갔다.

"미현아."

"어."

미현은 거울 앞에 앉아 화장을 지우며 대꾸했다. 순옥은 미현의 침대에 가만히 걸터앉았다.

"미현아. 그 영동이라는 애 요즘도 만나니?"

엄마의 뜬금없는 소리에 미현이 기가 찬다는 표정으로 순옥을 돌아보았다.

"엄마! 가는 그냥 교회 후배다. 그것도 까마득한 4년 후배!"

"뭐 어때, 남녀 사이에 나이가 좀 어리다고 그게 대수니? 요샌 연상연하 커플 그거도 많다면서. 사람만 괜찮으면 되지."

"영재보다도 후배다!"

미현은 말도 안 된다며 고개를 젓고는 다시 티슈를 꺼내 화장을 지우기 시작했다.

"시집가면 고생 시작이니까 할 일 다 하고 천천히 가랄 땐 언제고 그카노."

"시집은 지금 네가 꺼낸 말이다?"

"김순옥 여사님~. 그 이야기 꺼내려고 지금 그러고 있는 거 다 알거든요~?"

미현이 코웃음을 치자 순옥이 피식 웃었다. 그러더니 금방 정색을 하며 말했다.

"그래, 꺼내려고 한 거 맞다. 내가 그런 말도 하긴 했지만…… 이젠 네 나이가 있잖아.”

“내 나이가 뭐 어때서? 그라고 난 엄마 닮아서 수퍼 동안이라 괘안타. 앞으로도 사오 년은 거뜬할 끼다.”

미현은 그라고 웃었지만, 순옥은 더 이상 웃지 않았다. 순옥은 보고 있는 건 지금 이 순간이 아니라 1년 뒤, 5년 뒤, 아니 10년 뒤의 시점이었다.

그때는 지금처럼 저 아이를 보듬어줄 수 없으리라.

순옥은 미현이 화장을 다 지울 때까지 기다렸다가, 가지고 있던 통장 하나를 내밀었다. 미현이 얼떨떨한 얼굴로 통장을 받았다.

“뭐꼬?”

“엄마가 그동안 네가 준 생활비에서 따로 떼서 모아둔 거야.”

“……이걸 와 나한테 주노.”

미현이 떨떠름한 얼굴로 다시 통장을 내밀었다. 도로 가져가라는 뜻이었다. 하지만 순옥은 가만히 고개를 저으며 미현의 손을 밀어냈다.

“너 시집보낼 때 보태려고 모으기 시작한 건데……, 전에 네 말 듣고 나서 생각했어. 지금 너한테 필요한 건 공부가 아닐까 하고. 엄마가 우리 미현이한테 이거밖에 해줄 게 없네. ……대학 공부 한 번 해볼래?”

미현이 눈을 깜박였다. 그리고 순옥의 얼굴을 바라보며 고개를 저었다.

"이제 와서 공부는 무슨 공부고. 이 나이에 대학 들어가서 뭐 할 낀데? 그때는 화가 나서 한번 해본 소리다. 내는 대학에 미련 없대이. 공부 안 한다. 내 죽어도 공부 다시 하기 싫다!"

미현의 목소리가 갈수록 높아졌다. 스스로에 대한 원망에 목소리마저 갈라져 나왔다. 미현은 차마 순옥의 얼굴을 마주하지 못해 입을 꾹 다물고, 통장을 순옥의 무릎 위에 올려놓고 돌아앉았다.

"……알았다. 그럼 그냥 너 시집갈 때 쓰면 되겠네."

"싫다. 가져가서 엄마 맛있는 거나 사 먹어라. 내한테 그런 거 안 줘도 된다."

"나도 싫어. 미현아……. 빨리 이거 받어. 엄마 마음 편하게 해줘."

"이게 왜 마음 편할 일이고!"

미현은 목까지 차오른 울음을 삼키고, 여전히 침대 위에 앉아 자신을 바라보고 있는 순옥을 돌아보았다.

순옥은 웃고 있었다. 늘 그랬던 것처럼 따스하고 부드럽게 웃고 있었다.

그 앞에서 울 수는 없었다. 미현은 굳어 있던 얼굴을 억지로 움직여 미소를 만들어냈다. 그리고 순옥에게 말했다.

"그라믄 나 이거 다 맛있는 거 사 먹을 끼다."

"그래라."

“막 옷 사고, 화장품 산다……?”

“응. 그래라.”

“핏. 농담이다.”

결국 미현은 눈을 흘기더니 순옥의 품에 안겼다.

“미현아. 힘들어도 열심히 살아야 해. 알았지?”

“꼭 어디 갈 것처럼 재수 없는 소리 하지 마라. 그라고 뭔 걱정이고? 내가 누구 딸인데.”

오랜만에 보는 미현의 애교였다. 늘 언니와 동생에게 치이느라 혼자 알아서 클 수밖에 없었던 둘째. 순옥은 미현을 품에 안고 아이 달래듯 어루만져 주었다.

그리고…… 그 다음주.

마침내 2차 치료를 위한 입원일이 다가왔다.

* * *

병실 라디오에서 은은한 오페라 음악이 흘러나왔다. 순옥이 언젠가 좋다고 했던 걸 기억해낸 미현이 CD에 떠서 툭 던져놓고 간 것이다. 미선은 화병 속의 시든 꽃을 버리고 역시 미현이 사다 준 화사한 장미꽃을 꽂았다.

“그렇게 예쁘던 꽃들도 한철을 넘기지 못하네. 쯧쯧.”

침대에 누워 있던 순옥이 그 모습을 보며 낮게 혀를 찼다.

투명한 링거액이 한 방울, 한 방울 튜브를 타고 순옥의 몸으

로 흘러들었다. 순옥의 얼굴은 생기란 걸 찾아볼 수 없을 정도
로 초췌해져 있었다. 미선은 힘겨워하는 순옥의 손을 꼭 잡고
곁에 앉아 성경책을 읽어주었다.
　순옥은 그렇게 가족과 함께하는 마지막 봄을 보내고 있었다.

춥고 따뜻한 여름

2011년 7월

어느덧 무더운 여름이 찾아왔다.

7월 초가 되자마자 나는 또 부산으로 가는 열차에 몸을 실었다. 여름 휴가철이 시작되는 때라, 객실 안은 단체로 여행을 떠나는 대학생들로 만원이었다. 수다를 떨고 게임을 하는 등, 부산으로 가는 내내 시끌벅적한 웃음소리가 끊이질 않았다.

나는 덤덤한 얼굴로 그들을 바라보다가 이내 창밖으로 시선을 돌렸다.

아무런 걱정 없이 웃을 수 있는 것. 그게 누군가의 희생과 깊은 사랑으로 인한 행복이라는 걸, 저들은 알고 있을까.

엄마는 꾸준히, 서서히 스러져가고 있었다. 부산에 내려갈 때마다 조금씩 생기를 잃어가는 엄마의 얼굴을 떠올리다 나는 그냥 두 눈을 감아버렸다.

"대학 병원이요."

부산에 도착하자마자 택시를 잡았다. 봄부터 계속, 부산에 오면 늘 택시를 타고 다니기 시작했다. 지금은 돈보다는 일분 일초가 훨씬 더 귀했다. 나를 태운 택시는 뒤이어 쏟아져 나오는 여행객들과는 전혀 다른 방향으로 달려가기 시작했다.

택시 창가로 익숙한 부산 정경이 스쳐 지나갔다. 엄마가 병원에 입원하기 전에는 부산에 내려오면 언제나 친구부터 찾던 나다. 술 약속이 없는 날이 없었다. 하지만 이제는 친구를 만나러 가는 길이 아니라, 병원으로 가는 길이 더 익숙했다. 계절이 봄에서 여름으로 바뀌는 동안 시간이 비는 주말이면 늘 그 병원으로 달려갔던 덕이었다.

병원에 도착하자 누군가의 웃음소리가 들려왔다. 휴게실 한쪽에 거동이 자유로운 환자들 몇몇이 모여서 신나게 수다를 떨고 있었다. 무심한 얼굴로 그 옆을 지나다 문득 걸음을 멈췄다.

익숙한 뒷모습과 귀에 익은 웃음소리.

엄마인가?

빛나는 햇살을 온몸에 받으며, 낯익은 실루엣이 그곳에 있었다. 놀랍게도 휴게실 한 구석에 앉아 큰 소리로 웃고 계셨다. 언제 저만큼이나 회복했나 싶을 정도로 건강하게. 마치 아픈 곳이라곤 하나도 없는 것처럼 활기찬 목소리였다.

“엄마!”

놀란 나는 휴게실 문을 열고 들어갔다.

“네?”

그리고 환상은 거기서 끝나버렸다. 헤어스타일과 체형, 목소리를 제외하면 닮은 구석이라곤 전혀 없는 아주머니 하나가 의아한 얼굴로 나를 돌아보았다.

“……죄송합니다.”

당황한 김에 얼른 사과하고선 엄마의 병실로 향했다.

그런데 웬일인지 오늘따라 복도에 사람이 없었다. 오가는 간호사들도, 근처 병실을 사용하는 환자들의 모습도 보이질 않았다. 불길한 마음으로 천천히 걸어, 병실 앞에 다가가 손을 뻗었다.

하지만 쉽사리 안으로 들어갈 수가 없었다. 닫힌 문 틈새로, 쥐어짜는 듯한 신음 소리가 들려와서였다.

“우욱……!”

문을 열려던 손가락에 힘을 꾹 쥐었다.

“우우욱!”

엄마, 엄마가 힘겹게 구토하고 있었다. 구토는 한 차례로 끝나지 않았다. 내장을 송두리째 쏟아낼 듯한 신음이 계속되었다. 나는 차마 문을 열지 못하고 고개를 숙인 채 굳어버렸다.

큰누나가 엄마 등을 두드리는 소리가 들렸다. 고통과 신음에 무너져가는 엄마를 달래는 누나의 목소리엔, 이미 울먹임이 가득했다.

나는 문을 향해 뻗었던 손을 스르르 내리고 벽에 등을 기댔다. 새어 나오려는 울음소리를 억지로 틀어막으면서.

"우욱!"

힘겨워하는 엄마를 차마 마주할 수가 없어서, 그저 숨을 죽인 채 복도에서 울었다.

구토 소리가 멎은 건 그로부터 한참이 지난 후였다. 내가 마음을 추슬러 자리에서 일어난 건 거기서 또 한참이 지난 후였다.

"아……."

그러나 문을 열고 들어간 순간, 나는 다시 한 번 무너져 내렸다. 간신히 멈춘 눈물이 다시 주르륵 흘러내렸다. 나는 얼른 소매로 눈물을 훔치며 엄마에게 다가갔다.

항암제가 얼마나 독한 약인지는 잘 알고 있었다. 폐암 말기. 세포 전이. 항생제. 항암제. 신약. 방사선 치료. 부작용……. 하루에도 몇 번씩이나 검색하던 지긋지긋한 단어들이다.

항암제 부작용으로 인한 고통이 얼마나 지독한지, 환자가 그 고통을 이겨내는 것이 얼마나 중요한 일인지, 모르지 않는다고 생각했다.

하지만 나는 하나도 모르고 있었다. 엄마가 얼마나 힘겨운 싸움을 하고 있는지, 정말은 하나도 알지 못했다.

"영재야."

큰누나가 먼저 나를 발견했다. 화장실에서 엄마가 토해낸 것들을 처리하고 나오는 참이었다.

"더운데…… 뭐 하러 왔어……."

그제야 나를 발견한 엄마가 띄엄띄엄 입을 열었다. 애써 내 쪽을 바라보고 있었지만, 부옇게 흐려진 눈동자는 초점이 맞질 않았다. 언제나 나만 보면 환하게 웃던 엄마가, 웃을 기력조차 없어 그저 멍하니 누워만 있었다.

믿을 수 없을 정도로 초췌해진 그 얼굴을 차마 마주 바라볼 수 없어, 나는 젖은 눈을 여러 번 깜박였다.

"여름인데 좀 더워야지. 작은 누나랑 아빠는?"

"둘 다 일 갔다."

대충 짐을 풀자마자 엄마 옆에 앉았다. 그때 큰누나가 밥그릇과 숟가락을 들고 침대 곁으로 다가왔다.

"그건 뭐꼬."

"니 줄 거 아이다. 엄마, 죽 먹자."

누나가 밥그릇 뚜껑을 열자 희멀건 죽이 모습을 드러냈다. 엄마는 힘겨운 와중에도 인상을 찌푸리며 투정을 부렸다.

"나…… 먹기 싫어……."

꼭 어린애 같아서 마음이 더 아팠다. 내가 알던 우리 엄마는 어디로 사라진 걸까.

"아침에도 거의 안 먹었다 아이가."

"진짜가? 엄마 그럼 안 되지. 먹어야지. 내가 먹여줄게. 어떻노?”

“영재 네가……?”

“어!”

억지로 힘차게 고개를 끄덕였다. 엄마는 마음을 바꾼 듯 누나를 바라보았다. 누나는 식기를 내게 건네고 엄마가 일어날 수 있게 도와주었다. 엄마는 자세를 바꾸는 것조차 힘겨워하며 크게 숨을 몰아쉬었다.

“엄마, 아~.”

엄마가 가까스로 입을 벌리기에 죽을 조금 떠 입에 넣어드렸다. 그렇게 몇 번을 먹는가 싶더니 이내 엄마가 손을 들어 보였다. 잠시 기다리란 뜻이었다. 죽을 넣긴 했지만, 엄마는 좀처럼 삼키질 못했다.

“엄마, 힘들어도 넘겨라.”

“천천히, 천천히.”

나와 누나가 함께 엄마를 다독였다. 엄마는 몇 차례에 걸쳐 심호흡을 한 끝에 두 눈을 꼭 감고 죽을 목으로 넘겼다. 그러고도 구역질이 올라오는지, 몸을 움찔하며 가만히 숨을 참곤 했다.

“하아…….”

고비를 넘기고 다시 천천히 입을 벌릴 때마다 다시 죽을 먹여주었다.

“엄마 너무한다. 딸이 줄 때랑 너무 다르다. 아들이 주니까 맛있게 먹네.”

누나의 농담에 엄마가 힘겹게 미소를 보였다. 내 입가에도 안타까운 미소가 피어났다.

"산책하고 싶어."

식사를 끝내고 얼마나 지났을까. 기운을 좀 차린 엄마가 난데없이 말했다. 큰누나는 반색을 하며 나를 돌아보았다.

"영재야! 엄마 모시고 산책 한 번 다녀온나."

"그래도 되나?"

"걷고 싶은 기분이 들었을 때 걸으시면 좋다대. 보호자가 주의하면 천천히 걸으실 순 있다. 그 사이 난 병실 청소하게."

"알았다."

나는 얼른 엄마를 일으켜드렸다. 처음엔 힘들어했지만 곧 엄마도 혼자 힘으로 몸을 가누는 데 성공했다.

"가자."

나는 엄마의 야윈 손을 감싸고 3층 테라스로 나갔다.

3층 테라스엔 밖으로 나가기 힘든 환자들을 위해 마련된 산책로가 있었다. 나는 엄마를 데리고 그곳으로 나와 천천히 걸었다.

산책로는 조용했다. 사람이 없는 게 아니라, 산책로를 거니는 사람들이 다들 조용히 대화하는 시간을 만끽하고 있었기 때문이다. 나와 엄마는 딱히 대화를 나누진 않았다. 그저 소중히 서로가 서로의 손을 잡고 있을 뿐이었다.

산책로를 한 바퀴 돌 즈음 문득 엄마가 입을 열었다.

"휴가를…… 이렇게 보내서 어떡해?"

"내한테는 엄마랑 같이 있는 게 최고로 멋진 휴가다."

"그걸 아는 녀석이…… 나 아프기 전엔 왜 그렇게 안 왔어?"

"……아는 게 좀 늦었다."

농담 삼아 건네는 엄마의 말에 나는 쓴웃음을 지었다. 엄마는 힘없는 손을 들어 올려 내 뺨을 쓰다듬어 주었다.

가만히 엄마의 손길을 받던 나는 엄마 앞에 나가 등을 가리켜 보이며 앉았다. 업히란 뜻이었다.

"너 힘들어……. 그냥 걷자."

"엄마 한번 업어보고 싶어서 그런다. 얼른 업히라."

재촉에 망설이던 엄마가 못 이기는 척 몸을 기댔다. 나는 엄마를 들쳐 업으며 자리에서 일어났다.

가벼웠다.

십여 년 동안 혼자 힘으로 가족의 생계를 책임지고 살림까지 도맡아 했던 사람이라고는 생각할 수 없을 정도로 가벼웠다. 본래도 아담한 체구이긴 했지만 항암 치료를 반복하면서 체중이 빠져, 이제는 팔다리마저 마른 나뭇가지처럼 메말라 있었다.

마치 조카 예현을 업은 것 같은 느낌에 눈시울이 다시 한 번 붉어졌다.

엄마를 업고 산책로를 천천히 걸었다. 더운 여름, 환하게 햇살이 쏟아져 내리고 있었다.

"아, 좋다."

엄마가 나의 등에 살며시 얼굴을 기댔다. 다 자란 아들의 등이 뿌듯하셨을까.

한참을 그러고 계시다 문득 나의 뒤통수에 대고 물었다.

"지윤이하고는 언제쯤 그렇게 됐어?"

"으, 응? 누, 누가 그래?"

당황하며 되물었다. 유난히 지윤을 예뻐하던 엄마였기에, 걱정할까 싶어 아무 말도 하지 않았다. 엄마가 투병을 시작하고 나서는 일부러 말하지 않으려고 조심해왔다.

지윤은 소꿉친구였고, 나를 가장 잘 알아주는 소울 메이트였으며, 한때 연인이기도 했던 사이다. 하지만 세상의 모든 연인들이 그렇듯, 앞서 지나온 그 모든 시간들은 어느 순간 그저 지나간 추억이 되고 말았다.

나는 짐짓 아무렇지 않은 척 웃었다. 엄마가 내 일로 걱정하거나 속상해하는 모습을 보고 싶지 않았다.

"내가 뻥~ 찼다."

"무슨 말이 그래?"

엄마가 뒤통수에 곱게 눈을 흘기는 것이 느껴졌다. 보이지 않아도 눈에 선했다. 당황한 나는 황급히 변명을 덧붙였다.

"우리 엄마랑 비교하면 택도 없이 못 생기가 자존심만 세고. 또……."

또 무슨 이유였더라. 어떤 말로 변명을 해야 할까. 말을 길게 늘이며 마땅히 떠오르지 않는 단어를 찾았다. 그러자 엄마는 등에 업힌 채로 가만히 어깨를 다독여주었다.

"또…… 결정적으로 이제 내 사랑 안 한단다. 사랑은 아닌 거 같다는데, 뭐 할 말 있노."

결국은 사실대로 털어놓았다.

"어련히 알아서들 하겠지만…… 괜히 후회할 일들, 마음 아픈 일들 만들지 않았으면 좋겠어."

"무슨 말인지 안다. 너무 걱정 마라, 엄마."

나는 엄마를 업은 채 천천히 병실로 돌아왔다. 그런데 그 사이 큰누나가 어딜 갔는지 보이질 않았다.

나는 조심스레 침대 위에 엄마를 내려주고 누울 수 있도록 도와주었다.

"우우욱!"

그때, 안쪽 화장실에서 누군가 구역질하는 소리가 들렸다. 누나였다. 깜짝 놀란 엄마가 눈을 크게 뜨고 어서 가보라는 듯 내게 눈짓했다.

"누나! 괘안나? 누나!"

"어어……. 괜찮다. 우웁!"

문을 열고 들어가 보려 했지만, 안에서 잠겨 있는 터라 들어갈 수 없었다. 화장실 안에서 멈추지 않는 누나의 구역질을, 나는 불안한 얼굴로 계속 들어야 했다.

다행히 잠시 후, 누나는 약간 초췌해진 얼굴로 화장실 문을 열고 나왔다. 얼른 다가가 비틀거리는 누나를 부축해서 의자에 앉혀주었다.

놀란 엄마가 근심 가득한 얼굴로 물었다.

"무슨 일이야? 왜 그래…… . 너 혹시, 어디 아픈 거야?"

누나는 바로 대답하지 못하고 고개를 숙였다. 뭔가 말하려 입술을 우물거리다가도, 이내 한숨을 삼키고 주먹을 꼭 쥐는 것이었다. 그 모습에 더 불안해진 엄마가 침대 위에서 몸을 일으키려 하자, 누나는 그제야 간신히 입을 열었다.

"아픈 거…… 아이다."

"아, 누나 혹시 체했나?"

"아이다. 그기 아이고…… 내 둘째 가진 거 같다."

"뭐어?"

나와 엄마는 동시에 큰 소리로 되물었다. 엄마는 나를 보고 큰 눈을 깜박이더니 다시 누나를 보았다.

누나는 어느새 고개를 푹 수그린 채 마치 죄인처럼 눈물을 뚝뚝 떨어뜨렸다.

"미안타, 엄마. 엄마는 이래 아픈데…… 미안타."

엄마가 아프기 시작한 후, 늘 의연해 보였던 누나가 그렇게 우는 건 그날 처음 봤다.

나중에 듣기로는, 엄마가 그토록 아픈데도 아이를 가졌다는 사실이 꼭 죄를 짓는 것처럼 느껴져 내내 아무 말도 못했다고 했다. 심지어 매형에게도 알리지 않고 있었다고 했다.

　조금씩 시들어가는 엄마를 가장 가까이에서 지켜보았기 때문에, 누나는 누구보다도 엄마의 상태를 잘 알고 있었다.
　모두가 말을 피하고 있었지만, 엄마는 확연히 죽어가고 있었다.
　그 와중에 홀로 기뻐해도 될지, 홀로 생명을 준비해도 될지, 머릿속으로는 알면서도 누나는 내심 계속 심란하기 이를 데 없었던 것이다.
　다정하고 책임감 강한 첫째 누나.
　누나의 성격을 익히 알기에 나는 오히려 알 것 같기도 하고 모를 것 같기도 했지만, 엄마는 그런 누나의 마음을 단번에 모두 이해한 모양이었다. 엄마는 기어이 침대에서 내려와 큰누나에게 다가갔다. 그리고 어깨를 들썩이며 우는 누나를 끌어안았다.
　"아이구, 울긴 왜 울어……. 그런 좋은 일을……. 축하해, 우리 딸. 축하해."
　엄마는 누나를 달래며 끊임없이 축하한다고 말해주었다.
　"엄마…… 미안타. 엄마, 미안타."
　"이러면 못써. 그만 울어. 아기 서운할라. 어서 뚝."
　엄마와 누나는 그렇게 한참을 끌어안고 있었다.
　그 장면을 바라보는 내 마음은 스스로도 알 수 없는 감정에 물들어 있었다.
　죽어가는 엄마, 새 생명을 몸속에 품은 누나가 서로를 품에 안고 기쁨과 슬픔에 잠겨 있는 모습. 그건 좋고 싫음을 떠나 영원히 잊을 수 없을 광경이었다.

　그날부터 엄마는 힘이 날 때마다 큰누나의 아기에게 줄 배냇
저고리를 손수 짓는 걸 하루하루의 즐거움으로 삼았다고 했다.
　유난히도 무더웠던 여름이 물러가고, 주변이 온통 붉은 단
풍으로 물들 때까지…….
　엄마는, 몇 번에 걸쳐 집과 병원을 오가며 암과 지독한 싸움
을 치러냈다.

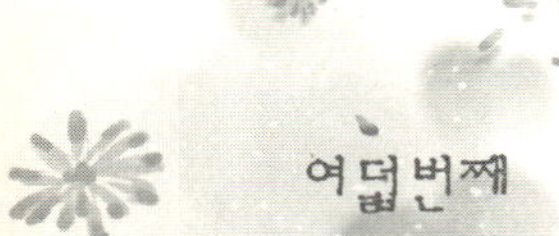

사다새의 가을 여행

\# 2012년 3월

일요일. 아침 일찍 눈을 떠보니 이미 주방 쪽에서 보글거리는 소리가 나며 맛있는 냄새가 코끝을 자극했다. 익숙한 냄새였다.

"와 벌써 일어났노. 조금만 기다려라. 거의 다 돼 간다."

주방에서 분주하게 움직이고 있는 건 놀랍게도 작은누나였다. 아버지도 이미 일어나 마루에서 TV를 보고 계셨다.

"뭐꼬, 누나 진짜 요리할 줄 알았나? 내 뭐 도와줄 꺼 없나?"

내 말에 누나는 아침부터 눈을 부라렸다.

"이기 진짜……, 그라믄 작년 말부터 이 집에서 누가 밥해가 살림할 줄 알았나. 저리 비키뿌라."

174

그리고는 제법 익숙한 손놀림으로 미역국에 닭도리탕에 간단한 밑반찬들을 한꺼번에 마무리하기 시작했다.

간소한 듯하면서도 푸짐한 식탁이 차려지고, 아버지와 나, 누나는 식탁에 둘러앉아 식사를 하기 시작했다. 닭도리탕만 보면 엄마의 손맛이 생각 나 넉 달이 넘도록 그 좋아하던 음식을 입에 대지도 못했던 나는, 누나가 직접 해준 닭도리탕으로 숟갈을 뻗었다.

그리고 입 안으로 가져가는 순간, 나는 휘둥그레진 눈으로 누나를 볼 수밖에 없었다.

누나가 한 닭도리탕은, 무슨 조화인지는 몰라도 엄마의 그것과 똑같은 맛이었다.

"푸핫, 니 지금 놀랐재? 이 멍충아, 내는 우리 가족 여행 가기 전부터 요리할 줄 알았다 아이가."

그랬었나. 금시초문이었다.

가족 여행이라…….

그게 가족 여행이라기엔 좀 과장된 감이 있었지만, 누나가 어느 걸 말하는지는 잘 알 것 같았다. 그때의 나들이를 말하는 거라면 그건 작년 9월 무렵의 일이었다.

* * *

7월 말에 퇴원한 이후, 순옥의 몸은 한결 나아진 상태였다.

순옥은 날을 잡아 옷장을 활짝 열더니 옷장 정리를 하기 시작했다.

광섭의 속옷부터 시작해서 양말까지 한쪽 수납장에 차곡차곡 쌓아나갔다. 알기 쉽도록, 광섭이 양말을 찾아 헤매지 않도록, 눈에 띄는 장소에 한 치의 흐트러짐도 없이 깔끔하게 정리해두었다.

그 후엔 광섭의 옷들을 계절별로 분류해서 순서대로 옷장에 걸었다. 외투도 잘 정리해서 옷걸이에 걸었다. 그러다 잠깐씩 아쉬운 얼굴로 광섭의 옷들을 만지작거렸다.

"후우."

순옥은 긴 숨을 몰아쉬며 집안을 구석구석까지 쓸고 닦았다. 그리고 마지막으로 향한 곳은 바로 주방이었다.

가스레인지를 포함해 싱크대를 깨끗이 닦은 후, 그릇들을 모두 꺼내 용도별로 다시 정리했다. 그러다 정리한 그릇을 다시 집어넣으려는데, 선반의 낡은 경첩이 눈에 들어왔다. 나사가 빠져 반쯤 튀어나온 경첩 때문에 찬장 문이 제대로 닫히지 않았다. 한참을 고민하던 순옥이 걸레를 내려놓고 부엌에서 나와, 휴대폰을 찾아 들었다.

다음 날, 순옥의 연락을 받은 업자 두 명이 도착했다. 그들은 능숙한 솜씨로 순식간에 선반을 갈아치워 버렸다.

"사모님. 됐심니꺼?"

"고마워요. 비용은 계좌로 보내드릴게."

"네. 수고하이소."

업자들을 내보낸 후, 순옥은 몹시 흡족한 표정으로 주방을 바라보았다. 선반이 바뀌자 주방 전체 분위기가 화사해진 것 같았다.

저절로 콧노래가 흘러나왔다. 새 선반에 가지런히 포개진 식기와 주방 기구들을 채워 넣었다. 일일이 이름표를 붙인 양념통도 한쪽에 자리 잡았다.

"다녀왔습니다~. 와! 주방, 이쁘게 변했네."

모처럼 일찍 퇴근한 미현이 돌아왔다. 미현은 확 달라진 주방을 보며 감탄하더니 순옥을 향해 다가왔다.

하루 종일 무리하게 움직인 덕에 지쳐 있던 순옥이 힘없이 웃었다.

"엄마, 동태찌개 할 거가?"

"오늘부터 엄마…… 우리 미현이가 해주는 밥 먹고 싶어서. 아빠도 그렇고 너도 동태찌개 좋아하잖아."

순옥의 목소리엔 힘이 없었다. 이제는 조금만 움직여도 힘 겨워하는 엄마다.

"완전 좋아하지! 쫌만 기다리봐라!"

미현은 그런 엄마를 바라보더니 순식간에 방으로 들어가 옷을 갈아입고 나와, 이내 팔을 걷어붙였다.

"마늘이랑 생강 다져볼래?"

미현은 순옥이 가르쳐주는 대로 서툰 솜씨로 마늘과 생강을 다졌다. 순옥은 끈질기고 침착하게 하나하나 가르치기 시작했다.

"잘 봐. 재료들은 너무 얇게 썰지 말고 두툼하게 썰어야 해. 그래야 나중에 안 부서져."

탁탁탁탁! 순옥의 손끝에서 무, 두부, 호박이 솜씨 좋게 썰어졌다. 미현이 옆에서 열심히 고개를 주억거렸다. 순옥은 이내 미현에게 식칼을 내밀었다.

"한번 해봐."

"조, 좋아. 두툼하게~."

미현은 자신만만하게 도마 앞에 섰다. 그러나 마음과는 달리, 식칼이 지나간 자리에 남은 건 엉성하게 부러지거나 두툼하다 못해 지나치게 두껍게 썰린 재료뿐이었다. 미현이 칼을 내려놓으며 울상을 짓고는 애교 섞인 목소리로 투정부렸다.

"엄마~ 내 몬 하겠다!"

"그것도 하나 못 하겠다면 어떡해!"

순옥이 엄하게 나무라듯 말했다. 예상치 못한 순옥의 호통에 미현이 주춤했다.

순옥은 아무것도 할 줄 모르는 미현을 보며 먹먹한 가슴을 두드렸다. 그리고 얼른 뒤로 돌아 남은 재료를 썰기 시작했다.

“이제 엄마 없으면 어떡할 거야? 아빠보고 밥 시킬 거야? 인스턴트식품만 먹을래?”

“……엄마?”

그냥 같이 요리를 하는 줄로만 알았다. 순옥이 힘드니까, 아프니까 도와줘야 한다고 생각했다. 하지만 미현의 그런 생각은 순옥의 마음과 한참 어긋나 있었다.

순옥은 벌써부터 자신이 죽고 없는 나중의 일을 걱정하고 있었던 것이다.

미현은 순옥이 거기까지 생각하고 있을 줄은 몰랐다. 자신이 떠난 후에도 어떻게든 계속 삶을 이어나가야 할 가족들이 걱정돼, 하나부터 열까지 미리 준비하려던 것이다.

미현의 눈에 눈물이 차올랐다.

“자! 다시 해봐!”

순옥이 다시 뒤를 돌아보며 식칼을 건넸다. 칼을 내미는 순옥과 그 칼을 받아 드는 미현은 서로 눈을 마주치지 못하고 있었다. 두 사람의 눈에 고인 촉촉한 물기만이 서로의 마음을 대변하고 있을 뿐이었다.

“알았어.”

미현은 얼른 마음을 다잡았다. 지금 자신이 할 수 있는 일이라곤 아주 사소한 것에서부터 순옥의 걱정을 덜어주는 것이었다. 그렇다고 해서 어설픈 칼질이 금세 늘지는 않았다. 그래도 서툴게 칼을 움직여가며, 남은 재료들을 꿋꿋하게 다 썰었다.

잠시 곁에 서서 미현을 바라보고 있던 순옥은, 힘이 빠졌는지 다시 식탁 앞에 앉았다. 그래도 시선은 미현에게 고정한 채 설명을 이어나갔다.

"간은 고춧가루하고 소금으로 맞추는 거야. 선반 열어서 맨 오른쪽 보면 양념들 있어."

"응. 알았다."

미현이 선반을 열자, 온갖 양념이 깨끗하고 투명한 양념 통에 담겨 있었다. 양념 통 겉면에는 순옥의 정갈한 글씨체로 하나하나 양념 이름이 쓰여 있었다.

소금. 설탕. 후추. 참깨. 고춧가루. 참기름. 들기름. 굵은 소금. 흑설탕.

"……."

그저 양념일 뿐인데, 그걸 읽어나가는 미현의 눈가에 다시 눈물이 그렁그렁해졌다.

"얼른 간부터 맞춰. 동태찌개 맛있게 했는데 마지막에 망칠라."

"응. ……알았어."

그날 밤.

"여보. 오늘 동태찌개 어때요?"

광섭이 돌아오자, 세 식구가 식탁에 모여 앉아 동태찌개를 가운데 두고 식사를 시작했다. 순옥이 은근하게 묻자 광섭은 의아한 얼굴로 말했다.

"뭐 그런 걸 묻노. 동태찌개는 마 언제 무도 맛있지."

"아빠. 오늘 동태찌개 내도 도왔다."

"니가?"

광섭이 눈을 휘둥그레 뜨며 묻자 미현이 웃으며 고개를 끄덕였다.

"그래. 잘했다. 잘했어. 맛있네."

순옥이 흐뭇하게 미소 지었다.

그날 이후 광섭이 좋아하는 동태찌개, 영재가 좋아하는 닭도리탕, 그리고 미현이 좋아하는 김치찜……. 그런 식으로 순옥은 미현의 레시피를 하나씩 꾸준히 늘려가기 시작했다.

* * *

2011년 9월

날은 급속도로 선선해지기 시작했다. 순옥의 몸은 나아진 듯하다 악화되는 것을 반복하면서 서서히 시들어가고 있었다.

체력이 떨어지는 바람에 벌써부터 가을 날씨에 몸이 움츠러들자, 순옥은 거실 한복판에 전기장판을 꺼내 펼쳐놓고 그 위에 좌식 탁자를 올렸다.

그리고 정갈하게 앉아 구약 성경을 펼쳐 들었다. 상태가 꽤 좋은 날이면 늘 하는 일 중 하나였다. 조심스레 장을 넘기던 손이 한군데서 머물렀다. 순옥은 하얗게 빈 노트를 펴놓고는 그 위에 필사를 시작했다.

나의 세월은 연기처럼 사라지고 뼈마디는 숯불처럼 타버립니다.
내 마음은 풀처럼 시들고, 식욕조차 잃었사옵니다.
장탄식에 지쳐버려 뼈와 살이 맞닿았습니다.
나는 마치 사막 속의 사다새같이 마치도 폐허 속의 올빼미처럼
지붕 위의 외로운 새와도 같이 잠 못 이루옵니다.

나의 운명은 석양의 그림자, 풀잎처럼 시드는 이 몸이옵니다.

내 기력 도중에 다하였으니
나의 세월, 이제는 거두시는가?

시편 102장. 억눌린 자가 절망하여 올리는 기도의 일부분이었다.

순옥은 목판에 글자를 새기기라도 하듯, 하얀 노트 위에 글자 하나하나를 정성스레 베껴 썼다. 손이 미끄러질 때마다 펜을 고쳐 쥐면서 쓰기를 반복했다.

이 일이 순옥의 몸을 좀먹은 암세포를 막아줄 순 없을지라도, 마음을 좀먹는 어둠만은 흩어낼 수 있으리라고 생각하면서.

"휴우."

한동안 성경을 베껴 쓰던 순옥이 문득 고개를 들었다. 어느덧 해가 기울고 있었다.

순옥은 화장실로 들어가 세수를 하고, 힘들어도 오늘은 욕조에 받아놓은 물로 머리를 대충이나마 감기로 했다.

머리에 샴푸를 바르고 손으로 문지르는데 손끝에 닿는 느낌이 이상했다. 순옥은 얼른 손에 묻은 거품을 씻어내고 얼굴을 물로 헹궜다. 그리고 눈을 뜨자, 길고 구불구불한 머리카락이 한 움큼이나 빠져 있는 것이 보였다.

올 것이 왔구나, 그런 생각이 들었다. 순옥은 욕실 바닥에 쭈그리고 앉은 채 손을 들어 올려 머리카락을 쓸어내렸다. 이번에도 한 움큼의 검고 흰 머리가 뽑혀 나왔다.

그건 아주 이상한 느낌이었다. 머리카락이 두피에서 술술 빠져나가자 견딜 수 없는 상실감이 차오르는 한편, 막힌 듯 갑갑했던 머릿속이 깨끗하게 비워지는 것 같기도 했다.

순옥은 손가락 사이에 걸쳐져 있는 자신의 머리카락을 세어보다, 고개를 들었다. 하얀 형광등이 머리 위에서 깜박였다.

양손을 물에 담그고 살짝 흔들었다. 빠진 머리카락이 힘없이 세숫대야 안으로 떨어졌다. 순옥은 자리를 털고 일어나 마지막으로 머리를 헹구었다. 그리고 거실 서랍에서 가위를 찾아 들고 다시 욕실 안으로 들어왔다.

거울에 비친 모습은 그저 초라한 갱년기의 여자, 그리고 암과 싸우느라 피로해진 환자일 뿐이었다.

순옥은 양손으로 젖은 머리를 쓸어내린 뒤, 한동안 눈을 감고 서 있었다.

슬퍼하고 싶지 않았다. 어떻게든 이 모습을 유지하려 발악하다가 다른 가족들까지 힘들게 하고 싶지 않았다.

순옥은 알고 있었다. 병을 앓는 자신이 강해져야 한다는 것을. 그렇지 않으면 병자를 보살펴야 하는 가족들까지 아파질 것이다.

천천히 눈을 뜨자 거울 속의 여인은 굳은 결심을 하고 자신을 바라보고 있었다. 병색이 완연한 얼굴은 여전했지만, 눈빛만은 차분하고 강건했다. 순옥은 가위를 들었다. 그리고 스스로 머리를 자르기 시작했다.

고요한 욕실 안에 서늘한 가위질 소리만 가득했다.

스륵. 스르륵. 순옥은 길게 자른 머리카락을 세면대 위에 모았다. 윤기라곤 보이지 않는, 자신을 닮은 머리카락들이었다. 군데군데 흰머리가 섞여 있는 늙은 여인의, 딱 그만큼의 세월.

가위가 한 번 움직일 때마다 한 뭉텅이의 머리카락이 잘려나갔다. 순옥은 마치 다시는 머리를 기르지 않을 사람처럼, 두피가 다 보이도록 아주 짧게 머리를 잘랐다.

그리고 마지막 가위질을 멈추고 거울을 보았을 때, 저도 모르게 눈물을 쏟아내고 말았다.

아프고 슬픈 여인이 그곳에 있었다. 이제는 흔적만 남아 있

는 머리카락이 엉망으로 잘려 듬성듬성 움푹 들어간 곳이 보였
다. 창백한 얼굴이 더욱 핼쑥하게 느껴졌다. 이마의 주름도, 입
가의 주름도, 얼굴 전체를 덮고 있는 지독한 병마도 더욱 선명
했다.

순옥은 한참을 그렇게 거울 앞에 서서 자신을 위해 울었다.
눈물이 볼을 타고 세면대 위에 뚝뚝 떨어졌다. 숨을 참고 눈가
에 힘을 줘도 눈물은 쉬이 그치질 않았다.

하지만 이것으로 끝내야 했다. 가족들이 받을 상처를 생각
하면, 언제까지 이렇게 울고 있을 수만은 없었다.

한참을 선 채로 울먹이던 순옥은 어느 순간 결연한 얼굴로
고개를 들었다. 그리고 여기저기 쏟아져 있는 자신의 머리카락
을 치우기 시작했다.

* * *

가족끼리 나들이하기 전날은, 엄마가 머리칼을 자른 날 밤
이기도 했다. 그날 대충 차린 저녁 식사를 마치고, 나는 바람을
쐴 겸 옥탑방 문을 열고 나왔다.

옥탑방이 가지는 유일한 장점이라면 이렇게 문을 열고 나오
자마자 바로 옥상 바람을 맞을 수 있다는 것이었다. 나는 한 손
에 휴대폰을 들고 나와 멀리 보이는 한강을 바라보며 섰다.

[엄마가 그냥 가위로 혼자서 잘라버렸어!]

저녁을 먹고 엄마와 통화하는 건 이제 당연한 일과였다. 신이 난 엄마의 말투는 무슨 무용담이라도 늘어놓는 것 같았다.

"그래도 미장원 가서 자르지."

혼자서 머리카락을 밀어버렸다는 엄마의 말에 어이가 없어졌지만, 잘했다고 하기도 그렇고 왜 그랬냐고 하기도 뭣해서 어중간하게 말을 흐렸다.

상상이 가질 않았다. 기억 속의 엄마는 언제나 긴 머리카락을 가지고 있었다. 파마를 하거나 흰 머리가 보일 때도 있었지만 늘 긴 머리라는 건 똑같았다.

[창피하기도 하고 해서. 엄마가 원래 손재주가 좋잖아. 너희들 초등학교 때 엄마가 직접 머리 잘라줬는걸?]

아들이 걱정할까 싶어선지 엄마의 말투가 더욱 명랑해졌다. 나는 결국 엄마가 끄집어낸 옛일을 떠올리곤 피식 웃어버렸다.

"내 3학년 땐가. 엄마가 냉면 그릇 씌워갖고 앞머리랑 뒷머리 자른 거 말이가. 요~기가 이렇게 일자가 되가꼬 울고불고 학교 안 간다고 난리 피웠는데. 설마 엄마 지금도 그렇게 자른 거 아니가?"

우스갯소리 삼아 얘기를 꺼내니 엄마도 조용히 웃었다.

[애가, 그래도 그게 바가지 머리라고 그 시절에 유행이었어.]

매일 이렇게 전화를 붙들고 있자면 그 얘기가 그 얘기일 때도 많았지만, 오늘은 좀 달랐다.

"내일 괜찮겠나?"

엄마는 내 질문에 그럼, 하고 웃으며 대답했다.

가족이 다 함께 여행을 가기로 한 날이었다. 나는 엄마가 부산에서 올라올 일이 걱정되어, 여행 장소를 부산에서 가까운 곳으로 잡으려 했지만 뜻대로 할 수 없었다. 엄마가 반드시 서울에서 가까운 곳으로 가야 한다고 우겼기 때문이다.

이유는 짐작이 갔다. 아마 서울에 계신 외할머니를 만나고 싶으셨으리라.

외할머니가 충격을 받을까봐 이모들은 엄마의 소식을 조금씩조금씩 전해주었다고 했다. 워낙 무릎이고 허리고 성할 곳이 없으신 고령의 외할머니인지라, 엄마와는 서로 볼 수가 없어서 전화할 때마다 울곤 하셨다고 했다.

[들어가서 자. 그래야 일찍 일어나지.]

"어, 알았다. 내일 보자."

엄마의 목소리는 소풍 가기 전날의 어린 애처럼 잔뜩 신이 나 있었기에, 나도 마음이 조금씩 놓이기 시작했다. 당분간은 컨디션이 괜찮으신 것 같아서였다.

그렇게 전화를 끊고 방으로 들어가려다, 문득 밤하늘을 올려다보았다.

뭔가 반짝거린다 싶더니, 별똥별 하나가 순식간에 떨어지고 있었다.

"……아!"

그제야 손바닥으로 이마를 탁 치고 방금 별똥별이 떨어진 하늘을 다시 바라보았다. 소원을 빌었어야 했는데.

뒤늦게 떠올렸지만 이미 늦은 일이었다.

유성의 기적에 기대고 싶을 만큼 간절한 소원이 있는데.

그걸 아는지 모르는지, 별은 다시 떨어지지 않았다.

* * *

순옥은 가족들과 함께 서울에 도착했다. 이제나 저제나 순옥이 오기만을 기다리고 있는 영재의 모습을 가장 먼저 찾아낸 것은 미현이었다.

"영재야!"

"엄마는?"

영재는 미현을 보자마자 엄마부터 찾았다. 미현이 입술을 비죽 내밀더니 이내 뒤쪽을 가리키며 말했다.

"아침부터 엄마 신났다! 니 보러 온다고!"

그때 미현의 등 뒤, 플랫폼에서 순옥의 반가운 목소리가 들려왔다.

"아들~!"

모자를 눌러쓴 순옥이 광섭의 부축을 받으며 천천히 걸어오고 있었다. 순옥은 아들 영재를 발견하자마자 환히 웃으며 손을 흔들었다.

영재의 시선이 순옥의 모자로 향했다. 그러지 않으려고 했지만 어쩔 수 없었다. 모자 밖으로 빠져나온 순옥의 짧은 머리 카락이 영재의 마음을 아프게 했다.

순옥이 그런 아들의 시선을 눈치채곤 쑥스러운 얼굴로 머리를 매만졌다. 하지만 이내 밝은 얼굴로 아들의 손을 잡고는, 뒤이어 따라오는 미선과 손녀 예현에게도 어서 오라며 손을 흔들었다.

"그 몸을 하고서도 니 보러 온다고 도시락 쌌다 아이가."

미현이 못 말린다는 듯 한숨을 쉬며 말했다. 광섭도 고개를 끄덕였다.

"잘하는 짓이다."

딸과 남편이 투덜거리든 말든 순옥은 한 달 만에 보는 아들 덕에 그저 싱글벙글하고 있었다.

여행 장소는 경기도 가평의 수목원이었다. 가족들은 영재가 빌려온 차를 타고 서울 시내를 벗어났다.

손옥은 난생 처음 와보는 수목원의 경치에 감탄을 금치 못했다. 두 눈을 휘둥그렇게 뜨고 영재의 손을 잡은 채 움직일 줄을 몰랐다.

천지가 모두 꽃이었다. 초가을을 살아가는 세상 모든 꽃들이 이곳에 모여 있었다. 순옥은 지금 보는 광경이 꿈인지 생시인지 믿을 수가 없어 멍하니 입을 벌리고 서서 주위를 두리번거렸다.

"이쁘다······."

오밀조밀한 길을 따라 걸어가니 은은하게 국화 향이 났다. 고개를 돌리는 곳마다 크고 작은 국화꽃이 앞 다투어 얼굴을 내밀고 있었다. 작은 오르막과 둥그러진 내리막이 꽃과 꽃 사이, 나무와 나무 사이에서 미끄럼을 탔다.

멍하니 풀어져 있던 순옥의 얼굴이 해사하게 피어났다. 순옥은 늘 간직하고 있던 작은 사진 속의 풍경을 떠올렸다. 영국의 어느 작은 시골마을. 지금 눈앞에 펼쳐진 이 풍경은, 마치 세상에 없는 장소처럼 느껴지던 그곳과도 느낌이 비슷했다.

"엄마, 이쁘재?"

"응. 응. 정말로 예쁘다."

순옥의 걸음이 가벼워졌다. 병에 걸린 뒤로 늘 움츠리고 다니던 어깨도 반듯하게 펴졌다. 순옥은 마치 신발을 신지 않은 것처럼 가볍고 사뿐사뿐하게 걸었다.

가을이 담긴 이 풍경 안에서 순옥은 환자가 아니었다.

순옥은 마음은 순식간에 아프기 전의 건강했던 때로, 아이들을 낳기 전으로, 광섭과 결혼하기 전의 처녀 때로, 그리고 꿈 많고 순수하던 소녀 시절로 거슬러 올라갔다. 그리고 아직 젊었던 엄마의 〈봄날은 간다〉를 부르며 맨발로 꽃길을 거닐었다.

붉고 노란 가을꽃이 하얀 길 위에 색종이처럼 피어 있었다.

순옥은 가을 정원에서 봄꽃처럼 웃었다.

"아이고, 엄마 좋아하는 거 봐라."

뒤에서 예현의 손을 잡고 따라오던 미선이 환하게 웃으며 말했다. 미현도 고개를 끄덕이며, 행복해하는 순옥을 바라보고 있었다.

"그러게…… 엄마 진짜 좋아한다. 우린 진작 이런 데 안 오고 뭐 했노."

"응. 그러게."

두 딸이 순옥을 따라 걸으며 대화를 나누는 동안, 광섭은 자신의 손을 잡아끄는 순옥에게 이끌려 수목원 곳곳을 누비고 있었다.

"그리 좋나."

광섭이 물었다. 순옥은 그걸 말이라고 하느냐는 얼굴로 크게 고개를 끄덕였다.

"여보, 너무 예뻐요. 데려와줘서 고마워요."

그 모습을 보고 있자니, 광섭은 선을 보고나서 순옥을 처음으로 만났던 날 부산 대신 공원에서의 모습이 떠올랐다.

참으로 곱고 순수한 여자였다.

원래는 부모님이 억지로 떠밀어 나간 맞선 자리였건만, 그곳에서 순옥을 만났기에 광섭은 꽃이 예쁘다는 사실을 처음으로 알게 되었다. 아련한 마음에 아래를 내려다보니, 순옥이 물가에 쪼그리고 앉아 떠내려가는 꽃잎들을 바라보고 있었다.

"다리 안 아프나."

"으응. 여보. 괜찮아요."

"그래도 힘들다. 쪼그리고 앉지 마라."

순옥은 광섭의 채근에도 일어날 생각을 하지 않았다. 맑고 차가운 물가에 흐르는 꽃잎을 그저 하염없이 바라보았다.

투명하게 빛나는 물 위에 종류를 알 수 없는 하얀 꽃들이 둥실둥실 떠 있었다. 군무를 추며 달아나는 꽃 그림자 사이에 순옥의 얼굴이 비쳤다. 머리카락이 없어 모자를 뒤집어쓴 모습에, 핏기 없는 얼굴엔 병색이 완연했지만…… 그래도 행복해 보였다.

순옥은 만족했다.

이만하면 충분하다고 생각했다.

어느덧 영재가 다가와 순옥의 뒤에 서서 미소를 짓고 있었다. 미선도, 미현도 영재를 따라 순옥에게 다가왔다. 광섭은 순옥의 옆에 함께 쭈그리고 앉아 가만히 손에 힘을 주며 순옥의 손을 잡았다.

바람이 불자, 물가에 비친 가족들의 얼굴이 아련하게 흔들렸다.

그날 밤 펜션에 도착해 저녁을 먹고 나니 피곤해진 순옥이 거울 앞에 앉았다. 모자를 벗자 듬성듬성 휑하고 짧은 머리가 드러났다. 이제는 빗을 필요조차 없는 머리였다. 그런데 그때, 거울 저편에서 영재가 다가오는 모습이 보였다.

"엄마."

“응?”

순옥이 돌아보며 미소 짓자, 영재가 웬 종이 백을 들고 망설이다 내밀었다.

“내 우리 엄마 줄라고 선물 사왔다.”

“얘가 무슨 선물 같은 걸 사.”

선물이란 말에 순옥이 무턱대고 고개를 저었다. 하지만 영재는 순옥의 말에도 아랑곳하지 않고 가방을 열어 그 안에 포장되어 있는 상자를 꺼냈다.

“아이, 됐다니까.”

“누나가 좀 풀어봐라.”

영재가 곁에 있던 미현에게 상자를 내밀었다. 신난 미현이 순옥 대신 선물을 받아 들고 조심스레 포장을 뜯었다.

그리고 작은 환호를 질렀다.

“와아!”

미현의 얼굴이 밝아졌다. 선물의 정체가 궁금했던 광섭이 은근슬쩍 고개를 내밀었다. 그리고 깜짝 놀라 순옥을 바라보았다.

가발이었다.

어디서 구했는지, 세련된 스타일의 커트 머리 가발이 상자 안에 들어 있었다. 선물의 정체를 알게 된 순옥도 더 이상 거절하지 않고 가발을 조심스레 받아들었다.

“……고맙다.”

"우리 엄마, 멋지네!"

순옥이 조심스레 가발을 머리에 쓰자 다들 엄지를 치켜들었다. 순옥은 쑥스러운 얼굴로 광섭을 바라보았다.

"어때, 잘 어울려요?"

"뭐. 처녀 시절 보는 거 같네."

광섭이 겸연쩍게 말하며 순옥의 머리를 매만졌다.

"진짜 감쪽같다. 그자?"

미현도 마음에 드는지 감탄하느라 정신이 없었다. 가족들의 칭찬에 순옥이 소녀처럼 수줍은 미소를 입가에 머금었다.

"어디, 우리 엄마 사진 좀 찍어보자."

영재가 자신의 가방 안에서 묵직한 DSLR을 꺼내 들었다. 한동안 잡지 않았던 카메라였다. 하지만 순옥의 가발을 사면서 영재는 꼭 순옥의 사진을 찍으리라 다짐했다.

"여기 봐라. 엄마."

가발을 쓴 순옥이 카메라를 향해 웃었다. 셔터를 누르려던 영재가 잠시 멈칫, 렌즈 너머의 순옥을 바라보았다.

순옥의 미소는 어쩐지 현실감이 없었다. 영재는 먹먹하게 요동치는 가슴을 간신히 진정하고 몇 장의 사진을 찍었다.

"엄마 힘들지? 이리 앉아봐라."

그리고 난 뒤, 영재가 바닥에 주저앉아 순옥의 다리를 주무르기 시작했다. 부산에서 서울까지 올라 온데다, 수목원에서의 산책이 순옥에겐 큰 무리였다는 걸 알았기 때문이다. 순옥은 괜찮다 말했지만 사실 괜찮지 않다는 걸 가족들은 모두 알고 있었다.

"아프면 아프다고 말해라. 자식 뒀다 뭐 하노."

미현도 얼른 순옥의 뒤로 돌아가 어깨를 주물렀다.

순옥이 웃음을 터뜨렸다. 그리곤 뿌듯한 얼굴로 자식들을 바라보았다.

"아이고…… 시원하다. 미안해요, 여보."

"뭐라 카노."

TV를 보던 광섭이 고개를 돌렸다. 순옥이 남편을 향해 배시시 웃었다.

"애들 내가 다 차지해서."

"얼마든지 다 가지라. 점마들 난 필요 없다. ……마누라만 있음 되지."

별 소리를 다한다는 듯 코웃음을 치던 광섭이 마지막 말을 내뱉곤 슬그머니 창밖으로 시선을 돌렸다.

"아버지, 오늘 무리하시네."

영재가 말했다. 그 말에 가족들의 얼굴에 환하게 웃음꽃이 피어났다.

꿈같은 하루가 지났다.

영재의 예상대로 순옥은 회현동에 있는 친정엄마에게 가고 싶어서 아침부터 안절부절못했다. 그 모습을 보다 못한 광섭이 결국 먼저 입을 열었다.

"이왕 서울까지 왔는데, 회현동 들렀다 가라."

"으, 응?"

순옥이 깜짝 놀라 물었다. 영재의 얼굴에도 짓궂은 미소가 걸렸다.

"에이, 엄마 할무이 보고 싶구나."

"……."

말문이 막힌 순옥이 먹던 밥숟가락을 놓았다. 가족 모두가 웃으며 순옥을 바라보고 있었다. 미선이 가만히 순옥의 왼손을 잡았다.

"엄마, 다녀오자. 응?"

"……."

"엄마가 말 안 한다고 모를 줄 알았나. 서울로 올라가자 할 때부터 알아봤다. 남도에 하고 많은 여행지 놔두고 와 이까지 올라오나 했재. ……다 할무이 보고 싶어가 그런 거 아이가."

미현까지 떠미는 바람에 순옥이 천천히 고개를 끄덕였다.

"괜찮다, 엄마. 회현동 가서 할무이도 보고, 그래! 미현이 그렇게 가고 싶어하는 명동 가서 쇼핑도 하고 그러자."

"응. 응."

고개 숙인 순옥의 눈에서 한 방울 눈물이 흘러나왔다. 차마 보고 싶다고 말하질 못해 그저 입술을 꾹 깨물고만 있는 순옥의 어깨를 광섭이 슬그머니 감싸주었다.

명동으로 출발한 건 식사를 끝내고 한 시간쯤 후였다.

순옥은 두 딸의 부축을 받으며 손녀 예현을 데리고 명동을 돌아다녔다.

"와아!"

어린 예현이 한 손엔 엄마의 손을 잡고 신이 나서 외쳤다. 미현도 순옥의 가방과 한쪽 팔을 부축하고 정신없이 사방을 기웃거리며 앞장서고 있었다.

한참을 그렇게 걷던 순옥이 문득, 매장 안에 걸려 있는 단정한 회색 치마와 카디건을 보고 걸음을 멈추었다. 한참을 바라보던 순옥을 미선과 미현이 떠밀 듯 가게 안으로 밀어넣었다.

"하모니 이쁘다!"

"엄마. 그 옷이 맘에 드나?"

예현이 예쁘다며 크게 소리치고, 미선과 미현도 다가와 칭찬했다. 하지만 고개를 끄덕이다 말고 가격표를 확인한 순옥이 기겁하더니 예현의 손을 끌고 먼저 매장을 나가 버렸다. 생각보다 너무 비싸서 엄두가 나지 않았던 것이다. 미현은 그런 엄마의 뒷모습을 보며 한숨을 내쉬더니, 미선에게 눈짓을 한 뒤 얼른 따라서 나갔다.

둘이 빠져나간 매장 안에서 미선은 하얀 카디건을 꺼냈다. 그리고 카운터로 걸어가 재빨리 계산을 하더니, 들키지 않도록 순옥의 가방 안에 넣었다. 그리고 뒤늦게 가족들의 뒤를 따르기 시작했다.

"엄마. 할머니 보러 언제 갈 거가?"

어느덧 정오가 지나고 있었다. 이리저리 다른 매장을 둘러보던 미선이 물었다. 그러자 순옥의 손을 잡고 걷고 있던 예현이 우뚝 서더니 고개를 갸웃거렸다.

"엄마! 하모니 요 있는데 서울은 왜 가는데?"

"엄마의 할머니! 예현이 할머니는 요 있고, 엄마 할머니는 서울에 있다."

"그라믄…… 하모니 엄마가 서울에 있나?"

예현이 손가락을 입에 물며 물었다. 순옥은 예현이 기특한지 와락 끌어안으며 뺨에 입을 맞추었다.

"우리 예현이~. 왜 이렇게 똑똑하니. 에구, 이쁜 것."

"엄마 닮은 날 닮아서 그렇겠지."

미선이 농담을 던지며 예현이의 머리를 쓰다듬었다.

결국 순옥은 명동에서 자기 돈으로는 아무 옷도 사지 않았다. 그저 길에서 파는 싸구려 양말을 몇 켤레 샀을 뿐이었다. 그나마도 자신의 것이 아니라 광섭의 것이었다.

그리고 늦기 전에 회현동으로 향했다.

순옥은 가는 내내 차 안에서 두 손을 꼭 마주 잡고 있었다. 처음이었다. 이런 식으로 엄마를 보러 가는 것이. 애들이 크고, 사는 게 바빠지면서 얼굴 볼 날이 많지 않았던 어미였다. 이제는 완전히 꼬부랑 할머니가 다 된 순옥의 친정엄마는 머나먼 부산까지 내려올 기운이 없었고, 순옥은 서울까지 올라올 여유가 없었다.

어디가 어딘지 전혀 알 수 없었지만, 순옥은 회현동이 가까워졌다는 것을 저절로 느끼고 있었다. 명동 입구에서 대기하고 있다가 순옥을 태운 영재는, 운전을 하면서 슬쩍 백미러로 뒷좌석을 보았다. 순옥은 창문에 바짝 얼굴을 갖다 대고, 어렴풋이 기억에 남아 있는 막내 동생의 집을 찾고 있었다.

"다 왔다."

영재가 말해주었다. 순옥이 고개를 끄덕였다.

주차장엔 미리 연락을 받은 순옥의 막내 동생이 나와 있었다. 그는 거의 엄마나 다름없는 큰누나 순옥과 마주 서서 차마 입을 열지 못하고 고개만 숙였다. 괜찮으냐, 응 그래 괜찮다 하는 의례적인 인사가 오가고, 순옥은 침묵으로 슬퍼하는 동생의 어깨를 가만히 안아주었다.

"가자."

순옥이 앞장섰다. 이제 곧 엄마를 만날 수 있다는 생각에, 순옥의 얼굴이 울음을 보채는 아이처럼 애처로워졌다.

문이 열렸다. 순옥은 현관문이 채 다 열리기도 전에 큰 소리로 엄마를 불렀다.

"엄마, 큰 딸!"

문 너머에서 늙은 엄마의 목소리가 들려왔다.

"아가. 아가……, 우리 순옥이냐?"

허리가 잔뜩 굽은 노인이 집 안에서 방문을 열었다. 몸도 성

치 않으면서, 할머니는 비칠비칠 현관까지 나와 순옥을 끌어안
았다.

"아이고, 내 딸 순옥아……."

그저 이름을 불렀을 뿐인데, 걷잡을 수 없이 목이 메었다.
순옥은 이를 악물고 울음을 참았다. 엄마 앞에서 울고 싶지 않
았다. 걱정시켜드리고 싶지 않았다.

"엄마…… 어디 아픈 데는 없지?"

순옥의 노모는 그저 순옥을 끌어안고 고개를 끄덕였다. 두
모녀의 애처로운 상봉을 지켜보던 다른 가족들의 눈가에 이슬
이 맺혔다.

"나야 건강하지. 건강하고말고……. 내가 죄인이다, 내가
죄인이야……. 니가 어찌 여기까지 왔냐."

"엄마 보고 싶어서 왔지. ……엄마, 미안해요."

결국 목까지 차오른 울음을 삼키기 못해 순옥이 조금씩 무너
지기 시작했다. 할머니는 그런 딸이 안타깝고 안쓰러워 그저
어떻게든 품에 안고 달래려 애썼다.

"니가 나한테 뭐가 미안해. 울지 마라. 순옥아. 응? 에미 가
슴 찢어져……."

하지만 순옥의 울음소리는 갈수록 커져만 갔다. 결국 보다
못한 외삼촌이 두 모녀를 집 안으로 들이고, 한참이 지나서야
가족들의 인사가 이루어졌다.

곧장 부산으로 내려가야 했기 때문에 순옥은 엄마 곁에 오래

200

머물 수가 없었다. 안타까운 나머지 광섭이 하루 더 있다가 내려갈까 하고 물었지만 순옥이 고개를 저었다.

"엄마. 막내 통장으로 돈 좀 넣었거든. 엄마…… 드시고 싶으신 거 있으면 사 드시라고."

"아이고. 너 쓰기도 빠듯할 텐데 뭔 돈을 보냈어. 그리고 날씨 춥다. 조심해서 내려가거라. 응?"

"응. 엄마. 그럴게요."

더 이상 머무르면 안 될 것 같았다. 순옥은 서둘러서 자리를 뜨기로 했다.

그럼에도 결국 모녀는 두 손을 꼭 맞잡고 한참을 놓지 못했다. 가족들은 누구도 보채지 않고 순옥이 돌아서기만을 기다려 주었다.

"엄마."

"그래. 아가."

"엄마…… 아프지 말고 건강하게 계셔야 해요."

"그래. 그래, 아가. 너도 몹쓸 병 빨리 낫고 잘 추스리거라. 응?"

"엄마…… 엄마. 나…… 갈게요."

순옥이 결국 울음을 터뜨림과 동시에 꼭 잡고 있던 주름진 손을 놓고 돌아섰다.

순옥의 친정엄마는 주름진 눈을 자꾸만 깜박이면서 순옥의 뒷모습을 하염없이 바라봤다. 붉어진 눈가엔 벌써 눈물이 가득

했다.

"순옥아……."

할머니의 얼굴엔 지독한 슬픔이 스며들었다.

부산으로 돌아가는 차 안에서 순옥은 목 놓아 울었다. 광섭의 품에 안겨 지쳐 쓰러질 때까지 울고 또 울었다. 미선과 미현은 그런 엄마를 달래지 못해 그저 함께 울기만 했다.

고요한 차 안에 순옥의 울음소리만 공허하게 울릴 뿐이었다.

혼자 가는 길

2011년 10월

　어느덧 뒷산에도 울긋불긋한 단풍의 물결이 굽이쳤다. 베란다 창 너머로 보이는 노랗고 붉은 단풍은 가을의 정취를 아낌없이 드러내고 있었다.

　순옥은 거실에 누워 뒷산을 바라보고 있었다. 눈으로 응시하는 건 베란다 너머였지만, 순옥의 마음속에 펼쳐진 건 작년의 가을, 그 이전의 가을, 그리고 아주 오래 전의 가을들이었다. 해가 지나고 세월이 흘러도 늘 같은 빛깔을 내보이는 단풍이지만 올해는 그 느낌이 조금 다른 것 같았다.

　저 화려한 붉음도 계절이 지나면 한낱 거리의 낙엽이 되어버린다. 순옥은 그 사실이 못내 안타깝게 느껴졌다.

“당신 뭐 좀 물래?”

설거지를 끝낸 광섭이 다가와 물었다. 순옥은 누운 채로 고개를 저었다. 광섭이 옆에 와 앉자, 순옥이 광섭을 올려다보았다.

“여보. 당신 무릎 베고 싶은데…….”

광섭은 말없이 순옥의 머리를 안아 들어 무릎에 뉘어주었다. 순옥은 이제 거의 걷지도 못하고 있었다. 상태가 안 좋을 때는 대소변도 따로 받아내야 할 정도였다.

검게 타고 하얗게 말라붙은 순옥의 입술이 힘들게 곡선을 그렸다.

“아이고…… 이제 좀 살 거 같네. 아, 여보. 저기 좀 봐요.”

광섭은 순옥의 이마를 쓰다듬으며 아내가 가리키는 방향으로 시선을 돌렸다.

순옥이 가리키는 건 베란다를 장식하고 있는 화초, 그중에서도 소박하고 단아하게 하얀 꽃을 피운 녀석이었다.

“저게 뭐랬드라. 캐모……, 캐모…….”

광섭은 더듬더듬 화초의 이름을 떠올려 보았다. 일전에 순옥이 몇 차례나 이름을 알려준 꽃이었다. 그땐 시큰둥한 척했지만 뒤에선 열심히 화초의 이름들을 외우곤 했다.

“카모마일! 저게 카모마일이야. 참 예쁘게도 피었네.”

“꼭 당신 닮았네.”

“여보.”

문득 순옥이 광섭의 손을 쥐었다. 고단해 보이는 손이었다.

부부의 손은 하나같이 거칠고 투박하기 짝이 없었다. 순옥은 힘이 들어가지 않는 손을 억지로 움직여 남편의 손을 잡았다.

"여보. 내가……, 내가…….."

순옥은 잠시 머뭇거린 끝에 가까스로 입을 열었다.

"내년에도 저 꽃을 볼 수 있을까?"

광섭은 그저 말없이 순옥의 얼굴을 쓰다듬었다. 병마에 시들어 까칠해진 피부가 만져졌다. 하지만 광섭은 순옥의 그 모습 하나까지 모두 간직하겠다는 듯 몇 번이고 야윈 얼굴을 쓰다듬었다.

"여보. 마음 단단히 먹고…… 흔들리지 말고 잘 살아야해."

"당신답지 않게 그기 무슨 소리고. 없긴 누가 없노. 당신이 이래 옆에 있는데……!"

광섭이 손을 멈추며 애써 태연하게 말했다. 광섭을 올려다보는 순옥의 눈이 서서히 젖어들었다.

"여보. 우리 식구들 불쌍해서 어떡해? 나 죽으면 우리 애들 불쌍해서 어떡해?"

그리고는 광섭의 품에 고개를 파묻고 흐느끼기 시작했다. 광섭은 순옥의 등을 토닥여주었다. 그의 눈에도 이미 눈물이 맺혀 있었지만 순옥을 달래기 위해 억눌러 참았다. 아픈 사람을 안고 언제까지 울 수만은 없는 노릇이니까.

광섭은 순옥이 울음을 그칠 때까지 몇 번이고 등을 쓸어주었다.

그런데 순옥의 반응이 이상했다.

"……헉. 허억, 헉."

흐느껴 울던 순옥의 호흡이 갑자기 거칠어졌다. 광섭이 깜짝 놀라 순옥을 안아 들었다. 순옥은 두 눈을 꼭 감은 채 힘겹게 숨을 몰아쉬고 있었다.

"여보, 괜찮아? 미선 엄마!"

"헉, 헉……, 헉, 헉."

순옥의 호흡이 점점 더 거칠어졌다. 가슴을 들썩이며 괴로워하는 아내를 안고, 광섭이 황급히 전화기를 집어 들었다.

다행히 오래지 않아 구급차가 도착했다. 구급대원들은 순옥에게 인공호흡기를 착용시키고, 재빨리 들것에 실었다. 광섭이 옆에서 순옥의 손을 꼭 쥐었다.

"……."

순옥은 들것에 실려 나가면서 끊임없이 주변을 살폈다. 어쩐지 다시 돌아올 수 없을지도 모른다는 불안감. 숨 쉬기도 급급한 와중에, 순옥은 마치 집 안 곳곳을 잊지 않겠다는 듯 계속해서 눈동자를 굴렸다.

베란다에 서 있는 카모마일이 차디찬 바람에 금방이라도 꺾일 것처럼 힘없이 흔들리고 있었다.

* * *

그날부터의 열흘간을 어떻게 어디서부터 얘기해야 할지 모르겠다.

내가 병원에 도착한 건 네 시간 후였다.

아버지에게 연락을 받자마자 회사에서 허락을 구하고 뛰쳐나왔지만, 마음처럼 빨리 올 수는 없었다. 내가 서울에 있다는 사실이 그날처럼 원망스럽게 느껴진 적이 없었다. 역에 도착해서 기차를 기다리는 20여 분 내내 미칠 것 같은 기분에 사로잡혔다.

"아버지!"

텅 빈 수술실 앞에 혼자 우두커니 앉아 있던 아버지는 천천히 고개를 들었다.

"엄마는요? 엄마는요?"

"인제 막 드갔다. 심장에 물 찼다 카네."

나는 얼른 수술실을 바라보았다. 상단에 설치된 모니터엔 엄마의 이름과 함께 〈수술중〉이란 문구가 떠 있었다. 수술중, 그 세 글자가 나를 불안과 공포로 몰아넣었다.

"수술은 우째 될 거 같답니까?"

"……니 엄마 체력이 안 좋아가…… 해봐야 알겠다고…….'"

아버지는 말을 하다 말고 고개를 떨어뜨렸다. 나는 이를 악물고 돌아섰다.

"어디 가노."

"교회예. 수술 끝나면 연락 주이소."

"알았다."

그리고 병원을 빠져나와 곧장 가까운 교회로 들어갔다. 텅 빈 예배당 안은 완전히 어두컴컴한 상태였다.

나는 의자 사이의 통로를 가로질러 교단 바로 아래에 무릎을 끓고 두 손을 모았다. 고등학교 때 이후로는 처음으로 다시 온 교회.

미칠 것 같은 마음에 지푸라기라도 잡자는 심정으로 오긴 했지만, 막상 기도하려니 무슨 말부터 어떻게 시작해야 할지 막막하기만 했다.

그렇게 될 줄 알았으면, 교회 나가라는 엄마 말 좀 들을 것을 그랬다 싶기까지 했다.

평생 오지도 않던 놈이 급할 때만 찾아오는데 반가울 리가 없겠지. 그래도 예수님이잖은가.

나는 간절한 마음으로 눈을 감았다.

엄마를 낫게 해달라는 기도 따위는 하지 않았다. 내가 그런 걸 바란다고 먹힐 리가 없기에, 그건 아예 생각조차 하지 못했다. 그저 내가 바랐던 건, 수술의 성공. 엄마가 수술을 무사히 마치고, 한번이라도 나를 볼 수 있도록, 그리고 사랑한다고 내가 말해줄 수 있도록······.

고요한 예배당 안엔, 내가 흐느끼는 소리만이 나지막이 울려 퍼졌다.

[수술 끝났다.]

몇 시간이 흘렀을까.

아버지의 전화를 받고 서둘러 병원으로 돌아왔다. 언제 온 건지 누나들이 아버지 양옆에 나란히 앉아 있었다. 급하게 달려온 내가 뭐라 입을 열기도 전에 작은누나가 모니터를 가리켰다.

"아까 의사 선생님 나갔다. 잘됐다네."

〈수술중〉이라는 세 글자는 〈회복중〉으로 바뀌어 있었다.

…… 감사합니다.

나는 속으로 그렇게 중얼거리며 안도의 한숨을 내쉬었다.

오래지 않아 수술실 문이 열리며 침대 위에서 고이 잠든 엄마가 그 모습을 드러냈다.

"엄마!"

우리는 이구동성으로 엄마를 불렀다. 아버지도 황급히 자리에서 일어나 침대로 다가갔다. 엄마는 창백했지만 일견 편안해 보이는 얼굴이었다.

"병실로 이동하겠습니다. 보호자 여러분들, 도와주세요."

간호사의 지시에 따라 우리는 엄마의 침대를 병실로 옮겼다.

"두 시간에 한 명씩, 엄마 간호하고 돌아가면서 쉬자."

큰누나의 지시에 따라 우리는 빈 환자 침대와 보호자 침대에 나뉘어 새우잠을 자고, 돌아가며 한 명씩 엄마의 옆에서 의자를 지켰다.

제일 먼저는 아버지가 엄마의 곁을 지켰고, 두 번째가 나였다. 내 차례가 되고 한 시간 정도 흘렀을까.

"으으……"

순옥이 가느다란 신음을 흘리며 몸을 움직이는가 싶더니 힘겹게 눈을 떴다.

"엄마!"

나도 모르게 엄마를 부르며 손을 잡아드렸다. 엄마의 손바닥은 식은땀으로 축축했다. 내 외침에 광섭, 미선, 미현이 자리에서 벌떡 일어나 침대로 다가왔다.

"엄마. 아들이 엄마 얼마나 사랑하는지 아나?"

엄마는 입을 뻐끔거리다 차마 대답하지 못하고 고개만 끄덕였다.

"엄마, 힘내라!"

울음을 터뜨리며 나는 엄마의 뺨에 내 뺨을 가져다 대었다. 흘러내린 눈물이 그대로 엄마의 뺨을 적셨다. 움직일 수 없었던 엄마는 그저 눈만 깜박이며 나와 함께 울고 있었다.

2011년 11월

수술 경과가 좋다는 의사의 말은 빈말이 아니었다. 일단은 억지로 서울에 올라갔다가 주말이 되어 다시 내려와 보니, 엄마는 어느 정도 기력을 회복해 몸을 일으킬 수 있는 상태가 되었다. 시간은 어느새 11월로 넘어가 있었다.

"엄마. 힘들면 좀 누워라."

내 말에도 엄마는 그저 웃으며 창밖에서 눈을 뗄 줄 몰랐다. 나도 따라서 바깥을 바라보았다.

앙상한 목련 나무가 창가에 서 있었다. 봄엔 그렇게 화사하게 꽃을 피우더니, 이제는 마른 나뭇가지만 남아 쓸쓸한 모습으로 겨울을 준비하고 있었다.

"벌써 겨울 다 됐네. 우리 엄마 생일도 다가오고. 엄마. 하나님이 엄마 생일 선물로 다 낫게 해주시면 하나님한테 뭐 해줄 거고?"

내 질문에 엄마는 잠시 생각하더니 웃으며 말했다.

"교회 식당에서 봉사나 죽을 때까지 할까? 아, 너희 외할머니랑 삼촌들 전도하면 되겠다⋯⋯."

"그럼 따뜻한 봄엔 하고 싶은 건 없나?"

따뜻한 봄. 가만히 물어본 그 단어에 엄마의 얼굴이 아련하게 변했다.

"엄마 고향은 눈이 참 많이 오는 동네였어."

아마도 전라도 고창 어딘가라고 했다. 하지만 내가 태어났을 땐 이미 외할머니가 서울로 집을 옮긴 뒤라서, 나는 엄마의 고향엔 한 번도 간 적이 없었다.

엄마의 어린 시절은 모두 그곳에 있다고 했다. 까마득한 옛일이 그리워질 때마다 엄마는 고향 얘기를 하곤 했다.

"꽃피는 춘삼월까지 봄눈이 오면 외할아버지가 '올해는 풍년 들겠군. 우리 순옥이 예쁜 교복 맞춰줄 수 있겠네.' 하며 웃곤 하셨는데……."

엄마는 마치 창밖에 자신의 어린 시절이 펼쳐진 듯, 창밖으로 아련하면서도 환한 미소를 머금어 보이면서 중얼거렸다.

"내년 봄에 눈이 펑펑 왔으면 좋겠다. 우리 영재 장가보내게."

"엄마. 그라면 봄눈 많이 내릴 때 우리 엄마 고향에 한 번 가자."

"응. 그래. 그러자."

엄마가 이듬해 봄을 나와 함께하실 수 있기를…….

그렇게 간절히 기원하며 나는 엄마의 손을 맞잡았다.

* * *

다음 날, 순옥의 맏딸 미선은, 흰머리가 지긋한 외할머니와 함께 병원으로 들어섰다. 그 옆엔 순옥보다 조금 어린 중년 여성과 사내가 함께였다. 영재 남매의 외할머니, 둘째 이모, 큰 외삼촌. 그러니까 순옥의 노모와 동생들이었다.

"어무이요."

외삼촌이 노모에게 음료로 된 청심환을 따 내밀었다. 할머니는 곱아 쭈그러진 손가락으로 청심환을 받아 마셨다.

"아이고……."

실감이 나지 않았다. 진짜로 그 일이 눈앞에 닥쳤다는 소식

을 들었을 때도, 부산까지 내려와 병원에 오고 병실 앞에 서 있
는데도, 순옥의 어머니는 이 모든 게 거짓말이란 생각이 들었
다. 내려오면서 노모가 중얼거리는 소리를 몇 번이나 들어야
했던 영재의 외삼촌은 불안하고 침통한 얼굴로 모친을 바라보
았다.

"가자."

순옥의 어머니는 기어이 결심한 듯 미선의 손을 꼭 잡았다.
미선은 외할머니를 부축하며 천천히 병실 문을 열었다.

안에선 영재와 미현이 순옥의 팔다리를 주무르고 있었다.
순옥은 팔에 링거를 꽂은 채 침대에 누워 있었다.

발걸음이 멈췄다. 순옥의 표정이 밝아졌다.

"엄마!"

나이 든 아들과 외손녀의 부축을 받아 가까스로 넘어지지 않
은 채, 순옥의 어머니는 침대로 다가갔다. 허리와 다리가 굽어
잘 걷지도 못하시는 양반이, 부축을 팽개치고 두 손을 순옥에
게로 내밀었다. 그리고 무너지듯 주저앉으며, 병상에 누워 있
는 순옥을 얼싸안았다.

"우리 엄마, 왜 이렇게 늙어버렸어. 속상하게!"

순옥은 천천히 손을 들어 늙은 엄마의 얼굴을 어루만졌다.
늙은 엄마도 순옥의 손을 붙잡았다.

"가는 세월 앞에 장사 없는 것이여."

모녀의 시선은 아주 오랫동안 서로에게 머물렀다. 한순간도

놓치지 않겠다는 듯, 이제는 잘 움직이지도 않는 손을 들어 올려 서로의 눈가를 쓸고 뺨을 보듬었다.

병마에 시달려 이제는 예전의 혈색을 찾아볼 수 없을 정도로 야윈 순옥을 보며, 늙은 엄마는 기어이 눈물을 터뜨렸다.

"아가…… 많이 아팠냐? 이것아, 몸 생각 안 하고 그리 일만 하더니……. 이 애미 죄가 많아서 그렇다. 자식들 고생만 시켰어!"

순옥이 천천히 손을 들어 친정 엄마의 눈물을 닦아주었다.

"엄마는……. 그게 뭐 엄마 탓이야? 이 못난 딸년 탓이지. 엄마. 딸…… 용서해줄 거지? 미안해요, 엄마. 미안해요."

순옥의 늙은 엄마는 딸을 천천히 안아주었다. 그 따스한 품에 안기자 순옥은 결국 참아왔던 울음을 터뜨리고 말았다. 빼곡한 링거자국과 멍으로 성치 않은 순옥의 팔을, 늙은 엄마는 연신 문지르고 또 문질렀다. 꼭 그렇게 문질러주면 순옥의 병이 낫기라도 할 것처럼 어깨를 문지르고 등을 쓸었다.

"아프지 마라……, 아가……."

순옥은 자신을 보듬는 엄마의 손길과 떨리는 목소리에 연신 미안하다며 울먹였다.

시한부를 살아가는 엄마를 지켜봐야 하는 자식들에게, 자식을 먼저 보내야 하는 늙은 어미에게…… 끝까지 죄를 짓는 것 같아 죽을 것처럼 마음이 아팠다.

그런 두 사람을 보는 다른 가족들도 연신 눈물을 닦아내고 있었다. 간신히 눈물을 삼킨 이모가 순옥에게 다가와 말했다.

"맞다. 엄마가 서울서 들고 온 거 있다 아이가."

"그랬지. 아가. 저녁 먹었어?"

"아니, 아직……."

"애미가 서울에서 조금 싸 온 게 있어."

그리고는 순옥의 남동생이 들고 온 커다란 보따리를 가리키며 말했다. 순옥은 눈물자국을 닦아내며 물었다.

"저게 다 뭐야?"

"선물이지, 선물. 좀만 기다려봐."

할머니는 순옥의 궁금증을 풀어주는 대신, 미현의 도움을 얻어 함께 보따리를 들고 밖으로 나갔다.

잠시 후, 순옥의 앞에는 과하다 싶을 정도로 많은 반찬이 펼쳐졌다. 순옥이 눈을 크게 떴다.

"이 많은 걸 엄마가 다 하셨어? 몸도 안 좋으신 분이 언제 이걸 다 했어."

"간이 안 맞아서 미현이가 좀 더 맞춰줬다. 내 혀는 늙어서 이제 못 쓰겠어."

병상 식탁 위에 김이 모락모락 나는 닭도리탕이 놓였다. 순옥의 얼굴이 어린아이처럼 밝아졌다.

영재가 그렇게 좋아하는 순옥의 닭도리탕 솜씨는 어머니에게서 전수받은 것이었다. 흰죽도 제대로 못 넘기던 순옥이, 그날따라 숟가락을 들고 국물을 떠 맛보며 감탄을 했다.

“음~. 맛나네. 맛나.”

친정엄마 만들어 온 요리를 맛보며 환하게 웃는 순옥의 표정은 해맑은 어린아이 같았다. 속이 보대껴서 실제로 잘 먹지는 못했지만, 기뻐하는 것만은 틀림없었다.

그 모습을 바라보는 어미의 눈가엔 축축한 눈물이 묻어 나왔다.

“언제 이 애미가 또 이렇게 해주겠냐. 좀 더 먹어라. 속에서 안 받아도…… 속에서 안 받아도…… 먼 길 떠나려면 속이 든든해야 한다.”

“……응. 많이 먹을게요.”

순옥은 솟구치는 울음을 꾹 눌러 담고 음식 몇 순갈을 더 떠서 삼켰다.

“아가, 울지 마. 울면 못 써. 울지 마.”

그리고는 순옥의 얼굴을 쓸어주며 계속 되뇌었다.

그날 밤은 모든 식구들이 집으로 돌아가고, 할머니만 남았다. 영재와 미현이 함께 남아 있고 싶어했지만, 외삼촌이 집으로 돌려보냈다. 모녀의 시간을 방해하지 않으려는 배려였다.

“엄마, 불편할 텐데 셋째 집에 가서 주무시지.”

“여기도 넓고 편하다. 걱정 마라.”

순옥은 엄마와 함께 침대에 나란히 누워 있었다. 늙은 어미가 순옥의 손을 쥐었다. 순옥이 고개를 돌리자, 엄마가 지긋한 눈으로 자신을 바라보고 있었다.

“아가. 우리 딸한테 이 애미가 노래 불러줄까나.”

순옥이 웃으며 고개를 끄덕였다.

“연분홍 치마가 봄바람에…….”

엄마의 〈봄날은 간다〉. 순옥은 가만히 눈을 감고 끊어질 듯 애처롭게 이어지는 엄마의 노래를 들었다. 그러다 입술만 움직여 아주 조그마한 소리로 따라 부르기도 했다.

언제 또 이 노랠 들어볼까. 순옥은 그토록 좋아하던 엄마의 노래를 잊어버릴까 싶어, 귀 기울여 가슴에 담았다.

주름진 손이 순옥의 볼에 닿았다. 엄마의 손은 아픈 자식이 못내 안쓰러워, 밤이 새도록 쓰다듬고 또 쓰다듬었다.

“순옥아. 이 애미 내일 올라가련다. 안 그러면 너를 못 보낼 것 같아서…… 내일 올라가련다.”

순옥이 엄마의 손에 얼굴을 비비며 고개를 끄덕였다. 늙은 엄마에게 자식의 죽음을 보게 할 수는 없었다.

“아가, 미안하다. 그 멀고 험한 길을 혼자 가게 해서.”

“…….”

순옥은 아무 말도 하지 않았다. 입을 열면 그대로 울음이 터져 나올 것 같았다. 그래서 입을 꾹 다물고 울지 않으려고 안간힘을 썼다. 하지만 이미 흐르기 시작한 눈물을 막을 수는 없었다. 숨을 몰아쉬고 또 몰아쉬었지만, 가슴을 치고 올라온 설움은 더 이상 삼켜지지 않았다.

결국 울음을 참지 못한 순옥이 친정엄마의 어깨에 머리를 기대고 흐느꼈다. 친정엄마는 순옥의 뺨을 타고 흐르는 눈물을 계속해서 닦아냈다.

"이 애미가 같이 못 가서 미안하다. 나도 곧 따라가겠지…… 누구나 한번은 가는 길이니까 마음 단단히 먹고…… 남편이나 아들딸은 맘 쓰지 말고. 그래도 산사람은 살아가는 거니까…… 그 길, 그 먼 길 갈 때엔 하얀 빛만 따라가렴. 다른 길로는 절대 가지 말고. 응?"

마치 일곱 살 어린아이를 타이르듯이 말했다. 순옥은 그저 고개만 끄덕였다. 늙은 엄마는 말없이 큰딸을 끌어안았다.

"울 아부지도 가셨고, 니 아부지도 갔고, 머지않아 나도 가게 될 것이여. 그러니까 혼자 서럽다 생각 말고…… 이 애미가 오기만 기다리거라. 알았지……?"

끄덕끄덕. 순옥은 입술을 꼭 깨문 채 이번에도 고개만 끄덕였다. 차라리 크게 울기라도 했으면 좋으련만, 순옥의 노모는 차마 울지도 못한 채 온몸을 들썩이는 딸을 품에 안고 보듬었다.

순옥은 그렇게 엄마와의 마지막 밤을 보냈다.

날이 밝자, 집으로 돌아갔던 식구들이 외할머니를 배웅하기 위해 모두 병원으로 찾아왔다. 순옥이 탄 휠체어를 영재가 밀고, 광섭은 장모를 부축한 채 주차장으로 향했다. 먼저 내려가 차에 시동을 건 외삼촌이 뒷좌석 문을 열고 기다리고 있었다.

"추운데 들어가."

218

"엄마 가는 거 보고."

할머니는 자꾸만 뒤를 돌아보았다. 내딛는 한 걸음 한 걸음이 천근만근 무거웠다. 몇 걸음을 가면 한 번 돌아보고, 또 몇 걸음을 가면 다시 뒤를 돌아보았다.

순옥은 그런 엄마를 하염없이 바라보고 있었다. 구부러진 허리, 마른 등, 눈처럼 하얀 머리카락, 어느 하나도 놓칠 수 없어 눈도 깜박이지 않았다.

'엄마…… 엄마! 나, 살아서 엄마를 다시 보고 싶은데…….'

순옥은 차마 입 밖으로 꺼내지 못한 말을 간신히 뱃속으로 삼켜냈다. 그리고 가슴이 터져라 마음속으로만 엄마를 불렀다.

차에 오르기 전, 순옥의 엄마는 또 뒤를 돌아보았다. 순옥은 그런 엄마의 마음을 다 안다는 듯 계속해서 손을 흔들었다.

광섭이 차 뒷문을 열어주자 순옥의 엄마는 힘겹게 차에 올라탔다. 그러더니 뒷좌석에 고이 놓여 있던 보자기 하나를 내밀었다.

"이서방. 내가 우리 딸 마지막 가는 길 곱게 입혀서 보내고 싶어서 지었네. 우리 순옥이 예쁘게 입혀서 보내주게."

순옥의 노모가 밤잠을 설쳐가며 큰딸을 위해 지은 옷이었다. 광섭은 보자기를 받으면서도 차마 고개를 들지 못했다.

"그만 가자."

순옥의 엄마는, 고개 숙인 사위의 어깨를 두들기곤 운전석의 아들에게 말했다. 광섭이 물러나며 문을 닫자 이윽고 차가 출발했다.

"잘 가. 엄마, 잘 가……. 잘 가!"

차가 조금씩 멀어질수록 순옥의 눈에서 흘러내리는 눈물도 많아졌다. 순옥은 떠나가는 차를 향해 하염없이 손을 흔들었다.

영재는 자꾸만 앞으로 나가려는 순옥의 몸을 지탱하느라 휠체어를 밀고 차를 서서히 따라가고 있었다. 내버려 뒀다가는 순옥의 몸이 아스팔트 위로 무너져 내릴 것만 같았다.

그때였다. 그대로 주차장을 빠져나가 다시는 못 볼 것만 같았던 차가, 갑자기 멈춰 섰다. 놀란 가족들의 눈이 벌컥 열리는 차 뒷문을 향했다.

눈물로 범벅된 얼굴의 할머니가 엉엉 울며 차 밖으로 빠져나오고 있었다.

"엄마……!"

영재는 순옥을 잡을 수 없었다. 혼자 힘으로는 일어설 수조차 없던 순옥이, 몸을 비칠비칠 일으키며 앞을 향했다.

"엄마, 엄마……!"

"순옥아……. 내 아가, 허어어엉……!"

광섭과 영재가 허둥지둥 달려와 두 사람을 부축하는 가운데, 기어이 서로에게 다가간 모녀는 쓰러지듯 바닥에 주저앉았다. 서로를 끌어안은 채로. 순옥은, 지금껏 참고 참았던 울음을 한꺼번에 토해낼 듯 통곡을 하고 있었다.

* * *

이틀이 더 지났다. 순옥의 상태는 갈수록 나빠져 이제는 숨 쉬는 것마저 인공호흡기에 의존해야 할 정도가 되었다. 순옥은 하루의 대부분을 잠에 빠져 있거나 고통에 시달렸다.

순옥의 하얀 얼굴은 창백해 보인다거나 기력이 없는 정도가 아니라, 아예 생기 전부가 빠져나간 사람 같았다. 착하고 다정한 아내이자 엄마인 순옥이 사라지고 빈껍데기만 남은 것 같았다.

순옥을 바라보는 영재와 광섭의 마음은 새카맣게 타들어가고 있었다.

그때 병실 문이 열리며 하얀 가운을 걸친 찬호가 들어왔다.

"내 왔다. 아부지, 안녕하십니꺼."

"오냐."

"왔나."

피곤한 얼굴의 영재가 자리에서 일어났다. 찬호는 넋이 나간 것처럼 보이는 친구의 몰골에 할 말을 잃고 우두커니 서 있었다.

그런데 어찌 알았는지, 순옥이 스르르 눈을 뜨더니 힘겨운 목소리로 입을 열었다.

"찬호 왔니?"

"예, 왔심더. 누워 계시소."

일어나려는 순옥을 말리며 찬호가 웃어 보였다. 왠지 쓸데없는 걱정이 앞서, 영재는 목소리를 낮춰 물었다.

"웬일이고?"

"그냥 잠깐 들렀다. 어무이 한 번 볼라꼬."

"그래……. 나가서 차 한 잔 할래? 아버지, 그래도 되죠?"

광섭은 대꾸 없이 고개만 끄덕였다.

"어무이요. 지는 그라믄 담에 또 뵙겠심더. 몸조리 잘 하이소."

"엄마. 내 금방 다녀올게."

"찬호야!"

찬호와 영재가 순옥에게 인사하고 병실을 나가려는 순간, 순옥이 갑자기 크게 소리 질렀다. 네, 하고 대답하며 고개를 돌리려던 찬호는 다음에 이어진 순옥의 말에 그대로 몸을 굳히고 멈춰 섰다.

"엄마 좀 살려줘!"

영재가 황급히 뒤를 돌아보니 순옥이 안간힘을 쓰며 침대에서 일어나 앉으려 하고 있었다. 놀란 광섭이 다시 눕혀주어도 순옥은 기어이 일어나려고 발버둥을 쳤다.

"엄마 좀 살려줘. 찬호야!"

광섭과 영재가 당황하며 서로를 바라보았다. 당황한 건 찬호도 마찬가지였다.

순옥은 찬호의 이름을 부르고 있었지만, 눈동자의 초점은 머나먼 허공 어딘가를 향하고 있었다. 그러다 영재가 다가서자 간절한 시선을 돌렸다. 순옥은 그야말로 온 힘을 다해 말을 토해냈다.

"엄마 아직 할 일이 너무 많은 사람이야……! 우리 둘째, 미현이 누나 알지? 미현이 누나도 시집보내야 하고, 우리 영재 장가가고 아들 낳는 것도 봐야 해. 영재 아빠는…… 엄마 없으면 아무것도 못하는 사람이야. 찬호야……!"

순옥은 부러질 것같이 마른 손으로 이불을 움켜쥐고 소리쳤다. 하지만 순옥이 찬호라고 부르고 있는 것은 바로 영재였다. 이미 눈앞이 보이지 않게 된 것이다.

광섭은 차마 아내를 바라보지 못하고 창밖으로 시선을 돌렸다. 그의 어깨가 가늘게 떨리고 있었다. 영재도 더는 자신을 주체하지 못하고 다가가 순옥을 끌어안았다. 오열과 함께 터져 나온 눈물이 순옥의 머리를 적셨다.

"찬호야! 엄마 좀 살려줘! 엄마 좀 살려줘!"

죄인처럼 고개 숙인 찬호는 아무 말도 하지 못하고 먼저 병실을 빠져나갔다. 영재는 허공을 더듬는 순옥의 손을 잡아 가슴에 품고 소리 없이 울었다.

하지만 순옥은 아무것도 느낄 수가 없었다. 도망치는 사람처럼 병실을 빠져나가는 찬호도, 애꿎은 창밖으로 노려보며 온몸으로 울고 있는 남편도, 순옥을 끌어안고 애원하는 것이 아들 영재라는 것도.

*　*　*

광섭과 미현이 병실 한쪽에서 새우잠을 자고 있었다. 영재는 외할머니가 그랬던 것처럼 순옥의 손을 꼭 잡고 침대에 나란히 누워 잠들었다.

"……."

한밤중, 순옥이 스르륵 눈을 뜨더니 천천히 몸을 일으켰다. 낮엔 손을 들어 올리는 것조차 그렇게 힘들더니 신기하게도 몸이 가벼웠다. 다른 사람의 도움이 없어도 의지대로 몸을 움직일 수 있었다.

'여보. 미현아.'

정신이 든 순옥은, 간이침대에 잠들어 있는 부녀를 먼저 바라보았다.

미현의 얼굴이 까칠했다. 매일매일 곱게 화장하고 다니던 아이가, 헝클어진 머리에 부스스한 몰골로 새우잠을 자고 있었다. 남편도 마찬가지였다. 이제 완연하게 센 머리카락이 그의 나이를 말해주고 있었다. 남편의 얼굴에 덥수룩하게 자란 수염이 안타까웠다. 순옥은 한참 동안 두 사람을 바라보다가 바로 옆에서 잠든 영재에게 시선을 돌렸다.

'영재야.'

영재는 깊이 잠들어 있었다. 순옥은 자랑스러운 아들의 얼굴을 쓰다듬으며 살며시 미소 지었다.

영재는 순옥에겐 특별한 아들이었다. 아들이라서 특별했던 것이 아니라, 영재의 존재 자체가 순옥에게는 빛이요, 행복이었다. 유난히 엄마를 잘 따랐던 막내아들은 자라면서도 크게 속 썩여본 일이 없었다. 뭐든지 알아서 잘했고, 누나들과도 사이가 좋았다. 서울에 올라가면서 함께 있는 시간이 줄어들긴 했지만, 때마다 전화해 엄마의 마음을 기쁘게 했다.

영재는 다정한 아이였다. 아무 용건이 없어도 그저 전화기 너머 목소리를 들려주는 것만으로도 순옥이 행복해하리란 걸 잘 아는 듯, 순옥이 영재를 그리워할 때면 언제나 그때마다 어김없이 전화가 오곤 했다. 순옥은 착하고 다정한 아들의 얼굴을 하염없이 바라보면서 그렇게 앉아 있었다.

그리고 얼마 뒤, 격통이 몰려왔다. 정신을 차릴 수 없을 정도로 소름끼치는 고통이었다. 온몸의 뼈가 뒤틀리고, 살이 녹아내리는 것만 같았다. 통증을 이기기 위해 이를 악문 순옥의 입술 사이로 힘겨운 숨이 멈췄다가 가늘게 이어지고, 다시 한동안 멈췄다.

전신을 오르내리는 소름끼치는 공포에 저절로 눈이 감겨왔지만, 순옥은 버티고 또 버텼다. 고통과 고통 사이에 찾아오는 영원한 잠의 유혹에도 끈질기게 버텼다. 억지로 졸음을 쫓아내며, 절대 잠들지 않겠다는 각오로 죽음과 싸웠다.

순옥의 사투는 동이 틀 때까지 계속되었다. 순옥은 어떻게든 의식을 잃지 않으려고 침대 위에 앉은 채 미동도 하지 않았다.

하지만 그 치열하고 압도적인 싸움에도 순옥을 데려가려는 죽음의 그림자는 사라지지 않았다.

그리고 어느 순간, 순옥은 자신을 괴롭히던 고통이 한꺼번에 사라지는 느낌을 받았다.

"아……."

몸이 바람처럼 가벼워졌다. 부는 바람에도 날아갈 수 있을 것 같았다. 천근만근 무겁기만 하던 병든 몸이 깃털처럼 사뿐사뿐 움직였다.

절로 미소가 흘러나왔다. 순옥의 눈앞에는 그토록 바랐던 풍경이 펼쳐져 있었다.

울긋불긋한 색깔의 집들이 아기자기하게 늘어서 있고, 그 사이를 정겨운 돌길이 가로질렀다. 온갖 종류의 꽃이 계절에 상관없이 아름답게 피어 빈자리마다 고개를 내민 곳이었다. 새들은 지저귀고, 멀리서 불어온 잔잔한 미풍은 야트막한 언덕의 초록 풀잎들을 간질였다.

동화 속에서나 나올 법한 영국의 시골 마을, 영재의 사진에 담긴 그곳과 똑같은 장소였다.

그리고 그 길 끝에는 새하얀 빛이 순옥을 향해 내리쬐고 있었다.

— 엄마, 가지 마라. 가지 마라!

멀리서 영재가 부르는 소리가 들려왔다. 순옥은 두 눈을 깜박이며 잠시 뒤를 돌아보았다. 하지만 이내 자신을 감싸는 따스한 빛에 이끌려 한 걸음씩 내딛기 시작했다.

미안해, 영재야. 엄마는 저기로 가야 해.

순옥이 맨발로 시원한 돌길을 밟았다. 산들바람이 밀려와 돌길 너머에 핀 꽃잎을 흩뿌려 주었다.

하얀 눈이 내렸다. 꽃눈이었다.

순옥은 행복하게 미소 지었다.

— 엄마, 엄마, 엄마! 가지 마라! ……사랑해, 엄마!

사랑해. 사랑해, 영재야. 엄마도 영재 많이 사랑해.

* * *

순옥의 노모는 그날 밤새 잠을 설치고 새벽같이 일어나 있었다. 아무도 없는 거실에 홀로 앉아 시간을 죽이던 할머니는, 내내 가슴이 답답한 듯 주먹으로 두드리고 또 두드렸다. 체했나 싶어 소화제도 먹어보고 가슴을 쓸어도 봤지만 소용없었다.

그러다가 어느 순간, 갑자기 길고 큰 숨 하나가 흘러나왔다.

고통스러웠다. 현기증이 났다. 가슴속에 맺혀 있던 한과 넋이 모조리 빠져나가는 것 같았다. 더불어 무언가 텅 비어버린 듯, 가슴 한구석이 저려왔다. 그곳엔 지독한 상실감만이 남아, 노모는 거실 커튼 사이로 비치는 햇살을 바라보며 두 손을 꼭 맞잡았다.

"순옥아, 순옥아. 내 딸, 순옥아……."

조용한 거실 한가운데 늙은 어미의 오열이 새어 나왔다. 태어나 처음으로 품었던 아이가 엄마보다 먼저 세상을 떠났다는 사실을 직감한 것이다.

늙은 어미는 빈 가슴을 쥐어뜯으며 울었다. 할머니의 통곡에 잠이 깬 식구들이 달려 나왔다.

* * *

순옥이 떠나는 날.

분향소에는 광섭과 영재, 미현, 미선 내외와 예현은 물론이고 노모와 순옥의 9남매, 그 남편과 아내들까지 모두 모여 있었다.

목사의 안치 예배 기도가 끝난 뒤, 화장터 직원이 다가와 순옥의 관을 밀고 유리벽 안으로 들어갔다. 쓰러지듯 유리 벽 앞에 주저앉은 노모와 소리를 지르며 오열하는 이모들의 모습 뒤로는, 장승처럼 서 있는 광섭이 있었다.

영재는 속절없이 제 손을 떠나는 순옥의 관을 하염없이 바라보았다. 그 유리벽을 깨면, 저 관을 열고 엄마 하고 외치면 순옥이 아무 일도 없었다는 듯 자신을 부를 것만 같아서, 자꾸만 앞으로 뛰쳐나가려는 몸을 주체할 수가 없었다.

영재는 순옥의 영정 사진을 소중하게 껴안고 계속해서 매만졌다. 마치 생전의 순옥을 보는 것처럼 애처롭게 바라보고 말을 걸었다. 조금 떨어진 곳에서 영재의 모습을 바라보던 옛 여자친구, 지윤은 뭐라 위로의 말을 건네려다가 이내 입을 다물었다. 지금의 영재는 그 어떤 말로도 위로할 수 없었다. 한 걸음 물러나 있던 지윤은 이내 영재의 곁으로 다가와 그저 말없이 그의 손을 잡아주었다.

순옥의 몸이 한 줌의 재로 변하는 데는 그리 오랜 시간이 걸리지 않았다. 가족들이 슬픔을 채 추스르기도 전에 순옥은 하얀 뼛가루가 되어 나타났다.

영재는 광섭과 외삼촌을 대동하고 유골 수거실에 멍하니 서 있었다. 곧이어 육중한 철문이 열리고, 유골 안치대가 모습을 드러냈다.

안치대 위엔 더 이상 순옥이 없었다. 하얀 뼈만 볼품없이 놓여 있을 뿐이었다. 광섭은 인정하고 싶지 않다는 듯 차마 다가서지 못했다. 넋이 나간 영재가 손을 뻗어 순옥의 뼈를 만지려 하자, 직원이 얼른 저지했다.

뼈는 분쇄기에 들어가 고운 가루가 되었다. 이어서 순옥의 흔적이 유분함에 담겼고……, 뚜껑이 닫히더니 하얀 보자기로 감싸졌다.

순옥은 납골당 안에 안치되었다.

돌아가는 버스 안, 가족들은 침묵을 지켰다. 누구 하나 크게 우는 이가 없었다. 그저 조용히 마르지 않는 눈물을 훔칠 뿐이었다.

　장례식이 끝나자 가족들은 몹시 지친 채 집으로 돌아왔다. 현관문을 열던 영재가 멈칫 베란다를 바라보았다. 어디 갔다 이제 오냐며, 순옥이 화분이 물을 주다 말고 고개를 내밀 것 같았다.

　하지만 집 안은 텅 비어 있었다. 순옥의 온기도, 순옥의 흔적도 모두 그대로인데 오직 순옥만이 없었다. 영재는 집에 들어서기가 무섭게 안방 문을 열고 들어갔다. 그리고 순옥의 침대 위에 무너지듯 엎드렸다.

　어깨를 들썩이며 순옥의 이불을 안고 우는 영재의 뒤로 이모들이 눈물을 훔치고 있었다.

　"……영재야."

　보다 못한 이모 한 명이 다가와 영재를 일으켜 세우더니 밖으로 내보냈다. 영재가 비틀거리며 밖으로 나가자, 다른 이모들이 안방으로 들어왔다. 이모들은 장롱 문을 열어 순옥의 옷가지를 비롯한 유품들을 정리해주었다.

　"세상에……."

　"왜 그래?"

　장롱 안엔 광섭의 옷가지가 반듯하게 정리되어 있었다. 서랍을 열어보니 속옷과 양말도 종류별로 가지런하게 놓여 있었다.

　"남편 옷 못 찾아 입을까봐 이렇게 깔끔하게 정리해놓고 갔네."

　"순옥 언니답소. 순옥 언니다워."

이모들은 서로 한숨을 주고받으며 순옥의 물건을 하나씩 정리해갔다. 주인을 잃은 옷가지들이 종이 상자 안으로 쏟아졌다. 안방으로 들어오려던 광섭이 차마 더는 못 보겠다는 듯 다시 등을 돌려 거실로 나가버렸다.

"어머."

장롱의 가장 아래 서랍을 정리하던 이모가 문득 행동을 멈추었다. 깨끗하게 정리된 서랍 안에 여러 장의 하얀 봉투가 들어 있었다. 가만히 꺼내서 보니, 가족들에게 보내는 순옥의 편지였다.

조심스레 봉투를 열었던 자매들의 눈에서 기어이 또 한 번 눈물이 터졌다. 광섭은 처제가 가져다준 순옥의 편지를 받아들고 한동안 아무 말도 하지 못한 채 그저 두 손으로 보듬고만 있었다.

여보!

당신을 만나 살아온 세월이 31년이나 되었구려. 살면서 야속한 시간도 많았지만 당신을 만난 걸 후회해본 적은 한 번도 없었어요.

그동안 사랑해줘서 고마워요.

여보,

여기 내 생명보험 증권하고 당신한테 잔소리 퍼부으면서 아끼고 모아둔 돈들이 좀 있어요. 이거 전부 모으면 꽤 될 거예요.

영재 방이라도 쓸 만한 걸로 옮겨주고, 둘째 시집보낼 때 엄마 없는 티 나지 않게 이모랑 의논해서 혼수 잘해 보내요. 그리고 당신, 나이도 있는데 이제 그만 동네에 조그만 구멍가게라도 내서 자식들한테 늘그막에 손 벌리지 말고…….

끝까지 당신한테는 잔소리네요. 먼저 가서 미안해요.

당신, 나 다시 만나고 싶으면 교회 열심히 다니는 거 잊지 말고! 아이들은 지 짝 찾아서 살면 그만이지만 당신이 제일 걱정이네요. 흔들리지 말고 잘 살아가길 바라요.

사랑해요…… 여보!

눈앞이 흐려 편지를 제대로 읽을 수가 없었다. 광섭은 뚝뚝 떨어지는 눈물이 순옥의 편지를 적실까 싶어 얼른 소매로 눈가를 훔쳤다.

평생 고생만 시켰는데, 순옥은 무능한 남편을 위해 마지막까지 이런 선물을 남겨놓았던 것이다.

순옥의 편지를 건네받은 미현의 방은 이미 눈물 바다였다. 미현은 의자에 앉아 오열하며 눈물을 펑펑 쏟아냈고, 미선도 벽에 머리를 기댄 채 하염없이 울었다. 예현이는 영문도 모르고 이모와 엄마의 눈물을 닦아주다 울음을 터뜨렸다.

영재는 이모가 손에 쥐어주고 간 순옥의 편지를 믿을 수 없다는 눈으로 바라보았다. 아팠을 텐데, 자기 몸 하나 추스르지 못할 만큼 그렇게 아팠을 텐데 순옥은 남겨진 가족들을 위해서 미리 작별의 인사를 준비해놓고 있었다.

한줄, 한줄 편지를 읽어 내려가는 영재의 호흡이 점차 거칠어졌다. 편지에는 온통 가족들 걱정뿐이었다.

사랑하는 내 아들 영재야!

엄마가 우리 아들한테 편지 보내는 게 아들 군대 있을 때하고 두 번째가 되는구나. 아들한테 편지 쓰느라 새벽까지 썼다 지우고 썼다 지우고 했던 기억이 나는구나.

그때는 아들이 편지 어서 읽기만 바랐었는데, 지금 쓰는 이 편지를 평생 아들이 읽지 않았으면 하는 바람이 있구나.

하지만 이것이 하나님의 뜻이라면 밝게 웃으며 받아들이길 바란다.

사랑하는 아들 영재야!

너무 슬퍼 말거라. 힘겨워하고 슬퍼할 우리 식구들 생각하면 엄마가 편하게 못 떠날 거 같구나.

혹시나 아들! 절대 울지 마!

엄마는 항상 아들하고 같이 있을 거야. 아들이 멋진 아내 만나서 결혼 할 때도 아들이 아들 닮은 어여쁜 아기 낳을 때도 항상 엄마가 옆에 함께 있을 거야.

그러니 지난날 때문에 너무 슬퍼만 하지 마. 엄마는 지난날일 뿐이야. 늘 내일을 위해 살아가길 바라. 웃음 잃지 말고 희망을 사랑하길 바라.

엄마가 많이 사랑하는 거 알지?

“……!”

영재는 더 이상 편지를 읽지 못하고 이내 목 놓아 울어버렸다. 이모들은 영재가 마음껏 울 수 있도록 그저 내버려 두었다.

사진에 담긴 봄눈

2012년 3월

또 여기다. 엄마가 아직 살아 있겠구나.

눈이 시리도록 푸른 하늘을 올려다보며 나는 그렇게 생각했다. 유난히 낮고, 화선지 같은 구름.

올망졸망 줄지은 동화풍의 집들을 비스듬히 어깨에 인 야트막한 돌길 위에서, 나는 오늘도 기다리고 있었다. 그리고 또다시 초조가 불안으로 바뀌려던 때쯤, 뒤쪽에서 또박또박 돌길 밟는 소리가 들렸다. 반가운 마음에 확 돌아본 나는 안도했다. 오늘도 만날 수 있구나.

웨이브 진 머리칼에 창백한 얼굴, 고집은 있어 보이지만 순하고 부드러운 이목구비. 엄마는 여전히 왜소한 몸으로, 한 발짝 한 발짝을 수줍은 듯 내딛으며 다가왔다.

— 엄마, 또 한참 기다렸다. 오는 길 힘들진 않드나.

엄마는 다시금 엷은 미소를 지었다.

— 이래 보니 우리 엄마 참 곱네. 그리 이쁘게 차리느라 늦었구마.

단아한 회색 정장에 하얀 여름 카디건, 굽 있는 구두. 수줍음을 많이 타던 엄마는 그 말에 또 괜스레 머리칼을 매만지며 얼굴을 살짝 붉히셨다. 나는 시간이 얼마 남지 않았음을 예감하며 엄마를 재촉했다.

— 어서 가자. 엄마 모시고 다닐 데가 엄청 많다 아이가. 이번엔 꼭 같이 다 보자. 이번엔 꼭…….

끝에 가선 나도 모르게 다시 슬쩍 울음기 섞인 말투가 되고 말았다. 아, 나란 인간은 발전이 없나……, 마음속 어딘가에서 그렇게 생각하는 순간.

엄마는 부드럽고 차분한 눈으로 나를 차근히 바라보시더니, 가볍게 발돋움을 하며 내 어깨를 끌어안고 도닥여주었다. 언제 맡아도 그리운 엄마 냄새가 코끝을 푸근하게 감싸주었다.

— 와 이리 말이 없노……. 머라 말 좀 해봐라.

힘을 잃은 내 목소리에 엄마는 팔을 풀고 한 걸음 뒤로 물러나 천천히 고개를 저었다.

— 와 안 되는데? 오늘은 꼭 엄마 목소리 듣고 말 끼다. 이제 알았다. 내 맨날 서울서 전화만 하고 얼굴 자주 안 보였다고, 엄

236

마 이리 목소리 안 들려주는 기다. 미안하다, 미안하다 안 카나.

엄마는 다시 한 번 고개를 젓더니, 서글픈 얼굴로 입술을 열었다. 그리고 저 너머 언덕을 가리키며 뭐라 뭐라 말을 하기 시작했지만 내 귀에는 여전히 엄마의 목소리가 들리질 않았다. 나는 가슴이 터질 만큼 먹먹해져서, 엄마의 얼굴을 안타깝게 바라봤다. 한마디라도 놓칠 새라, 눈물이 가득 고인 눈을 애써 부릅뜬 채로.

엄마의 소리 없는 말이 끝나갈 때쯤 문득 나의 귀에 들려온 건, 또다시 〈엘리제를 위하여〉의 멜로디였다. 익숙해질 대로 익숙해진 오르골 소리. 내 휴대폰 벨소리.

나는 그때까지 애써 외면하던 것을, 비로소 끝내 의식하고 말았다.

그래, 가자. 엄마 말대로.

* * *

부재중 전화였다. 발신자가 큰누나기에, 멍하니 재통화 버튼을 눌렀다. 누나는 다른 일이 생겼는지 전화를 받지 않았다.

시간은 오전 10시 13분.

아침 식사를 마친 뒤 잠깐 눈을 붙였는데, 그새 꿈을 꾼 모양이었다.

"영재야, 이리 와본나."

때마침 작은누나가 거실에서 나를 불렀다.

휴대폰을 책상 위에 올려놓은 채 거실로 나가 보니, 누나는 혼자서 장식장 맨 위로 손을 뻗으며 뭔가를 끌어내리고 있었다.

낡은 가죽 가방이었다. 어찌나 오래 썼는지 반질반질 윤이 나는 가방. 엄마가 늘 들고 다니던 가방이다.

"그거 아직 갖고 있었나."

가방에 시선을 고정한 채로 누나 옆에 앉았다.

"버리기 힘든 것들은 다 여기다 넣어놨다."

그리고 누나는 그 안에 들어 있던 엄마의 물건들을 하나씩 꺼냈다.

엄마가 끼던 얇은 금반지, 어디 결혼식에 가실 때마다 거시던 양식 진주 귀걸이, 닳고 닳은 성경 책과 노트……. 혹시나 상할까 싶어 조심조심 물건들을 꺼내놓던 누나는, 가방 맨 밑 깊숙한 곳에서 손수건에 곱게 싸여 있는 무언가를 찾아냈다.

"이거, 니 꺼 같더라. 너 오면 줄라 캤다."

회사에 들어가고 나서 엄마에게 첫 취업 선물로 사드렸던 손수건이다. 의아한 마음에 그걸 조심스레 펼쳐보다가 가슴이 덜컥 내려앉았다.

사진이었다.

하얀 화선지를 결대로 찢어 흩은 듯한 구름. 야트막하게 경사진 돌길을 따라 올망졸망 줄지은 동화풍의 집들, 언덕 마을을 둘러싼 너르고 완만한 초록 들판…….

"니 영국인가, 배낭여행 갔을 때 찍은 사진인 거 같더라."

라이Rye라는 그 시골 마을의 돌길 위에서, 사진 속의 나는 뭐가 그리도 좋은지 환히 웃고 있었다.

"이 사진은 내가 여 넣은 게 아니고, 첨부터 이 가방 맨 밑에 요 상태로 들어 있었다. 엄마가 어찌 아끼며 들고 다녔는지 손수건으로 곱게도 싸놨더라."

이거구나 싶었다.

이래서 그런 꿈을 꿨던 거구나 싶었다.

내가 떨어져 있는 동안, 엄마는 나를 이곳에서 늘 만났던 거다. 엄마는 한번도 가보지 못했던 동화 같은 이국의 마을에서.

아니, 살아 있는 중에도 엄마는 이곳의 나를 바라보면서 늘 그리워했던 거다. 떠난 뒤에도 그곳으로 나를 만나러 올 정도로. 하긴 서울이든 외국이든 큰 차이는 없었으리라. 크고 나서 나는 늘 엄마와 떨어져 살았으니까.

눈이 금세 뜨겁게 달아올랐다. 서글프고 혼란스럽기 그지없는데도 머릿속은 기이할 정도로 차분하게 가라앉았다.

실은 알고 있었다. 엄마가 내게 뭐라고 말했던 건가는.

그 입술을 따라 몇 번이나 속으로 되뇌던 말을, 어찌 내가 잊을 수 있겠는가.

돌아가, 영재야.

이제 네가 들어야 할 건 엄마 목소리가 아니고,

네가 봐야 할 건 엄마 얼굴이 아니야.

엄마는 한번도 들어보지 못했던 것들,

엄마는 한번도 보지 못했던 신기한 세상,

네가 그런 것들을 듣고 보고 살아갈 거라는 거,

엄마는 그 생각에 늘 행복했어.

그러니 돌아가서, 너도 계속 살아가.

죽을 때까지 쭉, 행복하게.

나는 단지 믿을 수 없었을 뿐이었다. 그게 진짜라고 믿어서는 안 된다고 생각했다. 그런 식으로 합리화를 하는 건, 그런 식으로 스스로에게 면죄부를 주고 편하게 살아가는 건, 도저히 참을 수가 없었을 뿐이었다.

"얘 좀 봐라. 자기 사진 보고서 와 울라 카나. 진정해라. 니가 무신 나르시스가."

혼란과 깨달음이 뒤섞인 채 어찌할 바를 모르는 내게, 누나가 핀잔하듯 농담을 던졌다. 그러면서도 한 손은 내 어깨를 도닥이고 있었다.

아무 말도 할 수가 없어서, 그저 떨리는 손으로 사진을 다시 손수건으로 쌌다.

"니 사진이지만 엄마 꺼니까 잘 간수해라."

나는 심호흡을 한 뒤, 사진을 따로 챙겨 넣기 위해 들고 일어섰다.

그래, 생각은 나중에 하자. 나한테는 아직 시간이 많으니까. 그렇게 다짐하면서.

그때, 누나의 휴대폰이 시끄럽게 울렸다.

"응, 언니야. 뭐라꼬? 정말이가?"

큰누나가 건 전화인 듯싶었다. 반가운 얼굴로 전화를 받던 작은누나는 눈을 동그랗게 뜨더니 내 쪽을 보며 말했다.

"그라믄 마침 영재도 있으니께, 언능 그쪽으로 같이 갈란다. 뭔 소리를 하노? 당연히 가야지. 응, 응."

누나는 다급한 것 같기도 하고 신이 난 것 같기도 했다. 어쩐지 잔뜩 흥분한 것 같은 목소리에 나는 물끄러미 누나만 보고 있었다.

전화를 끊자마자 누나는 웃으면서 한마디로 요약해주었다.

"언니야 지금 출산했다."

잠시 멍해졌다.

어제 낮에 서울에서 내려오면서 통화했을 때에는 예정일이 며칠 더 남아 있다더니, 그새 진통이 와서 출산을 했단 말인가.

"또 공주님이란다. 그래도 형부는 좋다고 난리라 카네."

누나 말에 피식 웃으며 받아쳤다.

"당연히 좋아야재. 요샌 딸이 더 귀한 세상이다. 큰누나는 괘안나?"

직접 전화한 걸 보면 괜찮은 게 분명했지만, 그래도 반사적으로 큰누나의 안부를 물었다.

"응. 니 올라가기 전에 막바로 병원이나 가자."

누나와 함께 향한 병원은, 엄마가 마지막을 보냈던 그곳이
었다. 병원에 오는 내내 묘한 기분에 굳어져 있다가, 병원에 들
어서고서야 질문을 건넸다.

"……누난 괘안나?"

가족을 떠나보낸 곳에서 아이를 낳는 사람의 마음 같은 걸
나는 도무지 이해할 수가 없었던 것이다. 하지만 누나는 딴소
리를 했다.

"응? 아까 괘안타고 안 하드나."

"내 말은, 와 하필 여기로……."

어이가 없어서 반문하려는데, 그제야 무슨 말인지를 알아챈
누나가 갑자기 내 등을 찰싹 때렸다.

"무심한 주제에 까탈 부리나. 여가 뭐 어때서?"

은근히 날이 선 목소리였다.

"엄마 옆에서 수발하느라 언니도 같은 병원 다녔었다. 하긴
니는 엄마 그랬다고 집에도 발 끊었던 놈이재. 언니는 엄마 보
낸 병원서 애 낳고, 나는 엄마 쓰던 부엌서 밥해가 먹고…….
우린 다 그라고 살아간다. 와, 우리가 독해 보이나?"

그렇게 말하는 누나의 눈에는 살짝 물기가 맺혀 있었다. 나
는 할 말을 잃고 침묵을 지켰다.

"엎지른 물은 담을 수가 없어도, 바닥을 닦아내고 빈 그릇에 다시 새 물은 채워놓을 수 있는 거 아이가. 니는 이해 못 할지 몰라도, 나랑 언니는 그렇게 살아가기로 했다. 엄마가 살았던 데서, 죽을 때까지 쭉 행복하게 살아가기로."

그렇구나. 그랬구나.

한 대 맞은 기분이었다. 뜨거운 게 왈칵 올라와 목이 메는데, 이상하게도 머릿속은 시원해진 것도 같았다.

"얼래, 니 지금 울라 카나?"

내 얼굴을 보고 누나는 피식 웃으며 놀렸다. 무안해진 기분에 나는 괜히 등을 매만지며 투덜거렸다.

"어찌나 손이 매운지 눈물이 다 날라 카네. 하나밖에 없는 동생 등짝을 와 그리 무식하게 패노?"

"아쉬우면 한 대 더 패주까?"

"됐다!"

해산한 큰누나는 힘겨운 얼굴로 침대 위에 누워 있었다. 매형은 그 옆에서 누나와 예현이에게 보리차를 따라주다가 얼른 손 인사를 했다.

"언니, 우리 왔다! 축하한다!"

"어마마, 벌써들 왔네. 얼굴도 팅팅 붓고 꼴이 말이 아닌데, 내일 오지 와 벌써 와쌌노."

새삼 내외를 하는 큰누나 말에, 나는 피식 웃으며 엄지를 세워 보였다.

"지금도 완전 멋있는데 와 그라노. 누나 결혼식 때보다도 지금이 더 이뻐 보인다."

농담이 아니라 진짜 그랬다.

"말도 마라. 힘주다가 내 얼굴에 실핏줄 터지고 난리도 아니다. 둘째는 쉽다드니 그거 다 뻥이더만. 셋째 낳으라 카면 난 도망갈 끼다."

누나가 곱게 흘겨보자 매형이 껄껄 웃었다. 작은누나와 자리를 잡고 앉는데 때마침 아버지도 문을 열고 들어오셨다. 과일가게 사장님답게, 탐스러운 과일바구니가 손에 들려 있었다.

"수고했다. 뭐 좀 묵었나?"

나름대로는 아버지 최고의 안부 인사였다.

"아가는 어딨노?"

"아, 모유 수유 때문에 안 그라도 올 때가 다 됐심니더."

매형 말대로 얼마 지나지 않아 병실 문이 열리며 간호사가 들어왔다.

"와아!"

간호사의 품엔 아직도 핏덩이 같은 갓난아기가 소중히 안겨 있었다. 간호사는 큰누나의 품에 갓난아이를 안겨 주었다. 힘겹게 태어난 둘째를 바라보는 누나의 표정은 만감이 교차하는 듯 보였다.

엄마가 떠나는 동안 세상에 찾아온 아기. 누나는 임신 사실을 알았을 때부터 왠지 저 아이가 딸일 거 같다는 말을 하곤 했었다. 뱃속에는 새 생명을 담고서 누나는 어떤 마음으로 엄마를 간호했을까. 오늘에야 그런 생각이 들었다.

어린애처럼 나 자신의 슬픔에만 허덕이느라, 내가 정말 많은 걸 놓친 게 아닌가 싶어 코끝이 시큰해졌다. 사람들 입버릇대로 내가 무심한 놈이 맞긴 한가보다.

"봐라, 영재야. 미현아. 꽤 닮지 않았나?"

누나가 싱긋 웃으며 아기를 보여주기에 웃으며 맞장구를 쳐주었다.

"누나 딸이니 누나 닮는 건 당연한 일 아이가."

"진짜네, 엄마 닮았다."

동시에 한 답이었지만 내용은 둘이서 전혀 달랐다. 그리고 난 작은누나에게 또 등을 한 대 맞았다.

묵묵히 아기를 보고 계시던 아버지마저 고개를 끄덕이셨다.

"고집 좀 있겠구만."

"예, 이목구비가 똑 장모님입니더."

다들 그러기에 가만히 보고 있자니, 모르겠긴 해도 어쩐지 이목구비가 닮은 듯도 했다.

"그런가? 어디, 우리 조카 한번 안아볼까?"

양팔을 벌린 내게 큰누나는 아기를 안겨주며 화사하게 웃었다. 기쁨과 그리움이 함께 담긴 미소였다.

아기를 받아 드는데, 한없이 작고 가볍고 약해 보여서 손에 식은땀이 났다. 조심스런 마음에 사뭇 경건해질 정도였다.

뻣뻣한 자세로 안고 있으니 울 만도 한데, 아기는 어찌나 순한지 나를 보고 방긋 웃기까지 했다.

"어, 웃었다, 웃었어."

숨죽여 말하는데 작은누나가 눈을 흘겼다.

"거짓말하지 마라! 갓난 아가 어찌 웃노."

"진짜래도? 웃는다, 함 봐라!"

누나의 타박에 억울해져서 얼른 아이를 넘겨주었다.

"어, 진짜네! 웃는다!"

미심쩍은 표정으로 아이를 받은 작은누나도 곧 나와 똑같은 말을 했다. 그리고 함박웃음을 짓는데, 아기를 안고 있는 모습이 나보다는 훨씬 더 자연스러워 보였다. 문득, 작은누나도 이젠 시집갈 날이 머지않은 것 같다는 예감이 드는 순간이었다.

"자자, 삼촌, 이모. 이 엄마도 아이 웃는 얼굴 좀 보고 싶은데예."

"나도 볼래!"

큰누나와 예현이까지 아기를 향해 손을 내밀고, 형부는 말없이 가방을 뒤적거리더니 어느새 카메라를 찾아 꺼내 들었다.

"아기 놀랠라, 예현 아빠."

"플래시 안 터뜨리면 된다. 창문 배경으루 찍게 다들 이쪽 보고 침대 옆에 모이소."

우리끼리 찍으라고 손사래를 치던 아버지도 결국은 어색하게 내 옆으로 서셨다.

"그럼 갑니더! 하나, 둘, 셋!"

우리는 그렇게 엄마를 보낸 병원에서, 엄마를 닮은 엄마의 손녀를 안고 또다시 가족사진을 찍었다.

나중에 받아본 그날의 사진에는, 어느 샌가 소리도 없이 내리기 시작했던 봄눈이 창밖을 함께 장식하고 있었다.

봄, 눈

CAST

순옥	윤석화
영재	임지규
아버지	이경영
미선	김하진
미현	심이영
할머니	김영옥
예현	이도연

STAFF

제공/제작	판씨네마
각본/감독	김태균
프로듀서	박영진
촬영	김훈희
조명	고봉성
미술	전인한
동시녹음	정상수
의상	김나연
분장	계선미
편집	엄진화
음악	정진호

1. INT. 동네 사진관. DAY

1-1…10   다양한 사람들의 사진들(백일·가족사진·결혼사진…)이 겹쳐지는 화면과 카메라에 필름을 장착하는 사진사의 익숙한 손놀림의 과정(E.C.U)이 교차되는 화면위로 메인 크레딧이 화면 구석에 떴다 사라진다.
다양한 shot들.

1-11-   화면을 가득 채운 스튜디오 카메라의 뷰파인더가 서서히 포커스를 맞추면 카메라 앞에 앉아 있는 50대 중반의 여인, 순옥이 보인다.
카메라 cu(viewfinder 속 인물 F.S), 수평 dolly 이동. 스튜디오 포인트.

1-12/13-   40대 초반의 사진사가 다소 여성스러운 억양으로

사진사   자, 찍습니데이… 하나 둘 셋!

셔터를 누르는 사진사.
사진사 ms.
셔터 cu.

1-14-   사진사의 신호에 따라 환하게 웃는다. 순옥의 얼굴위로 섬광처럼 플래쉬가 터진다.

순옥   (일어서며) 눈 안 감았나 모르겠네…
bs, tilt up, frame out.

1-15-   카메라를 치우고 데스크 앞에 서는 사진사.

사진사   걱정을 붙들어 메이소. 미스 코리아 뺨치게 나올 깁니다.
사진사   앞으로 다가서며 (frame in)
순옥   (수줍은 미소로) 얼마 드릴까… ?
사진사   사진 찾을 때 와서 주이소.
순옥   그럼 내일 봐요.

하고 막 사진관 문을 열고 나가려는데

knee 2shot.

1-16-　　　　사진사 근데 여권 사진은 어데 쓰실 랍니까? 요즘 동네 아지메들 중국
이다 유럽이다 팔자 좋데요. 어데 좋은데 라도 가십니까?
순옥 os 사진사 bs

1-17-　　　　밝은 햇살을 등진 채 서 있던

순옥　　　　(환하게 웃으며) 나~아?… 취직!… 취직할라구….

이내, 사진관 문을 닫고 사라지는 순옥의 모습이 서서히 백색으로 변한다. 그 위로 메
인 타이틀 "봄 눈"이 떴다 사라진다.
bs to mcu, dolly in.

2. INT. 영재의 사무실. NIGHT

2-1-　　　　　텅 빈 사무실 어딘가에서 흘러나오는 스탠드 불빛만이 희미하게 사무실
을 밝히고 있다.
wide f.s, boom down. high angle.

2-2a-　　　　"웹 디자인 1팀"이라 쓰여있는 팻말아래, 책상 위에 순옥의 아들 영재
(27, 男)가 엎드려 자고 있다. 휴대폰이 요란하게 책상을 두드린다.
영재 medium shot, high angle.

2-3-　　　　더듬거리다 전화기를 찾아 집어 드는 영재의 손.
c.u

2-4(2b)-　　　아직 잠에서 덜 깬 모습으로

영재　　　　네…
엄마　　　　(전화기 filter) 아들
영재　　　　(기지개를 켜며) 엄… 마!?… 아…. 깜박 잠이 들었다.

말끝에 부산 억양이 살짝 베어 나오는 영재가 책상 앞에 있는 조그만 탁상 시계를 바라
보면
영재/medium shot, high angle.

2-5-   저녁 10시 를 향해 가고 있다.
cu.

2-6-
엄마   (전화기 filter) 아들! 아직도 사무실에 있는 거야?
영재   어! 일이 좀 많아서 (문득 입가에 미소가 머물며) 엄마 무슨 좋은 일 있나?
엄마   (전화기 filter) 어떻게 알았어?
영재가 자리에서 일어나 창가로 다가간다.
영재 측면 bs to fs.

2-7-
영재   엄마한테 내 이름 세 개 다! 그냥 보통 때 부르는 영재야! 그리고 내가 아플
           때나 조금 안쓰러운 일 있다 싶으면 아가! 엄마 기분 억수로 좋을 때 부르는
           이름 아들!
영재 frame in b.s, dolly 이동.

3. INT. 엄마의 집 주방. NIGHT

3-1-   엄마 순옥이 주방 식탁에 앉아 영재와 통화를 하고 있다.

엄마   내가 그랬나… 아들! 있잖아…. (자랑하듯) 엄마 취직했어!
순옥 b.s, dolly 이동.

4. INT. 영재의 사무실/엄마 집. NIGHT

4-1   너머로 보이는 건물 밖 풍경을 바라보던 영재의 표정이 다소 굳어진다.

엄마   (전화 filter) 아들 왜 아무 말이 없어?

영재   축하를 해줘야 되나 마음 아파해야 하나 생각 중이다.
영재os 창에비친 영재 b.s

4-2/3-   이후, 엄마와 영재의 통화하는 모습이 마치 한 공간에 있는 것처럼 분할
화면으로 보여진다.

엄마   무슨 소리야… 당연히 축하해줘야지…. 엄마는 일 할 때가 얼마나 좋은지 몰
            라. 그리고 엄마 집에만 있으면 병 나. 근데… 지윤이는 요즘 연락도 없고 뜸
            하니…?
영재   (얼버무리며) 어… 어… 잘지낸다.
엄마m.s& 영재의 m.s

4-4/5-   다시 자신의 책상 앞으로 걸어가 의자에 털썩 주저 앉는 영재/엄마는 무
선 전화기를 들고 거실로 나와 소파에 털썩 주저 앉는다.

엄마   대답이 왜 그래? 아무튼 남의 귀한 딸 눈물 흘리게 하면 엄마한테 혼날 줄 알
            어. 아주 그냥….
영재   (서운한 표정으로) 엄마는 남의 딸만 귀하 드나…. 내도 귀한 아들인 거를 알
            아 줬으면 좋겠다.
엄마   영재야… 너 지윤이랑 부산에 한 번 내려와.
영재   (화제를 돌리려는 듯) 엄마… 내 지금 일해야 되거든. 그만 끊어라!
엄마   혼자 자취 한다고 밥 거르지 말고 꼭 챙겨 먹어. 아직 봄 바람이 차니까 옷 따
            뜻하게 입고 다니고… 알러지 약은 먹었지?
영재   (귀찮다 듯) 알았다.
엄마   우리 아들 화이팅!

뚝! 전화가 끊기며 화면에서 엄마 순옥이 사라진다.
순옥 f.s to bs to ms, dolly follow & 영재 f.s to bs.

4-6(5b)-   끊겨버린 전화기에 대고 뭐라 말하려던 영재의 눈에
영재 단독 측면bs.

4-7-   책상 위에 놓인 DSLR 카메라가 들어 온다.
cu, 영재의 pov.

4-8-   무심히 카메라를 들어보는 영재.
영재 ms, 부감

4-9-   영재의 손이 ON 위치로 스위치를 바꾸고 PALY 버튼을 누르면 액정 화
면에 영재의 여자 친구 지윤(27,女)의 사진이 뜬다.
cu.

4-10-   액정 화면 속에서 웃고 있는 지윤을 한 참을 바라보고 있던 영재가
카메라 os 영재 bs

4-11(9b)-   삭제 버튼을 누르자 지윤과 영재의 추억들이 담긴 사진들이 액정 화면
에서 한 장 한 장 사라진다. 더 이상 지울 이미지가 나타나지 않는다.
cu.

5. EXT. 단지 앞 버스 정류장. NIGHT

동네 어귀 멀리 영도 앞바다가 내려다보이는 언덕 위 버스 정류장에 무채색의 단정한
외출복을 차려 입은 엄마가 혼자 서있다.
ls, boom down. dissolve.

버스를 기다리는 순옥의 모습 위로 칠흑 같은 어둠이 가시고 새벽빛이 밀려든다.
순옥의 정면 f.s to ms, dissolve.

고개를 내밀며 버스를 기다리는 엄마가 숨을 내쉴 때 마다 차가운 공기 탓으로 입김이
서린다.
b.s(고속촬영,96 frame)

버스 한 대가 엄마 앞에 정차한다.
정면 f.s. bus frame in & out

#. 몽타쥬. 새벽
첫차를 타고 가는 엄마의 모습이 새벽빛이 밀려드는 부산 시내의 전경과 함께 어쿠스
틱 기타로 연주 한 듯 한 서정적인 음악에 맞춰 아름답게 보여진다.

버스 안 풍경 과 순옥의 *pov*로 보이는 새벽이 열리는 부산 도심 거리의 풍경들의 다양한 *shot*들.

6. EXT. 고신대 병원 정문. DAY(새벽)

6-1-   '고신대 복음병원'이란 커다란 글씨가 새겨진 건물 유리창에 황금빛 여명이 반사되어 보인다. 병원 정문을 통과한 엄마가 다소 긴장된 표정으로 병원 건물을 올려다본다. 위압적으로 보이는 병원건물이 마치 작고 연약한 체구의 엄마를 집어 삼켜 버릴 것만 같다.
pov to 순옥 b.s, 부감 shot.

7. INT. 병원 내 청소용역업체 대기실. DAY(새벽)

7-1-   낡은 철재 사물함 사이로 파란색 유니폼을 입은 중년의 아줌마들이 부산하게 움직이고 있다. 그들 사이 엄마가 몸에 잘 맞지 않는 유니폼이 어색한지 자꾸 거울을 보며 옷 매무새를 만진다.
아줌마들 사이 순옥 knee shot.

7-2-   대기실 문을 열고 광대뼈가 볼 상 사납게 튀어나온 30대 후반의 용역업체 작업 반장이 들어온다.
아줌마들 사이 작업반장 ms.

CUT TO(시간 경과)

7-3-   부산하던 대기실이 일순간 조용해진다. 작업반장 책상 위에 걸터앉아서는 서류철 하나를 넘기며 뭔가를 보다가

작업반장   오늘은 새로 온 아지메 한 분이 있네요…. 김 순옥 아지메!

아줌마들이 두리번거리며 호명된 사람을 찾는다. 다소 긴장된 표정으로 한발 앞으로 나오는 순옥.

작업반장   같이 일할 아지메들이니까 나와서 인사 하소.
순옥이   작업 반장 옆으로 걸어 나와 마치 복제해 놓은 사람들처럼 똑같은 유니폼과
                두건을 하고 있는 아줌마들을 향해 고개를 숙여 인사한다.
wide f.s, boom down.

7-4-
순옥   잘 부탁합니다. 김순옥 이예요.
순옥과 작업반장 medium 2shot

7-5/6(4b)-   모두가 50대 초반에서 60대 사이의 고만 고만한 아줌마들이 순옥의 인
사에 박수로 답례한다.

작업반장   어디 보자 김 순옥 아지메 담당 구역은 … 본관 2층 외래 복도하고 환자 대기
                실이네요. (아줌마들을 향해) 김 순옥 아지메 짝지가 누군교?

마음씨 좋게 생긴 뚱뚱한 아줌마 하나가 손을 번쩍 든다.

작업반장   아하! 왕 복례 여사!
유니폼의 아줌마들이 작업반장의 소리에 피식 웃는다.

작업반장   잘됐네…. 왕 여사께서 물심양면으로 다가 잘 도와 주이소.
왕 여사를 포함한 아줌마들 group shot/순옥과 작업반장의 medium 2shot.

7-7-   순옥이 왕 여사와 눈이 마주치며 잘 부탁한다 는 듯 웃어 보인다. 왕 여
사 역시 밝게 웃는다.
순옥과 왕여사 b.s 2shot.

8. INT. 본관 외래 2층 복도. DAY(새벽)

8-1/2-   순옥과 왕 여사가 각종 청소용 도구들이 가지런하게 실려있는 각자의
카트를 밀고 복도 코너를 돌아 나온다. 카트를 밀며 걸어오는 두 사람. 순옥이 외래 이
곳 저곳을 두리번거린다.

왕 여사	나이는 어찌 되는교?
순옥	5학년 3반이예요.
왕 여사	59년 돼지?
순옥이	고개를 끄덕인다. 왕 여사 실망하는 눈빛이 역력하다.
왕 여사	신참 하나 온다꼬 해가 좋다 했고 마는 언니네! 이름은 왕 복례. 복이 왕창 쏟아지라꼬 큰 돈 주고 지아 줏을 낀데…. 내 인생 와 이런지 모~올라. 하기사 복이 그리 쏟아지쓰믄은 이런데서 청소나 하고 있었겠노. 안 그런교?
왕 여사	순옥을 보며 아쉽다는 듯 웃는다.
왕 여사	언니 고향이 부산은 아니지예?
순옥	고향은 전라도 고창 이예요. 동백꽃으로 유명한 선운산 근처…
왕 여사	(눈이 똥그래지며) 오매 그래라우… 아따 반갑소! 고향 언니를 부산에서 다 만나네! 나는 전라도 여수 여라~ 반갑소!

f.s & m.s, dolly follow.

9. INT. 병원 구내 직원 식당. DAY

9-1-   식 판을 든 왕 여사가 식당 한쪽 테이블에 앉아 있는 순옥을 향해 걸어
간다.
cu, frame out.

9-2-   순옥 맞은편에 앉는 왕 여사.
f.s to medium 2shot. dolly in.

9-3-   순옥 앞에는 단정하고 깔끔하게 담긴 도시락이 놓여 있다.
cu

9-4(2b)-

| 왕 여사 | 언니는 꼭두새벽에 눈 씻고 나오기 바쁠턴디 언제 그렇게 도시락은 쌌다요… 아따 김치가 정갈헌 것이 꼭 언니를 닮아 부렀네. … |

순옥의 반찬을 한 움큼 집어삼키는 왕 여사.

| 왕 여사 | 아따! 음식 솜씨 한번 끝내 주네…. 맛나네… 맛나…. 하나를 보면 열을 안다 |

고 부지런허고 일 똑 소리 나게 허는 거 보고 알아 봤고만….

순옥   그렇게 해서 얼마 야?

왕여사   사 천원! 먹잘 것도 없어도 어쩔 것인가…. 바쁘고 몸 피곤헝께 그냥 저냥…
          이렇게 한끼 때우고 말제….

그때, 인턴 하나가 순옥 쪽으로 다가온다.
medium 3shot. 순옥 영재, 왕 여사.

9-4/5-

인턴   (반가운 듯 순옥에게) 어머니! 어머니 아이 십니까?

순옥   인턴을 보며 누군가 싶어하는데

인턴   접니다. 찬호… 안락동 살 때 슈퍼 옥상에서 떨어졌던 영재 친구 찬호…

순옥   찬호… 약국 아들 찬호…?

순옥, 난처한 듯 잠시 머뭇거리는데

인턴   병원에서 일하십니꺼? 잘됐심니다. (순옥의 손을 꼭 잡고) 영재 글마 하고는
          통화는 자주 합니다.

인턴   주머니에 있던 스마트 폰이 요란하게 울린다. 번호를 확인한 인턴.

인턴   어머니 그라믄 다음에 또 뵙겠심니더.
인턴, 순옥 각각 os걸고 b.s

9-6-   인턴(찬호)이 바쁘게 식당을 빠져나간다.

왕 여사   누구? … 아들 친군가 보요잉!

순옥이 난처한 표정으로 고개를 끄덕인다.
측면 medium 2shot, dolly 이동.

10. INT. 엄마의 집 거실. NIGHT

10-1-   각종 지로 영수증들을 수북이 쌓아놓고 열심히 계산기를 두드리고 있는
순옥의 손.

cu.

10-2-   계산기를 두드리고 있는 순옥에게서 조금 떨어져 순옥 남편이 런닝 셔츠
차림으로 바둑을 두고 있다. 순옥이 심난한 표정을 지으며 긴 한 숨을 내쉰다. 남편이
그런 순옥을 힐끗 바라보다가 옆에 놓여진 사과를 입안 가득 집어넣고 씹어대며

남편   맛이 제대로 들었네! 많이 좀 사다 놔!
순옥(측면)과 남편의 medium 2shot,

10-3-   순옥, 남편의 말에 아랑곳하지 않고 다시 계산기를 두드리기 시작하다가

순옥   (혼잣말로) 무슨 날 되면 이렇게 돈 달라는 데는 많은지…. 이 집 사면서 대출
받은 거 그거 이자랑 원금도 갚아야 되고…. 또 큰애 시집 보낼 때 부곡동 이
모부한테 돈 빌린 거 그것도 빨리 갚아 야지. 형제간이라고 돈 그냥 막 쓰다
가 이 나는 거 아닌지 몰라. 빨리 벌어서 이모부 돈 먼저 갚아 야지.
reverse shot순옥 단독 b.s

10-4   남편은 괜한 잔소리로 들린다는 듯 헛기침만 해댄다.
남편 단독 b.s

10-5-   순옥 계산기를 두드리다 멈추고 남편의 눈치를 살피다가

순옥   당신…. 웬만해졌으면 힘 안 써도 되는 일로 다가 좀 알아 봐 줄까….
순옥 단독 b.s

10-6-   남편이 그 말에 바둑 두는 걸 멈춘다.

순옥   경비 같은 거 그런 거는 힘 안 써도…
남편   ‘끄응’ 몹시 못마땅한 표정으로 일어나 방안으로 들어가 버린다.
순옥   입을 삐죽거린다. 그때,
미현   (V.O) 다녀왔습니다.

둘째 미현이가 쇼핑백을 잔뜩 들고 들어오다가 얼른 뒤로 감추고는 방안으로 들어간다.
남편 측면 wide f.s

11. INT. 미현(둘째)의 방. NIGHT

11-1-   속옷 차림의 미현이 새로 산 원피스를 몸에 대보며 거울을 이리 저리 보고 있는데 엄마가 문을 열고 들어온다.
m.s

11-2/3-   깜짝 놀란 미현이 뒤돌아 서며

미현   (신경질 적으로) 노크 좀 하고 들어 온 나!
순옥   엄마가 딸년 방에 들어오는데 노크는 무슨….

미현이 그런 엄마가 못마땅한지 입을 내밀고 옷을 갈아입는다.

순옥   그렇게 사 날리고 언제 돈 모아서 시집 갈 거야?
미현   걱정하지 마라! 엄마한테 도와 달라고 안 할 테니까…. (혼잣말로) 돈… 돈…
              돈… 돈… 지겹다!

순옥이 뻘쭘하게 쇼핑백 안을 살펴려는데 미현이 매몰차게 쇼핑백을 낚아채서는 구석에 던진다.
순옥&미현 각각 측면 medium 2shot.

11-4(1b)-   순옥이 입을 삐죽거리며 방안을 나간다.

12. INT. 용역업체 대기실. DAY(새벽)

12-1-   순옥이 자신의 사물함 앞에서 '봄날은 간다' 노래를 흥얼거리며 유니폼으로 갈아입고 있다. 건너편 구석에서 역시 속옷만 걸치고 있던 왕 여사가 빼꼼이 고개를 내밀고
f.s ,dolly 이동

12-2
왕 여사   언니 무슨 좋은 일 있는 갑소~ 잉?
왕여사bs,

12-3-   순옥은 대답 대신 열린 사물함 문 안쪽을 뚫어져라 바라 보며 뭐가 그리
             좋은지 싱글벙글 이다.
순옥 os 거울 순옥cu.

12-3(2b)-
왕 여사   난 일 시작할라믄 꼭 학교 가기 싫어하는 아새끼들 맨치로 심난해 죽것는디 쯔쯔
             즈 꼬~옥 비람난 처녀 같소.
왕 여사 단독 bs.

12-4(1b)-   순옥 곁으로 다가온 왕 여사가 순옥의 사물함 문을 열어 보며

12-5-
왕 여사   여그다 샛서방이라도 숨겨논 거시여 뭐시여?
bust 2shot(사물함 안쪽 시점)

12-6-   사물함 문 안쪽에 환하게 웃고 있는 영재 사진과 그 옆으로 관광 엽서 한
장이 붙어 있다.
cu

12-7(5b)-
왕 여사   오매 그 놈 잘났네 잘났어? 언니 아들 이오?

순옥이 대답 대신 고개를 끄덕인다.

왕 여사   (한숨을 푹 내쉬며) 조컷네… 언니는… 이런 아들이 있어서…. 그란디 뜬금
             없는 이 관광 엽서는 뭐시 다여…. 언니 고향 사진은 아닐 거시고….
순옥   (바라만 봐도 좋은 듯) 영국 시골 마을 이래… 참 예쁘지?

12-8-   화면 가득, 동화 속에나 나올 법한 영국의 어느 시골 마을의 아름다운
풍광이 실제 하는 것처럼 보여 진다.

13. INT. 구관 1층 외래 휴게실. DAY

13-1-　　　　　순옥이 땀을 흥건하게 흘리며 음료수 자판기 주변 바닥을 대걸레로 닦
고 있다.
순옥ms

13-2-　　　　　엄마를 많이 닮은 듯 한 큰 딸 미선이(30대 초반)이 휴게실 입구로 오다
가 순옥을 발견한다. 안쓰러운 듯 엄마를 바라 보다가 이내 환하게 웃으며 엄마에게 다
가가는 미선.
미선ms to bs

13-3-　　　　　유니폼이 흠뻑 젖어 있고 얼굴 역시 땀으로 범벅 이 된 채 노래를 흥얼거
리며 걸레질을 하는 순옥의 등을 미선의 손이 탁 친다.

미선　　　　　　(V.O) 엄마!
순옥 뒷모습 bs.

13-3-　　　　　설마 하고 돌아 서는 순옥. 딸 미선을 보고는 난처해 하는 순옥.

순옥　　　　　(나지막이) 얘가… 여기가 어디라고 와.
미선　　　　　뭐… 딸이 엄마 보러 온다는데 누가 뭐라데… 치이… 어차피 조금 있으면 점
　　　　　　　심 시간 이다 아이가.
순옥　　　　　예현이는 어쩌고?
미선　　　　　저그 친할머니가 봐 준다데.
medium 2shot.

14. EXT. 고신 의대 강의실 복도. DAY

길게 나있는 복도 측면 창을 통해 햇살이 쏟아 지는 복도. 순옥과 딸 미선이 다정하게
걸어 온다.
미선 몇 푼이나 한다고 도시락을 싸 가지고 다니노… 그냥 식당 밥 먹지…

순옥　　　　　병원 밥 싫어서 그러는 거야!

미선   병원 밥 싫은 사람이 힘든 병원 일은 왜 하노? 이제 그만 좀 쉬면 좋을 끼고
         마는….
순옥   너… 엄마 나이 때 집에만 있어 봐라 얘… 그것도 지지리 궁상이지…. 이렇
         게 바깥 공기도 마시면서… 얼마나 좋은데….
미선   (입을 삐죽거리며) 치이… 세상에 일하는 게 좋은 사람이 어딨노… 하는 소
         리 겠지….

fs. To bs. dolly out.

14a. EXT. 의대 앞 벤치.DAY

14a-1-   화면 가득 보이는 목련 꽃에서 서서히 화면 내려 오면 순옥과 미선 두 사
람이 커다란 나무 아래 그늘 진 벤치에 나란히 앉아 있다. 미선이 주머니에서 뭔가를
꺼내 엄마에게 내민다. 받아 드는 엄마.

미선   밸거 아이고 핸드크림 하고 비비 크림 좀 샀다.
순옥   뭐하러 … 이런 걸 사….
미선   여자는 손 아이가… 엄마 손에 주름느는 것도 싫고. 해 빛에 예쁜 얼굴 타는
         것도 싫다.
순옥   (미소를 보이며) 우리 큰 딸 밖에 없네. 고맙다.

목련 꽃 cu to 순옥과 미선 fs, boom down.

14a-2/3-
미선   엄마 그거 생각나? 우리 서울 흑석동 살 때 내가 아마 우리 예현이 만했었을
         기야. 시장 따라 갔다가 문방구 앞에서 바비 인형 사달라고 울고불고 난리 피
         웠다 아이가. 그 날 집에 와서 회초리로 얼마나 많이 맞았던지….

그 말에 그때가 생각나는지 웃으며

순옥   그래 지갑에 돈은 한 푼도 없는데 가게 주인한테 창피하기도 하고 속 상하기
         도 하고 그 놈의 고집하고는… 누구 닮아서 그런 지 몰라.
미선   엄마 닮았겠지 내가 뭐….

순옥, 피식 웃는다.

미선   그 날 밤에 자다가 눈을 떴는데 엄마가 내 종아리에 안티 프라민 발라 주면서
          막 울고 있는 거라. (울먹이며) 다음날 보니까 내 책상 위에 바비 인형 한 쌍이
          놓여져 있고 근데 엄마 손을 보니까 반지가 없는 거라!

미선이 울음을 터뜨리자 순옥이 주머니에서 휴지를 꺼내 눈물을 닦아준다.

순옥   울지마! 다 그렇게 사는 거야. 할머니도 엄마도 너도 우리 예현이도 다 그렇
          게 살아 내는 거야.
각각의 측면 medium 2shot. End 대사 dolly in.

15. INT. 엄마의 집 거실. DAY

16-1-   순옥이 몹시 지친 표정으로 현관문을 열고 집안으로 들어온다. 소파 쪽
으로 다가 와서는 힘없이 털썩 주저앉는다. 한참을 그렇게 지친 모습으로 멍하게 혼자
서 텅 빈 거실에 앉아있다.
쓸쓸한 순옥 ls.

16-2-   그러다 문득 무선 전화기를 집어 들고는 번호를 누른다. 잠시 신호음이
흐르다가 멈추고 연세 지긋한 할머니의 음성이 새어 나온다.

할머니   (전화 filter) 여보세요
순옥   엄마! 부산 순옥이
할머니   (전화 filter) 어 우리 큰딸!
순옥   잘 계시지… 사는 게 바빠서 전화도 자주 못 드리네…
할머니   (전화 filter) 나야 잘있지… 전화 좀 자주 안허면 어떠냐 너만 잘 살면 되지…
          근디 어디 아프냐? 목소리가 영 힘이 없다.
순옥   아프기는 조금 피곤해서… 엄마! 나 엄마 노래 듣고 싶어서 전화했어요.

순옥, 어린 아이처럼 씩 웃는다.

할머니   (전화 filter) 뜬금없이 노래는… 무슨 노래여…
순옥   엄마 노래 들으면 기운이 날 것 같아서… 왜 있잖어. 엄마 십팔번 봄날은 간다.
할머니   (전화 filter) 인자… 다 까먹어서 몰라야….

| 순옥 | 엄마 노래 잘했잖어. |
| 할머니 | (전화 filter) 다 옛날 얘기지… 다 흘러간 얘기…. |

순옥, '봄날을 간다'(백설희) 노래를 부르기 시작한다.

| 순옥 | 연분홍…치마가…봄바람에…휘날리더라…. |

전화기에서도 할머니가 노래를 함께 부른다.
측면 ms, dolly 이동.
b.s dolly 이동.

16. INT. 엄마 집 세탁실. NIGHT

16-1-　　　　화면 위로 순옥과 할머니가 부르는 노래가 이어지고 어느새 옷을 갈아
입은 순옥이 빨랫감을 잔뜩 들고 세탁실 문을 연다.
f.s to bs

16-2-　　　　낡은 구형 세탁기 뚜껑을 열고 빨랫감을 집어넣는다.
cu

16-3-　　　　숙달된 손놀림으로 세재를 집어넣고
cu

16-4-　　　　버튼을 누르자 잠시 후
cu

16-5-　　　　세탁기 내부 둥근 벽을 통해 cu
시원스레 물이 쏟아진다.

16-6(1b)-　　　닫히는 세탁기 뚜껑! 이내 둔탁한 기계음을 내며 세탁기가 돌아가기 시
작하면 순옥이 세탁실을 나간다.

16-7　　　　　주방 싱크대에는 밀린 식기들이 잔뜩 쌓여있다. 설거지를 하는 순옥의

모습이 다양한 shot들로 보여지다. 노래가 끝난다. 그 위로 요란한 소리를 내고 돌아 가는 세탁기 소음이 멀리서 들온다.
m.s

16-8-INSERT 세탁기 소리가 덜컹거리더니 멈춰 버린다.
세탁기 f.s.

16-9-   세탁실로 향하는 순옥.
f.s to ms frame out.

16-10-   순옥이 세탁기 뚜껑을 열면 물이 그대로 고여있고 세탁기는 멈춰있다.

순옥   또 말썽이네
순옥   다시 버튼을 누르고 작동을 시도 해보지만 소용이 없다. 세탁기 몸통을 잡고
            흔들어 보고해도 작동될 기미가 보이지 않는다.
ms, high angle.

17. INT. 영재의 옥탑 방안. NIGHT

17-1-   원룸 식으로 된 영재의 방안의 옷가지며 살림살이들이 깔끔하게 정돈되
어 있다. 주방에서는 옷을 갈아입은 영재가 서툴게 음식을 준비하고 있다.
wide fs. master coverage.

17-2-   닭 요리를 하려는 듯 재료들이 식탁 위에 어지럽게 널려있다.
cu. pov.

17-3-   영재 재료들만 보고 서 있다가 대책이 서지 않는 듯 전화기를 가지러 간다.
식재료 os 영재 bs, frame out.

17-4-   영재의 엄마 아빠의 사진 바로 옆에 놓여진 수화기를 집어 드는 영재 버
튼을 누른다.
사진 액자에 비치는 영재bs.

17-5(1b)-   신호가 얼마간 가다가 잠시 후 순옥의 목소리가 흘러나온다.
순옥   (전화기 filter) 여보세요.
영재   (주방으로 걸어가며) 엄마!
wide f.s.

18. INT. 엄마의 집 세탁실. NIGHT

18-1-   화면 가득 빨랫감을 움켜쥔 빨간 고무장갑의 손이 울퉁불퉁한 빨래판
위를 힘껏 움직일 때마다 하얀 세제의 거품이 풍성하게 생긴다.
cu.

18-2-   화면 바뀌면 순옥 이 세탁실 바닥에 자리를 잡고 귀 밑에 전화기를 낀 채
억척스럽게 손빨래를 하고 있다.

순옥   엄마 지금 빨래하고 있는데 나중에 통화하면 안될까.
영재   (전화기 filter) 또 세탁기 말썽 이가? 엄마 세탁기 하나 새로 사지.
순옥   아빠 오시면 손봐서 쓰면 돼
순옥 정면ms.

19. INT. 영재의 옥탑 방안.NIGHT

영재 앞에 어지럽게 놓여있는 음식재료를 심난하게 건드리며

영재   갑자기 엄마가 해준 닭도리탕이 너무 먹고 싶어서 시장에서 잔뜩 재료들 사
              오긴 했는데 난감하네….
순옥   (전화기 filter) 어휴 이놈아! 그냥 식당에서 사먹지….

영재가 개구쟁이처럼 씨익 웃는다.
영재ms to b.s. 요리하는 사운드(도마 위 칼질or 가스 렌지 점화 소리) 선행.

이후 팔을 걸어 부치고 요리를 시작하는 영재의 모습위로 경쾌한 음악과 함께 세탁실
에서 수화기를 통해 설명하는 순옥의 모습(dolly in)이 교차되어 보여진다.

이내 영재가 냄비 뚜껑을 열면 먹음직스럽게 생긴 닭도리탕이 완성 되어있다.
cu.
흡족한 표정으로 맛을 보던 영재가 감탄사를 연발한다.
ms&b.s

20. INT. 용역업체 대기실 복도. DAY

20-1-　　　　　용역업체 반장이 잔뜩 심각한 표정으로 서 있고 그 너머로는 순옥을 포
함한 아줌마들이 퇴근계를 찍기 위해서 길게 줄 지어 서 있다.
반장 b.s 너머 아줌마들 f.s, dolly 수평이동.

20-2-　　　　　한 무리의 아줌마들이 빠져 나가고
medium group shot.

20-3-　　　　　이내 순옥과 왕 여사가 퇴근계를 찍고 막 빠져 나가려는데

작업반장　　　저… 순옥 아지메 잠깐 보입시다.
순옥　　　　　무슨 일인가 싶어 왕 여사와 눈이 마주 치는데
왕 여사　　　나는 먼저 갈 라네 언니
ms 2shot(왕&순옥) to medium 3shot. dolly out.

20a. 용역업체 대기실. DAY

21-1-　　　　　심각한 표정을 짓고 있던 작업반장 담배를 비벼 끄는데
cu. tilt up b.s

20a-2/3-
순옥　　　　　(작업반장의 눈치를 보며) 무슨 일 때문에 그러….
작업반장　　　순옥 아지메 여기 온지 얼마나 되셨습니꺼… ?
순옥　　　　　이제 세 달째 되가는 것 같은데요.
작업반장　　　(한 참 뜸을 들이다가) 아지메 이번에 저희 업체가 규모를 좀 줄인다 캅니다.
　　　　　　　비싼 청소 기계들을 무리해서 들여오는 바람에…

순옥 무슨 말인지 아직 눈치를 못 채고 있는 듯

순옥   그게 저하고… 무슨….
작업반장   청소 아줌마들 몇 명을 그만 일하게 하라꼬…. 지시가 내리 와가… 여러 가지
            고심… 고심… 하다가 일 한지 얼매 안된 아지매들 몇 명이 명단에 올란 거라
            예….

그제서야 알아 차린 순옥의 표정이 굳어진다.
각각 인물 os 순옥 & 작업반장, hand held.

20a-4-   순옥에게 흰 봉투를 내미는 작업반장.
cu.

20a -5(2b)/6(3b)-   순옥 흰 봉투와 작업반장을 번갈아 쳐다보는데

작업반장   이거 요번 달까지 일하신 걸로 쳐서 넣었습니다. 죄송합니다.

흰 봉투를 받아 드는 순옥의 표정이 막막하다.
각각 인물 os 순옥 & 작업반장, hand held.

20a -7   순옥이 사물함 앞에서 자신의 소지품을 챙기고 있다. 사물함 문에 붙어
있던 영재 사진과 관광 엽서를 떼 순옥.
사진을 떼는 순옥의 모습이 거울 속에 보임. cu

20a -8-   손수건으로 곱게 싸서는 가방 안 쪽에 넣는다.
순옥 ms.

21. INT. 버스 안. DAY

21-1-   창 밖으로 스치는 부산 시내의 전경위로 순옥의 얼굴이 희미하게 반사
되어 보인다. 창 밖을 무심히 보는 순옥. 빗방울이 버스 창으로 부딪혀 흘러내린다.
순옥 b.s

22. EXT. 버스 정류장. DAY

22-1-　　　　　더욱 세차게 빗방울이 떨어지고 있는 정류장 앞에 순옥이 탄 버스가 정
차한다.
측면 f.s

22-2-　　　　　문이 열리고 서 너 명의 교복을 입은 학생들이 내리고 이어 순옥이 재빠
르게 정류장으로 몸을 피한다.
ms.

22-3-　　　　　버스가 떠나면 유리 벽으로 된 정류장에서 순옥이 혼자서 비를 피하고
있다. 한참을 의자에 앉아 있어 보지만 비가 더욱 거세질 뿐 멈출 기색을 보이지 않는
다. 순옥, 가방으로 머리를 가리고 뛰기 시작한다.
ls.

23. EXT. 아파트 가는 길. DAY

23-1-　　　　　흠뻑 비에 젖은 순옥이 빗속을 헤치며 걷고 있다. 순옥의 눈가의 화장기
가 빗물에 얼굴을 타고 흘러내린다. 비를 맞고 걷는 순옥의 모습이 몹시 안쓰럽다.
b.s

25-2-
아파트 마당 부감 ls & 현관 입구 b.s
아파트 입구로 들어서는 순옥 m.s

24. INT. 엄마의 집 거실. DAY

24-1-　　　　　영재의 아버지가 라면을 호호 불며 먹으며 바둑 프로그램을 시청하고
있다. 순옥, 현관문을 열고 들어온다.
남편 측면 ms 너머로 순옥 ls.

24-2/3-　　　　아버지 비에 흠뻑 젖은 아내를 무심히 바라 보다가 다시 라면을 먹기 시
작한다. 순옥 거실 소파 쪽으로 걸어 와서는 수건을 집어 들며

순옥   오늘도 집에 있었어요?
남편   (입안 가득 라면을 넣고) 이렇게 비가 오는데 어딜 나가… 택시 타고 오지 그
            택시비 아낀다고 버스 타고 오셨구만!

순옥이 수건으로 물기를 닦아 내며 남편을 노려보다가

순옥   (버럭) 내가 누구 때문에 이렇게 사는데… .

그러자 아버지가 아내 순옥을 노려보다 가는 젓가락을 쾅! 내려놓고는
각각 단독 b.s

24-4   방안으로 들어가 버리는 남편.
reverse f.s

24-5-   몹시 지친 듯 한 순옥이 울먹이다가

순옥   미선아빠… 나 왜 이렇게 힘들게 살지… .

순옥이 그만 눈물을 보이고 만다. 우두커니 혼자 서 있는 순옥.
순옥 bs. Track out to fs.

#. 인서트 필요(비 온 뒤 아침 햇살이 비쳐지고 있는 화초들의 싱싱함).

25. INT. 엄마의 집 현관. DAY

25-1/2-   남편이 막 현관을 나가려 하고 있고 뒤에서 순옥이 눈치를 살피며 지켜
보고 있다.

남편   (퉁명스럽게) 돈 좀 있어?

순옥이 주머니에서 돈을 꺼내더니 만 원짜리 한 장을 건넨다. 남편이 돈을 받아 넣고
막 현관을 나가려는데

순옥   (머뭇거리며 말을 못하다가) 아니 예요… 어서 다녀와요….
남편   무슨 할말 있나?

순옥이 한참을 웃으며 뜸을 드리다가

순옥   안락동 김씨네 공사현장에 함밭집 있잖아요…. 거기 일 할 사람 필요 없나 좀
        알아 봐 줘요.
남편   밤새 잠 설치더니 그 생각 해낸 거야?
순옥   아니 뭐 내가 그만 두고 싶어서 그만 뒀나… 들어갈 돈은 많은데 그럼 어떡
        해… 돈 나올 때는 없는데….

순옥이 갑자기 목에 오는 통증을 느끼는 듯 하더니 고개를 움직이며 목을 만진다.
남편 순옥 각각 medium 2shot.

25-3/4-
남편   왜 그래?
순옥   목이 좀 뻐근하네… .들어올 때 약 좀 사다 줄래요…
남편   약은… 아프면 병원에 가야지…. 미련 곰 탱이 같이 그런다고 자식새끼들이
        알아주길 해…. 잘난 서방이 알아주길 해!
각각 단독 b.s

25-5(2b)-   현관문을 닫고 나가 버리는 남편. 순옥이 닫힌 현관문 쪽을 향해 입을
쭉 내밀며

순옥   (혼잣말로) 이그… 화상아…. 말 뽐 새 하고는….

26. INT. 동네 개인 병원(이비인후과). DAY

26-1-   개인 병원 내시경 모니터에는 목 안 기관지의 확대 된 근육질들이 기괴
하게 보여 지고 있고 화면 바뀌면 나이가 지긋한 의사가 순옥의 입안에서 내시경 카메
라를 빼내고 자신의 자리로 간다. 이어 커다란 기계처럼 생긴 의자에 뒤로 눕다시피 있
던 순옥이 자세를 바로 하고는 의사의 책상 앞에 가서 앉는다.
cu to f.s, dolly out & pan

26-2/3-
의사			잠깐만 보입시다.

의사, 순옥의 쇄골 바로 위 목 부위를 손으로 만져 보고는 고개를 갸웃거린다.

의사			요즘 기침은 없던가예?
순옥			얼마 전에 비를 호되게 맞고 나서 기침을 조금 하긴 했는데 지금은 괜찮아요.

의사가 고개를 끄덕이며 환자 진료 기록표에 영어로 뭐라 쓴다. 순옥이 의사의 동작 하나 하나에 몹시 신경을 쓰고 있는 듯 하다.
각각 측면 medium 2shot.

26-3
의사			목에 종기 같은 기 보이는데 조직 검사 한 번 해 보입시다.
의사 bs.

26-4-			순옥, 애써 침착함을 유지하려는 듯 크게 호흡을 해본다. 그 얼굴위로

의사			(V.O) 여기선 힘들고 대학병원을 가봐야 될낀데…
순옥 bs to mcu, dolly in.

26-5-			순옥 손에서 자꾸 땀이 나는지 옷자락 에 손을 닦는다.
순옥 손 cu.

26-6(4b)-		잠시 뭔가를 생각하더니

순옥			고신대 병원에 아는 의사가 있긴 한대요.
의사			(V.O) 소견서 써 드릴 테니까 되도록 빨리 가서 조직검사부터 하소.

순옥의 이마에서 식은땀 한 방울이 주르르 흘러내린다.
순옥 mcu

27. INT. 신관 1층 외래 대기실. DAY

자신의 차례를 기다리고 있는 환자와 보호자들. 그 중 '호흡기 내과' 외래 문이 열리며
영재 친구 찬호와 순옥이 나온다.

순옥   찬호 때문에 그래도 빠르네… 바쁠 텐데 이제 가봐 내가 알아서 할께.
찬호   아입니다. 괜찮습니다.

복도를 따라 어딘 가로 걸어가는 찬호와 엄마.
medium 2shot & pan.

28. INT. 병리 검사실 앞. DAY

28-1-   찬호가 병리 검사실 앞 조그만 창구에 서류를 하나 밀어 넣는다. 창구
안에서 간호사 하나가 서류를 잠시 살펴보더니

간호사   잠시만 기다려 주세요.

찬호 뒤돌아 대기실 의자에 앉아있는 순옥 곁으로 와서 앉는다. 순옥의 표정이 다소 상
기되어 보인다.

찬호   (밝은 표정으로) 어무이 겁나 십니꺼?
순옥   겁나기는 무슨…
찬호   별로 아프지 않을 깁니다.

하며 찬호가 순옥의 긴장을 풀어 주려는 듯 웃고 있는데

간호사   (V.O) 김순옥 씨 들어 오세요.

순옥 머뭇거리며 일어나는데 찬호도 따라 일어 난다.
간호사o.s 찬호b.s to fs. dolly 이동

28-2-

찬호   (나지막이) 같이 들어갈까에…
순옥   (고갤 가로 저으며) 바쁠 텐데 그만 가봐!
mcu 2shot, frame in 되는 찬호.

28-3-   하고는 주사실 안으로 들어간다.
순옥f.s, 찬호의pov

28-4-   순옥의 뒷모습을 보는 찬호의 표정이 애써 숨겨 두었던 불안함이 드러
난다.
찬호mcu, hand held.

29. INT. 병리 검사실 안. DAY

29-1-   화면 안으로 예리하고 길다란 바늘을 장착한 주사기가 불쑥 들어온다.
순옥이 눈을 찔끔 감는다. 그 얼굴 위로

의사   (V.O) 쪼매 아프실 깁니다~이

순옥의 쇄골 위 종기가 있는 부위에 사정없이 주사바늘이 꼽힌다.
순옥b.s, 부감, focus 이동 바늘to 순옥.

29-2-   두 주먹으로 옷자락을 움켜쥐는 순옥의 손.
cu.

29-3(1b)-   순옥 차마 소리를 지르지 못하고 표정이 더욱 일그러진다.
순옥b.s

30. INT. 엄마의 집 베란다. DAY

30-1   베란다 유리창을 통해 흘러 들어오는 화사한 봄 햇살이 베란다 한 쪽을
가득 채우고 있는 화초들을 더욱 생동감 있게 비춰주고 있다. 순옥이 화초들에 분무기
를 대고 물을 뿌리면

측면 ms. Frame in 되는 순옥.

30-3/4-   햇살에 반사되는 물방울이 미세하게 부서지며 화초들을 적신다.
물방울을 뿜어내는 분무기 ecu & 화초들 ecu

30-5-   순옥의 미세한 숨소리와 분무기 소리만이 집안을 채우며 정적이 감도는
데 유난히도 요란한 소리를 내며 전화벨이 울린다.
bs to fs, track out.

30-6-   깜짝 놀라 전화기를 바라보는 순옥.
cu

31. INT. 병원 외래 환자 대기실. DAY

31-1-   햇살이 복도 끝 창을 통해 들어와 넓은 공간을 비추고 있다. 그 사이를
분주히 움직이고 있는 사람들 사이로 대기실 의자에 앉아있는 순옥.
정신이 나간 사람처럼 멍하니 앉아있는 모습이 마치 혼자서 다른 공간에 앉아있는 사
람처럼 보인다.
f.s to bs., dolly in(순옥 고속촬영 + 배경정상속도 = cg 합성) & off sound.

32. INT. 미현의 방. NIGHT

32-1-   어두운 방문이 열리면 거실 불빛에 실루엣으로 보이는 순옥이 손을 더
듬어 스위치를 누른다.
손 cu

32-2-   깜빡이며 형광등이 켜진다. 환해진 방을 둘러보면 옷가지며 물건들이
어지럽게 널 부러져 있다. 순옥이 몹시 심난한 표정으로 허리를 숙여 방바닥에 떨어진
옷가지들을 주워 들며 혼자 말로 투덜거리다 침대 이불을 개는데 속옷이 그대로 널 부
러져 있다.
f.s, high angle

순옥		(신경질 적으로 속옷을 집어 들며) 나이는 어디로 쳐 먹는지 몰라! 내일 모레
		면 서른 넘어가는 년이…

하고 돌아서는데 방문 앞에서 둘째 미현이 몹시 못마땅한 표정을 하고 엄마를 노려보
고 있다.

미현		(자신의 속옷을 낚아채며) 누가 엄마 더러 방 치워 달라 더나…

침대에 가방과 함께 속옷을 다시 내 던진다.
medium 2shot. Low angle, Pan

32-3/4-
순옥		새벽까지 일어나서 일 다닌다고… 유세 떠는 거야… 방은 돼지우리 하면
		딱 좋게 해놓고 지 년 몸치장하는 데만 쏟아 붓고 서른 밑자리 앉은 년이 잘
		하는 짓이다.
미현		(꼿꼿이 대들며) 내 인생이다! 언제 엄마가 나 자식 취급해 본 적 있었나! 언
		니 대학 다닐 땐 언니 핑계 또 언니 졸업 하니까 영재 놈 대학 간다는 핑계…
		나만 이렇게 고등학교 졸업하고 새벽밥 굶어 가며 일 다닌 게 십 년이다! 십
		년! 엄마가 나한테 뭘 해준 게 있는데 이렇게 잔소리고 상관인데? 밥 좀 챙겨
		주는 게? 빨래 좀 해주는 게? 그렇게 대단한 일이가?!

32-5-		순옥이 화를 참지 못하고 그만 미현의 뺨을 때린다. 엄마에게 뺨을 맞은
미현 독한 표정으로 엄마를 노려보다가
각각 os b.s

32-6(1b)-	자기 분에 이기지 못해 침대에 털썩 주저 앉는다.
f.s

33. INT. 포장마차 안. NIGHT

33-1-		왁자지껄한 술꾼들 틈에 영재와 회사 일행들이 테이블 하나를 차지하고
있다. 술기운이 적당히 올라와 있는 얼굴을 하고 있는 영재에게 잔을 부딪히는 털보팀
장, 잔을 들어 단숨에 털어 넣는다. 영재 역시 술잔을 단숨에 털어놓고는 잔을 들어 머

리에 부어본다. 이를 지켜보던 후배 녀석이 소리를 지르며 박수를 쳐댄다. 그때, 영재의 전화기가 울린다. 전화기 액정에는 친구 찬호의 이름이 뜬다.

영재   (씨익 웃으며) 어이 돌파리! 어쩐 일이고? 또 사고 쳐드나?
영재   장난을 치며 떠드는 후배에게 손짓으로 좀 조용히 하라고 하지만 후배 아랑
          곳하지 않는다.
영재   행님은 술 한 잔 하고 있지…

장난스럽던 영재의 표정이 다소 변하며

영재   그런데…

이번엔 후배 옷깃을 잡아채며 조용히 좀 하라는 신호를 보낸다. 영재가 자리에서 일어
나며 표정이 바뀐다.

영재   엄… 마가. 뭐… 뭐라고…

영재의 목소리가 다소 떨린다. 털보팀장에게 큰소리로 뭔가를 따지고 있는 후배.
fs to ms, dolly in.

33-2-   순간 영재 떠들고 있는 후배녀석에게

영재   (버럭 소리를 지르며) 조용히 좀 해봐라 시팔!
bs.

33-3-   갑작스런 영재의 사투리가 섞인 고함에 찬물을 끼얹은 듯 포장마차가
고요해진다.
wide fs. high angle.

34. INT. 신관 1층 외래 .DAY

34-1/2-   영재가 황급히 병원 로비로 들어선다. 영재 두리번거리며 누군가를 찾
는다. 조금 떨어진 곳에서 기다리고 있던 찬호가 영재에게 다가 온다.

34-3-
영재   (다짜고짜) 호흡기 내과가 어디고?

외래 쪽으로 다급하게 걸어간다. 그런 영재를 뒤쫓아 잡으며

찬호   진정해라 임마. 어디 가서 차 한 잔 하자!
영재   (더욱 속도를 내어 걸으며) 차? 차는 나중에 실컷 사줄게… 다른 병원으로
            엄마 자료 가져 갈 거다… 니가 좀 챙기 도!

찬호 영재를 붙들어 세우고는

찬호   검사결과는 틀림 엄따!
영재   돌파리 새끼! 지랄하고 있네. 니 같은 돌파리가 근무하는 병원을 어찌 믿노
            새끼야! (몹시 화가 나 소리를 지르며) 당장 엄마 자료 가져 온 나!
medium 2shot, steady cam follow or 미니집.

34-4-   주위에 있던 환자와 보호자들이 놀라 영재와 찬호를 본다.
영재 찬호 걸고 환자와 보호자들 ws.

34-5(3b)-   찬호 긴 한 숨을 내쉬고

찬호   (나즈막이) 그럴 시간 엄따! 니가 이라면 어머니만 더 힘들게 하는 기다
medium 2shot

35. EXT. 신관 3층 테라스. DAY

35-1-   영재와 찬호가 테라스 난간에 기대어 멀리 바다를 바라보고 있다.

영재   (힘겹게 입을 열며) 어떻게 저 지경이 될 때까지 몰랐을까
찬호   (긴 한숨을 내쉬며) 그 놈의 병이 그렇다. 통증도 특별하게 없고 보통 우연하
            게 발견되거나 엄마처럼 임파절까지 전이 됐을 때 제일 많이 발견된다. 그때

는 이미 너무 늦는데 말이다…
wide 측면 fs to ms 2shot, dolly in.

35-2-　　　　영재 뭔가를 물어 보려다가 차마 입이 떨어지지 않는 듯 입술을 꾹 깨문다. 그러다

영재　　　　찬호야! 엄마… 우리 엄마… 어느 정도고?
찬호　　　　영재를 한참 바라보다가 차마 눈을 보고 얘기를 못 하겠다는 듯 고갤 떨구며
찬호　　　　글쎄… 내가 그쪽 전문의도 아이고…　호흡기 내과 동기 놈한테 살짝 물어 봤는데…　엄마 상태라면…　(머뭇거리다가) 학교 다닐 때 배운 대로라면은 6개월 정도 본다.
영재　　　　그 소리에 찬호를 몹시 원망스러운 듯 바라보며
영재　　　　(눈물을 글썽이며) 돌파리 쌔끼! 니 학교 때 공부못했다 아이가… 6개월 지랄하고 있네. (영재의 눈빛이 간절하다)내 우리엄마 어떤 일이 있어도 살릴 거다. 저렇게는 못 보낸다. 두고 봐라!
찬호 측면 bs 2shot, dolly 이동 정면 bs 2shot.

36. INT. 엄마의 집 주방–거실. NIGHT

36-1-　　　　순옥 주방식탁에 앉아 멍하니 상념에 잠겨있는데 거실 쪽에서 요란한 기계음이 들린다. 자리에서 일어나 거실 쪽으로 간다.
순옥 ms.

남편이 허리엔 이상한 벨트 같은걸 차고 맨발로 조그만 기계 위에 발을 올려놓고 몸을 요동치며 서있다. 그 옆엔 이제 막 개봉한 듯 한 종이 박스에 조잡하게 생긴 문구로 "최신 전자동 발 마사지 기계"라고 쓰여 있다.
순옥의 pov(hand held)

진동을 느끼며 무아지경의 가까운 감탄사를 내뱉고 있는 남편의 표정이 가관이다.
남편 ms

순옥, 전원코트를 뽑아 버린다.
순옥 단독 b.s

아버지 갑자기 기계가 멈추자 돌아보면 아내 순옥이 노려보고 서있다. 자신도 염치가
없는지 머뭇거리다가

아버지   (능청스럽게) 빨리 나가서 돈 벌어 오라 안 했나? 그래가… 큰맘 먹고 장만
              했다 아이가… 요기 허리 찜질 팩은 공짜 다… 꼬~옹 짜!
순옥   무슨 돈으로?
아버지   걱정하지 마라! 24개월 할부다 할부!

그때, 영재가 현관 문을 열고 들어 선다. 순옥은 아들이 온 지도 모르고 종이 박스를 집
어 남편 앞으로 내 던진다.

순옥   가서 물러와요!
아버지   (버럭 소릴 지르며) 니 보고 누가 할부금 내 달라 하 드나?

순옥 자신도 모르는 서러움에 목이 메인다.
그런 아버지와 엄마를 현관에서 지켜보는 영재.

순옥   (울먹이며)시집와서 이 날 평생 당신 뒤치다꺼리하느라 인생 끝나게 생겼어!
              호강이라는 말 그거 꿈도 안 꾸고 죽어라 일만 했어! 말을 한마디 따뜻하게 해
              주기를 하나… 그렇다고 돈을 남들처럼 벌어 오기를 하나… .
아버지   그 놈의 돈 돈 돈! 니는 지나가는 똥개 새끼 보다 내가 우습제?
영재   (V.O) 아버지 그만 하이소!

순옥이 고갤 돌리면 영재가 현관 앞에서 한발 짝 도 움직이지 않고 서있다.

순옥   (애써 울음을 참으며) 언제 왔어!

아버지는 아들 영재를 보고 화가 더 나는 모양이다.

아버지   독한 여편네! 허리 고장난 남편 밖에 나가서 돈 벌게 하고 싶드나?
영재   (눈을 똑바로 뜨고) 그만 좀 하이소!

싸해지는 집안 분위기. 순옥, 아들과 남편의 눈치만 살피다가 아들의 팔을 이끈다. 영
재는 꿈쩍도 하지 않고 아버지를 노려본다. 그때, 둘째 미현이 들어 온다. 미현 무슨

일인가 싶어 하는데

영재   (울먹이며) 아버지! 허리 아프다고 엄마 밖으로 내 모셨지요?

순옥이 아들 영재를 붙잡고

순옥   이놈의 자식이… 그만해!
영재   (아랑곳하지 않고) 잘난 우리 자식새끼들 키우시겠다고 지하철 공사장에서
          막 일하실 때에도 병원에서 남들 피고름 묻은 쓰레기 치우실 때도 엄마 몸 속
          엔… (입술을 깨물며) 엄마 몸 속엔… 그 놈의 암 덩어리가 자라고 있었다
          아입니까!

영재의 말에 아버지 몹시 놀란다. 미현 영재 뒤에서 말을 듣고 있다가

미현   영재 니 그게 무슨 말인데… 암 이라니… 엄마가… 뭐?
영재   바보 같은 우리 엄마가 암이란다… 암에 걸렸단다…

아버지가 소파에 털썩 주저앉는다. 순옥 흘러내리는 눈물을 잘 도 참으며, 울고 있는
아들의 어깨를 다독거린다. 그러자 영재 엄마를 끌어안고

아버지   영재 엄마… 왜 이렇게 바보 같노! 정말… 왜 이렇게…

순옥은 아들에게 안긴 채로 아들의 등을 어루만진다.
INSERT 불이 꺼진 거실이 쥐 죽은 듯이 고요하다.

37. INT. 베란다. NIGHT

불 꺼진 베란다에서 초라한 등을 보인 채 아버지가 담배 연기만 뿜어대며 창 밖을 보고
서있다.
아버지 knee shot to ms, dolly in.

38. INT. 영재의 방. NIGHT

영재의 손에는 노란 유치원 유니폼을 입은 어린 영재와 촌스러운 파마 머리를 한 30대 초반의 엄마가 함께 찍은 빛 바랜 낡은 사진이 들려져 있다. 사진위로 자꾸 영재의 눈물이 떨어진다.

cu
세탁실 창문 걸고 영재 fs, 측면 dolly 창틀 벽면 fade out 처럼

39. INT. 엄마의 방. NIGHT

잠든 줄 알았던 순옥의 어깨가 들썩인다. 화면 서서히 다가가 보면 소리 없이 울고 있다. 뺨을 타고 흘러내린 눈물이 베개를 흥건하게 적시고 있다.

엄마 등뒤 ms to bs. dolly in.

40. INT. 미현의 방. NIGHT

동생   미현이 침대에 앉아 무릎에 얼굴을 묻고 울고만 있고 코끝이 빨개진 미선이 미선을 달래 준다.

미선   가시나. 그만 울어라! 엄마 알면 더 속상하다 아이가

미현   (고개를 들어언니를 보며) 언니 나 어쩌면 좋노. 그래도 언니는 무슨 때대면 엄마 챙기고 전화도 자주하고 엄마한테 잘 했다 아이가… 근데 난 이날 여태 껏 엄마가 내만미워한다고 생각해서 말 함부로 하고 잘해 준 것도 없고 못할 짓만 했다. 내는 어쩌란 말이고 언니! 우리 엄마 불쌍해서 어쩌노… 언니…

미선이 울고 있는 동생을 안아준다.
medium 2shot, 측면 dolly 이동, 마치 fade in 처럼.

41. EXT. 엄마의 집 거실. DAY

41-1-   욕실 문이 열리면 샤워를 막 끝낸 영재 나온다. 거실 서랍장 서랍을 뒤지며 뭔가를 찾고 있는 엄마.

영재 소파에 앉으며 그런 엄마를 찬찬히 보다 엄마에게 다가간다.
엄마가 안경을 꺼내 쓰고는 뭔가를 꼼꼼히 읽는 듯 하더니 계산기를 두드리기 시작한
다. 엄마 손에 암 관련 보험증권이 들려져 있다.
순간 속상하기도 하고 화가 나기도 한 영재가 자신도 모르게

영재   엄마 지금 뭐 하노?

엄마의 보험증권을 뺏어 버린다. 영재에게서 보험증권을 다시 가져가며

엄마   얘가… 왜 그래…
영재   (안쓰럽게 엄마를 바라보며) 엄마 그런 건 내가 챙길 테니까… 이제 그만 엄
             마 몸이나 챙겨라… 정말 바보같이 왜 그라는데 엄마!

영재를 신경 쓰지 않고 엄마 다시 계산기를 두드리기 시작한다.

엄마   (혼잣말로) 그래도 아무리 어려워도 식구들 보험 하나씩은 꼭 들어 놓길 잘 했
             지.이거라도 있으니 든든 하고만 미리 미리 챙겨둬야지… 암판정시… 치료
             비1000만원… 사망 시… 2000만원… 입원 치료 시 병원비가 1일… .

42. INT. 81병동 복도. NIGHT

복도에는 링거를 꼽은 환자나 보호자들이 한산하게 움직이고 있다. 코너를 돌아 나오
는 영재의 표정이 몹시 어둡다. 땅만 보고 걷던 영재가 812호실이라는 팻말 옆 환자 이
름에 김순옥 이라는 엄마의 이름이 선명하게 적혀있는 병실 앞에 선다.
영재 fs to bs. 영재의 시선 따라 팻말 cu, focus 이동.

43. INT. 엄마의 병실. NIGHT

43-1-   1인용 침대 두 개가 나란히 벽과 창가 쪽으로 놓여져 있는 2인용 병실이
다. 엄마가 창가 쪽 침대에 앉아서 미선과 얘기를 나누고 있다. 엄마의 표정도 미선의
표정도 참 밝다. 그때, 영재가 문을 열고 들어온다.

| 엄마 | 아들! 어디 갔다 와? |
| 영재 | 어… 원무과에 잠깐… |

뒤이어 둘째 미현이가 들어온다.
wide fs

43-2-
엄마	(미현에게) 뭐 하러 와. 며칠 있다 집에 갈 건데…
미현	(엄마 곁으로 다가와 앉으며) 같이 있는 환자는 없나?
미선	아직 없다! 엄마 내일부터 4인실로 옮겨 달라고 난리 다!
미현	왜? 불편하나?
미선	불편하기는… 또 돈 생각하는 거지…
미현	어지간히 아껴라… 엄마!
미선	아버지는 하는 일도 없는 양반이 얼굴도 안보이시노? 하긴 염치가 있어야 나타나지
엄마	(미선의 말에 눈을 흘기며)아빠한테 그러면 못써 너희들!

측면 medium group shot.

44. INT. 병원 휴게실. NIGHT

44-1-   어두컴컴한 휴게실 안 창가에 선 아버지가 창 밖을 회한에 젖은 눈으로 바라 보고 있다.
아빠 os 창가에 비치는 아빠bs

44-2-   영재가 휴게실 앞쪽을 무심히 지나다 휴게실 안 아버지를 발견하고 멈춰 선다.
영재 ms to bs, dolly in.

44-3-   아버지의 초라한 뒷모습.
ms to bs.

44-4(2b)-   긴 한 숨을 내쉬는 영재.
bs.

45. INT. 식당 안. NIGHT

45-1-　　　　　테이블이 몇 개 없는 허름한 식당 안 창가 테이블에 아버지와 영재가 소
주를 앞에 놓고 나란히 앉아있다.

아버지　　　　의사는 뭐라 드나?
영재　　　　　6개월 정도 본답니다.

아버지가 앞에 놓인 소주잔을 단숨에 비워 버린다. 어느새 눈가에 눈물이 고인 아버지
소주잔을 혼자서 채우더니 다시 단숨에 들이킨다. 영재 소주잔만 빙글빙글 돌리며 보
고 있다. 창 밖에서 보이는 아버지와 영재의 그림자가 몹시 쓸쓸해 보인다.
dolly out, medium 2 shot.

46. INT. 엄마의 병실. DAY

노란빛을 띈 항암제가 투명한 고무관을 타고 순옥의 몸 속으로 들어가고 있다.
cu.

그 모습을 유심히 보던 영재가 엄마의 손을 잡는다.
엄마 os 영재 bs

엄마　　　　　아가! 이제 그만 올라 가봐 엄마 때문에 일 방해되는 것 싫어!
영재 os 엄마 bs.

영재　　　　　알았어요. 있다 저녁기차 끊었어요.

그때, 순옥을 많이 닮은 영재의 이모가 애써 밝은 표정으로 들어온다.
영재 bs 너머 이모 fs, pan & focus 이동.

엄마　　　　　아이… 바쁜데 온 식구가 정말 난리네…

이모 엄마 앞에 앉으며

| 이모 | 언니 좋아하는 밑반찬 좀 해왔어. (영재의 등을 쓰다듬으며) 우리 영재 너무 멋있게 큰다. 언니 영재 장가보내야겠다. |

엄마가 이모의 영재 칭찬에 마냥 좋은 듯 웃기만 한다. 그러다 표정이 다소 굳어지며

| 엄마 | 서울 엄마한테는 얘기하지 말지… |
| 이모 | 아이구 그랬다간 노인네 쓰러져 언니… 어찌됐든 맘 단단히 먹고 꾹 참아 내야 해 언니… 그 동안억척스럽게 살았잖아. 딱 그만큼 독하게 마음먹고 잘 참아! 애들 봐서라도… 알았지… |

하며 주책없이 이모가 눈물을 보이고 만다. 엄마의 눈에도 눈물이 글썽인다.
영재는 그만 병실 밖으로 나가 버린다.

46a - INSERT.-   병실에서 새어 나오는 형광 불빛만이 희미하게 병원 건물의
형체를 밝히고 있다.(병원 전경)

47. INT. 엄마의 병실. NIGHT

47-1/2-   엄마가 항암제의 약 기운 탓인지 생기 없는 얼굴로 식은땀을 흘리며 잠
들어 있다. 그 모습을 안쓰럽게 바라보고 있던 영재가 손으로 엄마 이마의 땀들을 훔쳐
준다.

| 미선 | (V.O)그만 가봐야지… 차 시간 다 됐다. |

각각 os b.s

47-3-   영재 가방을 둘러메고 자리에서 일어나며

| 영재 | 누나가 고생이 많다. |
| 미선 | (길게 한숨을 내쉬며) 어데… 엄마가 산 세월에 비하면 이게 고생 이가? |

영재 잠든 엄마의 얼굴을 한번 더 어루만져 보고는 뒤로 걸으며 떨어지지 않는 발걸음
을 뗀다. 누나 미선이 어서 가라는 손짓을 한다.
wide fs, 부감.

48. INT. 기차 안. NIGHT

창가 자리에 앉은 영재가 창에 머리를 기대고 잠들어 있다. 그러다 영재가 뭔가에 소스라치게 놀라 잠을 깬다. 시계를 보면 새벽 2시 다! 영재 창 밖을 보면 칠흑 같은 어둠만이 스쳐 지나가는 창 위로 몹시 걱정스러운 표정을 하고 있는 자신이 보인다.

49. INT. 엄마의 병실. NIGHT

스탠드 불빛만 켜져 있는 병신 안.   화장실 쪽을 안타깝게 보고만 있는 미선의 얼굴위로 순옥의 힘겨운 구토 소리가 흐른다.
미선 bs.

순옥이 고통스럽게 노란 액체들을 토해내고 있다. 어느 정도 잠잠해진 순옥이 화장실을 막 나오려다가 다시 힘겹게 토해내기를 여러 번 반복한다.
순옥 ms.

힘겨운 모습으로 엄마가 화장실에서 나오자 엄마에게 다가가 부축하는 미선. 순옥이 미선의 부축을 받으며 침대에 오른다.
측면 fs.

순옥의 얼굴이 생기가 없어졌고 볼은 쏙 들어가 있다. 미선이 엄마를 침대에 눕히고 흰 손수건으로 엄마의 식은땀을 닦아준다.
미선의 손 os 순옥 bs, frame in.

50. INT. 사무실 옥상 하늘 정원. DAY

50-1-   자판기 앞에서 영재의 팀장이 음료를 꺼낸다.
cu 자판기 음료 꺼내는 손.

50-2-   음료를 뽑아 든 팀장이 곁에 서있던 영재에게 음료를 건넨다. 두 사람이 하늘정원 낡은 나무로 만든 테이블을 향해 걸어 간다.

| 팀장 | 어머니는 좀 어떠시냐? |
| 영재 | 요 며칠 부작용 땜에 아무것도 드시지 못하시나봐요. |

두 사람이 테이블 하나에 앉는다.

영재	엄마는 저렇게 죽을 고비를 넘나들고 있는데 자식이란 놈은 여전히 시간 되면 배가 고프고 피곤하면 잠도 잘 오고 (팀장을 쳐다보며)형! 나 참 불효자식이지…
털보팀장	그럼 임마 니가 식음전폐하고 엄마… 엄마… 하고 울고만 있으면 어머니께서 아이구 내 아들 효자네… 효자야… 하면서 좋아하시겠어?
영재	(음료를 한 모금 들이키고)정말 힘들고 괴로운 건 내가 엄마를 위해서 해줄 수 있는 게 아무것도 없다는 거야! 엄마가 아파서 괴로워하셔도 내가 해 줄 수 있는 게 정말 없어. 할 수만 있다면 대신 아프고 싶은데…

괴로워하는 영재를 안쓰럽게 보다가

| 팀장 | 니가 이렇게 약한 모습 보여서 엄마한테 도움되는 건 하나도 없다고 본다. |

fs to medium 2shot, dolly in.

50-3/4-   영재가 긴 한숨을 쉬며 하늘 위를 바라 본다.

bs.

ls, high angle. wide lens.

50a, 51 omit

52. EXT. 본동 골목길. NIGHT

52-1-   멀리한강대교가 보이는 골목길 입구로 들어 서는 영재. 영재가 휴대폰을 꺼내 어딘가로 전화를 한다. 전화기에서 흘러나오는 목소리 큰누나 미선이다.

| 미선 | (전화기 filter) 영재가… |
| 영재 | 어 누나… 고생이 많다… 엄마는 |

fs to ms, frame out.

52-2-
막 골목에서 나온 영재가 넓은 주차장 옆에 놓인 바리케이트에 앉는다.

미선	(전화기 filter) 엄마 지금 잔다. 저녁에 죽 좀 달라고 하시더니 억지로 드시고는 잔다.
영재	엄마 좀 바꿔도?
미선	(전화기 filter) 엄마 주무신다니까…
영재	안다. 귀에다 그냥 전화기만 가져다 대봐라!

차장 옆 바리케이트에 털썩 앉는 영재.
els, high angle.

53. INT. 엄마의 병실. NIGHT

53-1-　　　　항암제 부작용 탓으로 얼마나 고생을 했는지 생기가 없는 얼굴로 엄마가 자고 있다. 엄마 귓가에 핸드폰을 가져다 대주는 미선. 전화기에서 조그맣게 영재의 목소리가 흘러나온다.

| 영재 | (전화기 filter) 엄마! 아들이다! |

미선 bs to 엄마 b.s , tilt down.

54. EXT. 본동 골목길. NIGHT

화면 서서히 영재의 얼굴위로 다가간다.

| 영재 | 엄마… 엄마…　자나? 엄마 지금 뭐하고 있는데… 아들이 속썩여서 시위하는 거가? 내 엄마 속 안 썩일 테니까 아프지 마라…　고등학교 때 처음으로 엄마한테 소리지르고 대들었다 아이가… 미안하다. (영재의 눈가가 눈물이 고인다) 다시는 그러지 않을 테니까…　엄마 그만 아퍼라. 담배도 끊고 손톱 물어뜯는 것도 이제 안하고 엄마가 그렇게 원하는 교회도 나갈 테니까. 이제 그만 아퍼라. 알았제 엄마. 툴툴 털고 일어 나는 거다 엄마! |

영재가 점점 목이 메여 오자 그냥 전화를 끊어 버리고는 한참을 서럽도록 울고만 있다.
fs to bs, dolly in

55. INT. 엄마의 병실. NIGHT

생기 잃은 표정으로 자는 줄 알았던 순옥의 눈가에서 눈물 한 방울이 주르르 흘러내린다.
bs to mcu, dolly in.

56. INT. 엄마의 병실. DAY

56-1/2-   침대 옆에 놓여진 보호자용 간이 침대에 자고 있던 미선이 기지개를 켜며 눈을 뜬다. 침대를 보면 엄마가 없다. 일어나 화장실을 봐도 엄마가 없다. 밖으로 나가는 미선.
침대 os frame in 되는 미선 b.s, focus 이동. 미선to 침대.
wide fs, 부감.

57. INT. 병실 복도. DAY

57-1-   병실문을 열고 나오는 미선. 복도 창 끝 쪽을 확인해 보고는 데스크로 향한다.
ms 너머 복도 창 끝. Frame out.

57-2-   아침을 맞는 데스크가 부산하게 움직이고 있고 환자들과 보호자들이 간간이 지나다닌다. 미선이 여기 저기를 둘러보며 엄마를 찾는다.
fs to 측면 ms, dolly follow(병원 휴게실에서 데스크 방향)

57-3-   미선 복도 코너를 돌아 복도 끝 창가 쪽을 보면 엄마가 창 밖을 보며 마치 맨손체조를 하듯이 손을 움직이며 서있다.
햇살 속에 서 있는 엄마 fs, pov

57-4-   미소지으며 엄마에게 다가가는 미선.

ms, frame out.

57-5-　　　　반가운 얼굴로 미선 엄마에게 다가가며

엄마! 한결 좋아진 얼굴로 미선을 향해 돌아보며

엄마　　　　일어났나? 배고프다! 밥 먹자!
knee shot medium 2shot, dolly in

58. INT. 영재의 사무실. DAY

58-1/2-　　　　영재가 컴퓨터 앞에 앉아 웹사이트 디자인 몰두해 있다.
영재 정면 bs. low angle.
모니터 cu.

58-3-　　　　그때 울리는 영재의 핸드폰. 전화를 받는 순간. 엄마의 목소리가 흘러나
온다.

엄마　　　　(전화기 filter) 아들!
영재　　　　(몹시 놀라는 표정으로 믿을 수 없다는 듯) 엄마?
엄마　　　　(전화기 filter) 왜 엄마 목소리도 까먹은 거야?
영재　　　　좀 괜찮아 진 거가?
엄마　　　　(전화기 filter) (자랑하듯) 이제 밥도 먹어! 의사 말이 엄마보고 대단하데…
　　　　　　며칠 있다가 퇴원하고 열심히 기운 차려서 2차 치료 때 보자는데…
영재　　　　 (얼굴이 환하게 밝아지며)우리 엄마 대단하네…
영재 ms. (등을 보이고 있다가 돌아서는 영재) high angle.

59. INT. 엄마의 병실. DAY

미선과 미선의 남편이 퇴원 준비를 하고 있는 엄마를 돕고 있고 엄마의 표정은 한결 밝
다. 폐암말기 환자란 말이 어울리지 않을 정도다. 엄마의 병이 마치 다 난 것처럼 좋아
하는 엄마.

60. INT. 병원 주차장. DAY

엄마와 미선, 미선의 남편(사위)가 낡은 소형 트럭 쪽으로 다가간다. 아버지는 조수석
에 있던 짐들을 트럭 짐칸으로 옮기고 있다.

미선   이 서방 차 타고 가면 좋을 끼고 마는 저래 고집을 부리노!
엄마   오랜만에 아빠랑 데이트 좀 할라구.
아버지   니 엄마 고집을 누가 꺽겠노.

아버지가 엄마의 손을 잡아 주고 엄마가 조수석에 오른다. 아버지가 문을 닫아 준다.
group shot. dolly & pan.

61. INT. 달리는 트럭 안. DAY

61-1-   엄마가 창에 머리를 기대고 있다.
엄마 bs. 차걸이

61-2-   운전을 하던 아버지 그런 아내를 보다가

아버지   속도 좋지 않은데 덜컹거리는 고물 차 타겠다고 고집을 부려
엄마   (창 밖을 무심히 바라보며)난 당신 차가 제일 편해요…
medium 2 shot.

61-3-   아버지 막 차를 돌려 길을 바꾸는데
fs. frame out

61-4-   길 양 옆으로 길게 벚꽃이 아름답게 꽃망울을 터뜨리고 있는 길이 나온다.
frame in 되는 남편의 트럭. (CG 합성)

61-5-   순옥이 어린아이처럼 좋아한다.

엄마   어휴 예쁘게도 피었네…

좋아하는 아내를 보고 있던 아버지가 차를 길가에 세운다.
medium 2shot. (CG합성 창 위로 스쳐 지나가는 벗 꽃들.)

61-6(4b)   길가에 멈추는 트럭.
ls.

62. EXT. 대신동 벚꽃 길. DAY

62-1-   수퍼에서 음료를 계산하고 나오는 남편을 따라 움직이면 엄마가 나무벤
치에 앉아 꽃들을 감상하고 있다. 그런 엄마에게 아버지가 음료 한 병을 주며 옆에 앉
는다.
측면medium 2shot, dolly 이동.

62-2-
엄마   꽃들이 참 예쁘게도 피었네… 여보 우리 처음 맞선 보는 날도 벚꽃이 얼마나
            예쁘게 피었었는지 당신 기억나?
아버지   그 날 인천 월명 공원이 전신에 벚꽃 천지였다 아이가
엄마   우리 엄마랑 시어머니 당신 큰형님 참 엇그제 같은데 31년이나 돼버렸네.

엄마가 아버지를 보고 웃다가는 아버지의 어깨에 몸을 기댄다.

아버지   그러고 보니 우리 정말 꽃놀이 한번을 제대로 못갔네… 미안해 여보… 꼭 나
            아서 내년엔 꽃놀이도 가고 가을엔 단풍 놀이도 가고 남들 다 가는 해외여행
            이라는 것도 꼭 가자.

아버지가 엄마의 어깨를 힘주어 꼬옥 감싼다.
fs to bs 2shot.

63. INT. 엄마의 집. DAY

가습기가 구름을 만들어 내 듯 습기를 뿜어내고 있고 기운을 회복한 듯 한 엄마가 성경
책을 읽고 있다. 문득 집안을 여기 저기를 둘러본다.

엄마가 팔을 걷어 부친다. 이어 집안 곳곳을 청소를 하는 엄마의 모습이 보여지고 이내 거실 한쪽에 낡은 오디오 장식장을 치우기 시작한다. 힘에 겨운 대도 억척스럽게 혼자서 어딘가로 치운다.
엄마 흡족한 표정으로 거실을 둘러보면 한결 넓어 보이고 깨끗해 보인다. 얼굴에 흘러내리는 땀을 닦으며 엄마가 소파에 앉는다.
다양한 shot, 점프 컷. (경쾌한 음악과 함께…)

CUT TO

화면 가득하게 보이는 낡은 앨범이 첫 장을 넘기면 흑백의 낡은 사진 속에 젊은 순옥과 남편이 그 시절 유행했음직한 한복과 헤어스타일을 하고 있다. 사진 아래에는 약혼기념이란 촌스런 글씨체가 눈에 띈다.
화면 바뀌면 순옥이 얼굴 가득 환하게 미소를 보이다가는 이내 눈물을 떨구고 만다. 이어 엄마의 테마 곡인 듯한 음악과 함께 엄마의 지난 아름다운 시간들이 낡은 사진 속 이미지를 빌려 겹쳐지며 보여진다.

64. INT. 동네 전자제품 할인 매장. DAY

64-1-   각종 세련된 전자제품들이 디스플레이 되어있는 매장 전면 유리창 너머로 순옥이 장을 본 물건들을 들고 지나가다 매장 안에 시선을 뺏긴다. 이어 조심스레 문을 열고 매장 안으로 들어온다. 정복을 입은 직원 하나가 친절하게 인사를 하며

직원   어서 오십시오
순옥   (수줍은 듯) 그냥 구경 좀 하러 왔어요…
fs to ms, pan.

64-2-   이것저것 제품을 들을 보다가 순옥이 신형 세탁기가 놓여진 코너에 걸음을 멈추고 요리 저리 세탁기를 살펴본다.
knee shot, dolly 이동, 전자제품 와이퍼처럼… 지난 후 순옥 소개

64-3-   그 중 맘에 드는 세탁기가 있는지 뚜껑을 열었다 닫았다를 반복하고 있는데

직원   요즘 제일로 많이 나가는 깁니다.
순옥   이거 남자들도 혼자서 할 수 있을 까요?
직원   (웃으며)혼자 사는 할아버지 할머니도 할 수 있심니더… 작동은 간단합니다.

순옥이 만족한 듯 한 표정으로 가격을 살핀다.
medium 2shot. high angle.

65. INT. 엄마 집 거실. NIGHT

65-1-   현관을 열고 작업복 차림의 아버지가 들어온다. 얼른 뛰어와 남편을 맞
는 순옥.

아버지   (그런 아내에게) 당신 혼자 있는 거야?
엄마   환자도 아닌데 뭐… 미선이 피곤할 까봐 병원에서 보자고 했어요.
순옥   (남편의 작업복 차림의 남편을 이리 저리 살피며) 당신 무슨 일 다녀요?
아버지   (머뭇거리며) 일. 일… 은 무슨… 아니야!
순옥   (남편의 손을 잡고) 당신 이리 좀 와봐요.

순옥, 남편을 세탁실 쪽으로 데려간다.
fs to medium 2shot to fs, dolly in.

66. INT. 세탁실.DAY

66-1-   세탁실 문을 열고 들어오는 두 사람. 세탁실에는 낮에 보았던 신형 세탁
기가 놓여져 있다. 남편이 순옥을 보며 웃는다.

순옥   왜요?
아버지   왕소금 김 순옥여사께서 어쩐 일이야! 세탁기 샀다고 자랑하는 거야?
순옥   환하게 웃더니
순옥   미선아빠 여기 잘 봐요…

세탁기 뚜껑을 열며 세탁기 사용 설명을 하기 시작한다.

순옥   여기 열면 이거 나오죠 이거는 세제 넣어두고… 여기는 섬유 유연제…

세탁 바구니에 쌓여있는 빨랫감을 세탁기에 넣고는 뚜껑을 닫는다. 그러더니 버튼을
가리키며

순옥   이것만 누르면 빨래 끝 이예요. 어때 쉽죠?
fs. high angle.

66-2-   순옥 한참을 혼자서 열심히 설명을 하고 돌아서 남편을 보는데 남편이
빤히 순옥을 보고만 서있다.

순옥   할 수 있겠어요? 왜 그렇게 봐요?

순옥을 보는 남편의 표정이 다소 굳어진다.

순옥   당신 무시했다고 화났어? 나 병원에 또 입원하면 빨래도 제대로 못하고…
             홀아비처럼 당신 옷 입고 다닐까 봐 걱정돼서 멀쩡하게 마누라 두고 그러면
             안되잖아요.

남편이 순옥을 와락 안아 버린다.
측면bs 2shot, pan(순옥 to 남편 to 순옥&남편), 영재 방 시선.

66-3-   그렇게 두 사람 아무 말 없이 한참을 서로 껴안고 서있는데 순옥의 어깨
가 조금씩 들썩인다.
medium 2shot to fs, dolly out.

67. INT. 미현의 방. DAY

67-1-   미현이 화장대 앞 앉은뱅이 의자에 앉아 클렌징 크림을 문지르며 화장
을 지우고 있다. 거울 속에서 엄마가 문을 열고 빼꼼히 고갤 내밀고 방안으로 들어와
미현 뒤에 앉는다. 미현 거울을 보며 계속 화장을 지우고 있는데
미현 os 거울 bs.

67-2/3-

엄마	미현아! 그 영동이라는 애는 요즘 도 만나?
미현	엄마의 말에 당치도 않는단 표정으로 돌아서 엄마를 보며
미현	엄마! 그 아이는 그냥 교회 후배다. 것도 까마득한 3년 후배다!
엄마	어때 남녀 사이에 나이 가 좀 어리다고 그게 대순가… 사람만 괜찮으면 되지…

미현이 엄마를 말을 무시하려는 듯 다시 거울을 보며 화장지로 크림을 닦아낸다.

미현	영재보다도 후배다! 그리고 엄마는 시집가면 고생 시작이라고 할 일 다하고 천천히 가랄 때는 언제고…
엄마	그것도 그렇긴 한데… 니 나이가 있잖아…
미현	내 나이가 뭐 어때서 내 친구들 아직 다 솔로다! 내만 이런 줄 아나…

각각 b.s

67-4-   엄마가 미현 앞에 통장 하나를 내민다. 미현 통장을 보는데

엄마	엄마가 점심 값 아끼고… 모아 둔 거야…
미현	이걸 왜 나한테 주는데…
엄마	너 공부 더 하고 싶으면 더 하라고… 엄마가 우리 미현이 한테 이거 밖에 해줄게 없네… 대학 공부 한 번 해보라고…

엄마에게 다시 통장을 내밀고는

| 미현 | 죽기도 보다 싫은 공부를 더 하란 말이가! 낸 못한다. 그때는 화가 나서 한번 해본 소리고 내가 공부 못해서 대학 못간 건 엄마가 더 잘 안다 아이가… 대학 같은데 미련 없다! 내 죽어도 공부 다시 하기 싫다! |

하며 고개를 절로 흔든다.
medium 2shot.

68. INT. 엄마의 병실 .DAY

68-1-   병실 라디오에서 오페라 곡 'The last rose of summer' 가 흘러 나오
고 있고 미선이 화병 속 시들은 꽃들을 버리고
cu, dolly out & pan

68-2-   쓰레기 통에 버려지는 시든 꽃들.
cu

68-3-   화사하게 핀 장미꽃들을 화병에 꽂아 넣는다. 그 모습을 침대에 누워 바
라보고 있던

엄마   그렇게 예쁘던 꽃들도 한철을 넘기지 못하네… ㅉㅉㅉㅉ…

그런 엄마의 얼굴위로

영재   (NA.)엄마는 그렇게 엄마의 마지막 봄을 보내고 있었다.
꽃 os 엄마 ms.

68-4-   화면에 보이는 엄마의 얼굴이 투명한 빛을 띠고 있는 링거액으로 디졸
브 되고 화면 한 방울씩 흘러내리는 주사액을 따라 움직이면 이미 기력을 상실해 버린
엄마의 초췌한 모습이 보인다. 몹시 힘겨워 보인다.
cu to bs, tilt down

68-5-   옆에서 큰딸 미선은 엄마 손을 꼬옥 잡고 성경책을 읽고 있다.
medium 2shot, dolly 이동

69. INT. 기차 안. DAY

객실 안이 대학생들이 단체로 피서를 가는 듯한 복장으로 가득 채우고 있고 그들 틈에
영재가 무표정하게 창 밖을 바라보고 있다.
fs to 영재 ms, dolly out

70. INT. 병실 복도. DAY

70-1-   영재가 막 코너를 돌아 나오며 엄마의 병실을 찾는 듯 두리번거리며 걸
어오는데
영재 ms. (full coverage)

70-2-   휴게실에서 기력을 찾은 듯 한 엄마가 깔깔깔 대고 웃고 있다.
영재 os fs.

70-3-   영재 기분이 밝아지는 듯 웃으며 다가가 엄마를 부른다.
영재 bs.

70-4-   그 소리에 뒤돌아선 환자 고갤 돌리는데 엄마가 아니다.
fs. 영재 pov(hand held)

70-5-
영재, 겸연쩍어 하며

        죄송합니다!

하고 돌아선다.
아줌마 os 영재 ms

71. INT. 엄마의 병실 앞. DAY

영재 막 엄마의 병실로 들어가려는데 조금 열린 문틈 사이로 힘겨운 엄마의 구토 소리
가 흘러나온다. 차마 영재 문을 열지 못한다. 그렇게 한참을 문 앞 벽에 기대어 서있는
영재. 더 이상 엄마의 구토 소리가 들리지 않는다.
영재 bs. frame in.

72. INT. 엄마의 병실. DAY

영재가 병실 안으로 들어서다 순간 멈춰 버린다.
bs to mcu, dolly in

엄마가 독한 항암제의 부작용 탓으로 지난 번 보다 훨씬 심한 모습을 하고 있다. 엄마가 아들을 반겨줄 기력도 없는 듯 우두커니 바라 보다 힘겹게 입을 연다.

더… 운데… 뭐 하러 왔… 어

bs to mcu, dolly in

INSERT 필요

힘겨워 하던 엄마가 가까스로 입을 벌리면 영재가 엄마에게 죽을 떠 먹인다. 힘들지만 죽을 넘기던 엄마가 다시 올라오는 지 상체가 움찔하더니 참고 다시 죽을 삼킨다. 다시 입을 벌리면 영재가 다시 죽을 먹인다. 그 모습을 지켜보고 있던

미선   (입가 미소를 보이며)
엄마   너무 한다. 딸이 줄 때는 다 넘겨 버리고 아들이 주니까 맛있게 먹네.

엄마가 힘겹게 미소를 보인다. 영재 역시 입가에 작은 미소가 머문다.
말씀 액자 *cu tilt down, medium 3shot.*

73. EXT. 병원 산책로(3층 테라스). NIGHT

73-1-   조용한 산책로 사이를 손을 잡고 다정하게 걸어오는 영재와 엄마.

엄마   휴가를 이렇게 보내서 어째?
영재   내한테는 엄마랑 같이 있는 게 최고로 멋진 휴가다!

오던 길을 돌아 다시 걸어 가는 두 사람.
측면 *medium 2shot, dolly follow*

73-3-   무슨 생각이 났는지 영재가 갑자기 엄마 앞에 등을 보이고 앉는다.

엄마   힘들어… 그냥 걷자.
영재   엄마 한 번 업어 보고 싶어서 그란다. 얼른 업혀라.

엄마가 못이기는 척 영재의 등에 몸을 기댄다. 엄마를 업은 영재가 일어 난다.
fs.

73-4-   엄마 순옥이 영재의 등이 포근한 듯 살포시 얼굴을 기댄다.

엄마   지윤이 하고는 언제쯤 그렇게 됐어?
영재   (살짝 당황하며)누가 그러데?

영재가 아무렇지도 않은 척 웃는다.

영재   내가 뻥 찼다.
엄마   무슨 말이 그래?
영재   우리 엄마 외모에 택도 없지… 못 생긴 기 자존심만 쎄고… 또… 또… 결정
            적으로 이제 내가 싫단다. 그란데 뭐 할말이 있겠노.
bust 2shot. 측면 *dolly follow.*

73-5(3b)-
엄마   어련히 알아서들 하겠지만 괜히 후회할 일들… 마음 아픈 일들 만들지 않았
            으면 좋겠어.
영재   무슨 말인지 잘 알겠다. 너무 걱정 하지 마라 엄마.

엄마를 업은 영재가 화면에서 빠져 나간다.
ms, frame out.

73a. INT. 엄마의 병실. DAY

73a -1-   조금 열린 문틈 사이로 연신 구토 소리가 들리고 잠시 후 구토 소리가 멈
추고 문이 열리는데 미선이 나온다. 기다리고 있던

엄마	(걱정스러운 표정으로) 무슨 일이야? 왜 그래… 어디 아픈 거야?
미선	아프기는… 내… 둘째 가진 거 같다… 미안타… 엄마… 엄마는… 이래 아픈
	데…미안타…

붉어진 미선의 두 눈에서 눈물이 주르르 흘러 내린다.

| 엄마 | (환하게 웃으며) 아이구… 울긴 왜 울어… 당연히 축하 받아야지… 축하해 |
| | 우리 딸… 축하해… |

미선 단독 ms to mefium 2shot, dolly 이동

73a -2/3-   엄마가 미선을 안아 준다.

| 미선 | (엄마에게 안긴 채) 엄마… 미안타… 엄마… 미안타… |

엄마가 울고 있는 미선을 꼭 껴 안아주며 등을 쓰다듬어 준다.

| 엄마 | 이럼 못써… 그만 울어… 아가가 서운해해… 어서 뚝… |

각각 bs.

73a -4-   한 참을 서로 껴 안고 있는 두 모녀가 안쓰럽다.
wide fs, high angle.

74. INT. 몽타주. DAY

74   미선의 아기에게 줄 선물로 배넷 저고리를 손수 짓는 엄마의 모습.

74a   주치의가 아침 회진하는 모습.

74b   CT 정밀 검사를 받는 장면.

74c   사위의 차를 타고 퇴원모습.

74d   다시 엄마의 손에 항암제를 투약하는 간호사의 모습 등이 겹쳐진다.

영재   (NA.) 유난히도 무더웠던 여름이 물러가고 주위의 산들이 단풍으로 물들 때
            까지 몇 번인가를 그렇게 집과 병원을 오가며 엄마는 암과 지독한 싸움을 치
            러 냈다.

75. INT. 엄마의 집 거실. DAY

75-1-   거실 바닥엔 의료용 전기 장판이 놓여져 있고 엄마가 그 위에서 앉은뱅
이 책상을 놓고 뭔가를 열심히 적고 있다.
fs to ms, dolly in.

75-2-   다가가 보면 성경을 펼쳐놓고 구약 창세기 어딘가를 자필로 노트 하나
에 받아 적고 있다.
bs to cu, tilt down.

76. INT. 욕실. DAY

76-1-   엄마가 욕조에 물을 받아 놓고는 머리를 감는다. 엄마가 머리에 샴푸를
바르고 손으로 머리를 만지는데 엄마의 머리카락이 한 움큼 빠진다. 엄마 이상한 듯 눈
을 씻고 보면 자신의 손에 빠진 머리카락이 들려져 있다. 한 참을 바라보는 엄마의 얼
굴에서
ms, high angle boom down.

76-2/3-   열린 거울 문이 닫히면 어느새 머리를 감은 엄마가 거울을 보고 있다가
손을 올리는데 손에 가위가 들려져 있다. 한 가닥 머리를 잡더니 가위로 싹둑 잘라 버
린다.
엄마/os 거울 속 엄마 *bs to* 거울 단독 *mcu. dolly in*(고속 촬영)
엄마 정면 *msto mcu, dolly in*(고속촬영).

77. EXT. 영재의 옥탑 방 옥상 위. NIGHT

옥상 난간에 기대어 전화를 받고 있는 영재의 얼굴위로

| 엄마 | (전화기 filter) 엄마가 그냥 가위로 혼자서 잘라 버렸어! |
| 영재 | 그래도 미장원 가서 자르지… |

영재 bs.

아름답게 불빛을 토해내고 있는 고층 빌딩들이 시원스레 펼쳐진 한강 안에서 흘러내리고 있는 화면 위로

| 엄마 | (V.O) 창피하기도 하고 해서… |

화면 서서히 뒤로 물러나면 난간에 영재와 엄마가 나란히 기대어 서로를 마주보며 대화를 나누고 있다.

엄마	엄마가 원래 손재주가 좋잖아. 너희들 초등학교 때 엄마가 직접 머리 잘라 줬잖아.
영재	(마치 예전 일이 생각나는 것처럼 웃으며) 맞어 나 3학년 땐가 엄마가 냉면 그릇 머리에 씌우고 앞머리랑 뒷머리 잘라 줬잖아. (자신의 앞머리를 만지며) 요기가 이렇게 일자가 돼버렸더라구… 울구 불구 학교 안간 다구 난리 피웠잖아.
엄마	(역시 웃으며) 이놈아! 그래도 그게 그 시절에 유행이었어! 일명 바가지 머리라고…

meidum2shot to bust 2shot, dolly out & in.

화면 다시 영재의 단독 모습을 잡으면 영재가 다시 전화기를 들고 통화하고 있다.

| 영재 | 엄마 내일 가서 봐요. 안녕히 주무세요 |

하고 전화를 끊는데
단독 bs. pan, frame in.

서편 하늘에서 별똥별 하나가 순식간에 떨어진다.
pov.

순간 영재가 이마를 손을 치더니 그렇게 한참을 하늘을 보고 서있는데
fs, high angle.

무심한 하늘에서는 별똥별이 다시 떨어질 기미가 보이지 않는다.
pov.

78. INT. 고속 버스 안. DAY

78-1-　　　　　빠르게 스치는 들녘은 황금빛으로 물들어 있고 산들은 온통 활엽수들이
아름답게 물들여 져 있다. 창가에 고갤 기대고 무심히 바라보던
bs(창 밖), low angle. cg 배경 합성

78-2-
영재　　　　　(혼잣말로 씨익 웃어 보이며) 멋지네 (다시 표정을 한번 다르게 해보며) 근사
　　　　　　　하네… 잘… 어울리네…

영재가 얼굴에 미소를 만들어 보며 뭔가를 중얼거린다.
bs(버스 안),cg 배경 합성

79. INT. 엄마의 집. NIGHT

79-1-　　　　　영재가 막 현관문을 열고 들어오며 자신을 맞는 미현에게

영재　　　　　엄마는?
미현　　　　　(V.O) 아침부터 엄마 신났다! 니 온다고…
medium 2shot to 영재 단독 ms.

79-2-　　　　　하고 집안을 둘러보는데 주방에서 엄마가 나온다.
　영재 *os* 엄마 *fs.*

79-3-　　　　　듬성듬성 빠진 머리를 짧게 자른 엄마가 쑥스러운 듯 머리를 만지며 웃
는다.

미현　　　　　(V.O) 그 몸을 하고 시장 갔다 오셨단다. 감기라도 들면 우짤라고…

bs. (hand held)

79-4-
영재   우리엄마. 멋지네…
엄마 os 영재 bs. (hand held)

80. INT. 엄마의 집 거실. NIGHT

80-1-   짧은 커트 머리의 가발을 쓴 엄마가 방문을 열고 나오면 거실에 아빠와 미현 영재가 둘러 앉아 있다.

엄마   (아버지에게) 어때 잘 어울려요? 영재가 사왔네…
영재   잘 어울린다 엄마!

엄마가 아버지 곁에 앉는다. 아버지 웃으며 엄마의 가발을 매만져 주는데

미현   진짜 감쪽같다 그자?

엄마가 소녀처럼 천진하게 웃다가 다리가 아픈 듯 한 손으로 다리를 만지자
ms to fs. dolly follow. high angle.

80-2-   영재 얼른 엄마의 다리를 주무른다.

영재   힘든데 시장까지 갔다오노.
엄마   운동 삼아서 갔다 왔지…

미현이 와서는 엄마의 어깨를 주무르기 시작한다.
측면medium 2 shot 3shot. low angle

80-3-
엄마   (아버지의 어깨에 손을 올리며) 미안해요. 여보

아버지 무슨 소린가 싫어하는데

엄마	애들 내가 다 차지해서…
아버지	얼마든지 다 가지셔… 저 놈들 난 필요 없고 당신만 차지하면 되니까…

가족들 오랜만에 환한 웃음꽃을 피운다.
medium group shot, reverse

81. INT. 교회 안. DAY

성가대의 조화로운 화음으로 교회 안으로 찬송가가 경건하게 울려 퍼지고 있고 이층
자리에 가발을 쓴 엄마를 비롯한 가족들 모두가 나란히 앉아 예배를 드리고 있다. 성가
대의 찬송이 끝나자 이어 목사님의 축도가 이어진다.
눈을 감고 기도하는 아버지의 얼굴에서부터 화면 천천히 좌로 움직이면 미현… 예
현… 미선… 사위… 영재의 얼굴을 지나 간절히 기도하고 있는 엄마의 얼굴이 보인다.

82. INT. 백화점 매장 안. DAY

82-1-　　　　순옥과 미선 그리고 예현이 숙녀복 코너에서 옷을 구경하며 걷고 있다
fs to ms

82-2-　　　　엄마가 맘에 드는 옷이 있는지 한 매장 안으로 들어간다.
fs

82-3-　　　　단정한 디자인의 회색 빛 투피스 앞에 서있는 엄마가 옷을 이리 보고 저
리 보고 한다.

미선	(그런 엄마에게)엄마 이 옷이 맘에 드나?

엄마가 고개를 끄덕이다가 가격표를 발견하고는 기겁을 한다. 생각보다 너무 비싼 모
양이다.
bust 2shot, frame in & frame out

82-4-　　　　얼른 예현의 손을 잡고 매장을 나와 버린다. 그런 엄마를 따르는 미선.

fs.

82-5-　　　　매장들 사이로 나있는 통로를 걸으며 옷을 구경하고 있는 엄마와 예현
미선… 예현이 할머니의 손을 꼭 잡고 걷는다.

미선　　　　정말 할머니 보러 서울 다녀 올 거 가?

주위를 둘러보며 고개를 끄덕인다. 그 소리를 듣고 있던 예현이 걸음을 멈추고

예현　　　　엄마! 하모니 요 있는데 서울은 왜 가는데… ?
미선　　　　예현이 엄마 할머니! 예현이 할머니는 요 있고 엄마 할머니는 서울에 있다!
fs to ms, dolly in.

82-6-
예현　　　　그라믄… 하모니 엄마가 서울에 있는 거가?

엄마가 그런 예현이 기특한지 예현이를 안으며 뽀뽀를 해준다.

엄마　　　　우리 예현이 왜 이렇게 똑똑 하노… 아이구 예쁜 것…

엄마가 예현의 얼굴에 얼굴을 비빈다.
엄마와 예현의 bust 2shot.

83. INT. 엄마의 집 거실. DAY

83-1-　　　　텅 빈 거실에 우두커니 혼자 앉아있던 순옥. 수화기를 들어 어딘 가로
전화를 한다. 잠시 신호가 가고 이어

할머니　　　　(전화기 filter) 여보세요…
순옥　　　　엄마 큰딸!
할머니　　　　(전화기 filter) 아가… … 우리 순옥 이냐?

순옥이 갑자기 목이 메이는지 헛기침을 한번하고는

엄마	으 엄마! 어디 아픈 데는 없지?
할머니	(전화기 filter) 나야! 건강하지… 어쩐 일이여?
엄마	엄마보고 싶어서 했지…

엄마의 눈에서 눈물이 주르르 흘러내리고 만다.

엄마	(눈물을 훔치며) 엄마 미안해요…
할머니	(전화기 filter) 뭐가 미안해… 갑자기… 목소리가 왜 그리야… 우냐…
엄마	아니야… 감… 감기가 들어서… 엄마. 엄마 막내 통장에 돈 좀 보냈거든 엄마 드시고 싶은 것 있으면 사드셔…
할머니	(전화기 filter) 아이고 너 살림하기도 그럴 턴디 뭔 돈을 보냈어… 그리고 날씨 춥다 감기 조심허거라…
엄마	엄마… 나 며칠 있다가 엄마 보러 한번 갈라구…
할머니	(전화기 filter) 그리야… 안바쁘면 한 번 오거라.
엄마	엄마 감기 조심하고… 올라가서 봐요…

순옥이 더 이상 통화를 못하겠는지 얼른 전화를 끊는다. 순옥이 그만 목놓아 울고 만다.
fs to ms

순옥의 울음소리가 애처로운 공명이 되어 텅 빈 거실을 메운다.
fs(reverse shot)

84. INT. 엄마의 집. DAY

순옥이 옷장을 열어 놓고 옷장 안을 정리하고 있다. 남편의 속옷 가지들부터 양말을 한 쪽 수납장에 한치의 흐트러짐 없이 정리하고 있다.
이번에는 남편의 계절별 옷들을 구분 지어 차례차례 옷장에 걸어둔다. 옷걸이 걸려진 남편의 옷들을 정성스런 손길로 어루만져 본다. 이어 순옥의 테마음악과 함께 순옥이 집안을 정리하는 모습이 보여진다.

CUT TO

순옥이 이어 집안 곳곳을 쓸고 닦고 물건들을 제자리에 옮기고 정리한다. 몹시 힘들어 보인다.
이번에는 주방으로 들어와 싱크대 위 그릇선반을 살핀다. 몹시 낡아있고 경첩이 뜯겨
져 문이 제대로 닫히지 않는 것도 있다.
식탁 위에 놓여져 있던 무선 전화기를 집어 든다.

CUT TO

주방 식탁 위며 바닥으로 모든 그릇들
이 나와 있다. 그 화면위로 드릴 돌아가는 요란한 소음이 들린다. 소음을 따라 화면 움
직이면 두 명의 유니폼을 입은 직원들이 선반으로 바꿔 달고 있다.

CUT TO

순옥 몹시 흡족한 표정으로 뭔가를 보고 있다. 화면 바뀌면 세련된 디자인으로 선반이
바뀌어져 있다. 주방의 색깔이 달라 보인다.

CUT TO

열린 선반 안으로 가지런하게 포개진 주방 기구들이 각자의 자리로 들어간다. 순옥이
선반의 문을 닫는다.

CUT TO

순옥이 직접 쓴 듯한 양념의 이름이 붙어있는 양념 통들이 가지런히 선반 하나를 채운다.

CUT TO
주방 식탁에 몹시 힘든 표정으로 앉아있는 순옥이 주방을 둘러본다. 참으로 단정하고
깔끔하게 정리되어 있다.

85. INT. 엄마의 집 주방. NIGHT

85-1-   미현이 주방으로 들어서면 식탁 위에 동태찌개를 위한 갖은 재료들이
놓여져 있다. 그 앞에 엄마가 몹시 힘에 겨운 듯 한 표정으로 앉아있다.

미현   엄마 동태찌개 할거가?
엄마   (고갤 끄덕이다가) 오늘부터 엄마… 우리 미현이가 해주는 밥 먹고 싶어서…
          아빠도 그렇고 너도 동태찌개 좋아하잖아!

미현 엄마의 말에 팔을 걷어 부친다.
fs to medium 2shot.

85-2-   미현이 서툰 솜씨로 마늘과 생강을 다진다.
*cu tilt up to*미현*bs.*

85-3-   이번엔 칼을 잡은 엄마의 손이 무와 두부 그리고 호박을 솜씨 좋게 썰고
있다.
*cu to*엄마*bs, tilt up.*

85-4-   그걸 보고 있는 미현의 얼굴 위로

엄마   (V.O) 너무 얇게 썰지 말고 두툼하게 썰어 야해 그래야 나중에 안 부셔져…
미현bs

85-5-   칼을 잡고 있던 엄마가 미현에게 칼을 넘기며

엄마   한번 해봐!

미현 웃으며 칼을 받아서는 무를 써는데 두툼하게
medium 2shot.

85-6-   썰지 못하고 엉망이다.
cu.

85-7-   미현이 칼을 놓으며 엄마에게

엄마   못하겠다!
엄마   (혼내듯) 그것도 하나 못하면 어떡해!

하더니 칼을 들어 다시 재료들을 썰며 뒤돌아 선채로
측면 medium 2shot

85-8-
엄마   이제 엄마 없으면 어떡 할거야! 아빠보고 밥 시킬 거야? 인스턴트 식품만 먹
을래?

그런 엄마를 뒤에서 보고 있던 미현이 그제 서야 엄마의 의도를 알아차린 듯 표정이 변
하며 눈물을 흘린다. 뒤돌아 서는 엄마의 눈가에도 이슬이 맺혀있다. 서로 눈을 마주
치지 못하는 두 사람.

엄마   자! 다시 해봐!

하고 칼을 건넨다. 미현 엄마의 칼을 받아서
bs 2shot 엄마 뒤 미현

85-9-   다시 재료들을 서툴게 썰기 시작한다. 그 위로 미현의 눈물이 계속 떨어
진다.
cu.

CUT TO

85-10   화면 가득 불 위에서 끓고 있는 동태찌개 그 화면위로

엄마   (V.O) 간은 고춧가루하고 소금으로 맞추는 거야!
cu

85-11-   몹시 힘겨운 모습으로 엄마가 식탁의자에 앉아 조리대 앞에 서있는 미
현을 보고 있다.
fs

85-12-
엄마   거기 맨 오른쪽 보면 양념들 있지…?
bs.

85-13-   엄마의 말에 미현 선반을 열면
미현 정면 bs(선반 pov-오두막 촬영), high angle.

85-14-   각종 양념들이 깨끗하고 투명한 양념통에 담겨 있고 각 양념통 들에는
쉽게 구분할 수 있도록 엄마의 글씨체로 쓰여진 표식이 붙어있다.
cu(pov)

85-15-   미현 순간 쏟아지는 눈물을 주체하지 못한다.
측면 bs

85-16-   그 모습을 지켜보던 엄마 주방을 나가 버린다. 화면 울고 있는 미현에게
서서히 다가 간다.
fs to ms, dolly in.

86. INT. 엄마의 집 거실. DAY

86-1-   베란다 창 너머로 보이는 아파트 뒤 산이 온통 울긋불긋한 단풍들로 만
추의 정취를 물씬 풍기고 있다. 화면 서서히 뒤로 물러서면 거실에 앉아서 엄마가 먼
산을 바라보고 있다.
fs, dolly out.

86-2-   입술은 까맣게 타 틀어 갔고 몹시 힘들어 보이는 엄마의 얼굴위로

아버지   (V.O) 당신 뭐 좀 먹을래?

아버지가 엄마 곁에 앉는다. 엄마 힘겹게 고갤 가로젓다

엄마   여보 당신 무릎 베고 싶은데…
측면 bust 2shot.

86-3-   아버지가 엄마를 안아 무릎 베게를 해준다.

엄마   (아버지의 무릎이 편한 한 듯) 아이고 이제 좀 살 거 같네…

아버지 엄마의 이마를 쓰다듬는다.

엄마   (베란다 쪽을 가리키며) 여보 저기 좀 봐요!

아빠 엄마가 가리키는 쪽을 보면
medium 2shot, dolly in+hand held

86-4-   베란다 한쪽에 싱그럽게 놓여져 있는 화초들 사이에 소박하고 단아하게
꽃을 피워내고 있는 카모마일이 보인다.
cu. pov, dolly in

86-5(3b)-
엄마   (엄마 환하게 웃으며)카모마일! 저게 카모말이야 참 예쁘게도 피었네…
아버지   꼭 당신 닮았네…
엄마   (아버지 손을 꼭 잡고) 여 보… 내… 가… 내.가… (잠시 머뭇거리다가) 내…
               년에도…   저 꽃을 볼 수 있을까…

그 말에 말없이 엄마를 바라보던 아버지가 안쓰러운 듯 자꾸 엄마의 얼굴을 만지는데

엄마   여보… 당신 나 없어도 마음 단단히 먹고 흔들리지 말고 잘 살아야해!

엄마의 말에 아버지가 그만 멈춰버린다.

아버지   (애써 태연히) 당신답지 않게 무슨 소리야! 없긴 누가 없어! 당신 이렇게 옆에
               있는데…

아버지를 올려다보는 엄마의 눈에 자꾸 눈물이 글썽이더니…

엄마   (울먹이며) 여보… .우리 식구들 불쌍해서…   어떡해… 나 죽으면 우리 미현
               이 영재… 불쌍해서 어떡해!
bust 2shot

86-6-   그만 아버지의 품에 안겨 흐느껴 운다. 아버지 그런 엄마의 등을 쓰다듬
으며 눈물을 흘리고 만다. 흐느껴 울던 엄마의 호흡이 갑자기 거칠어진다. 아버지 놀

라 엄마를 흔들며

아버지   여보 괜찮아! 미선엄마!

호흡이 점점 거칠어지며 상체를 들썩이는 엄마. 너무 안쓰러워 보인다. 아버지 다급하
게 전화기를 들어 119를 누른다.
medium 2shot, dolly + handheld. (reverse)

86-7-INSERT 창 밖 베란다의 카모마일이 찬바람에 흔들린다.
cu.

86-8-   엄마의 얼굴에 간이 인공 호흡기가 부착되어 있고
cu, 고속 촬영.

86-9-   구급대원들이 엄마를 들것에 싣고 급하게 거실을 빠져나간다.
ms, handheld or high angle, fix

86-10-   아버지 그런 엄마의 손을 꼭 잡아준다.
cu to bs, hand held

86-11-   들것을 타고 집안을 빠져나가는 엄마가 집안 곳곳을 눈에 담아 가려는
듯 시선을 떼지 않는다.
cu, (고속 촬영), handheld.

86-12-   느린 화면으로 마치 엄마의 시야처럼 벽에 걸려진 사진들이며 장식장들
가구들이 보이고
pov(고속 촬영), dolly out+ hand held

86-13-   마침내 현관의 풍경이 보이는데 쾅 소리와 함께 화면 가득 문이 닫힌다.
ms to cs, dolly in. (현관등 꺼짐.)

87. INT. 수술실 복도. NIGHT

87-1   아무도 없는 텅 빈 수술실 앞 복도 의자에 우두커니 아버지가 고개를 떨
군 채 앉아있다.

87-2-   영재가 복도 코너를 돌아 급히 뛰어오던 영재가 아버지를 보고 멈춘다.
땀을 흥건하게 젖은 영재 아버지를 향해 걸어간다. 수술실 복도에 공명을 울리는 영재
의 발자국 소리! 영재가 아버지 옆에 앉는다.

아버지   인제 막 들어갔다! 심장에 물이 차고 있다는 구나!

영재 굳게 닫혀있는 수술실 문을 불안하고 초조하게 바라본다.
medium 2 shot. dolly in, 영재 단독

88. INT. 교회 안. DAY

그리 넓지 않은 교회. 창을 통해 들어오는 희미한 도심 불빛만이 내부를 밝히고 있다.
문을 열고 들어오는 영재의 모습이 실루엣으로 보인다.
영재가 의자들 사이로 나있는 통로를 통해 걸어와서는 교단 바로 밑에 무릎을 꿇고 두
손을 모으고 교단 벽면에 걸려진 예수그리스도의 십자가를 바라본다.
영재가 눈을 감고 기도를 한다. 한 참을 간절히 기도를 하던 영재가 그만 울음을 터트
린다. 텅 빈 교회 안에 영재의 눈물 흘리며 기도하는 영재가 애처롭다.
*예수 그리스도 십자가, low angle
*영재 뒷모습fs to bs, dolly in & pan.
*영재 ls, 극 부감.

88a - INSERT   낮에서 밤으로 바뀌는 병원 전경.
(오두막 콤마 촬영)

89. INT. 엄마의 병실. NIGHT

89-1-   가족들이 병실 한쪽에서 새우잠을 자고 있고 영재는 초췌한 모습으로

잠들어 있는 엄마 곁에 얼굴을 묻고 앉아서 졸고 있다.
wide fs, pan

89-2-   그때 몹시 고통스러워하며 눈을 뜨는 엄마. 그 소리에 잠을 깨는 영재.

영재   엄마!
bust 2shot, 뒤 인물 double action.

89-3(1b)-   영재의 소리에 아버지 미현, 미선이 잠을 깬다.
fs.

89-4(2b)   엄마가 힘겹게 웃음을 보이자 영재가 엄마의 손을 꼬옥 붙잡고

영재   엄마! 아들이 엄마 얼마나 사랑하는지 알지?

엄마가 힘겹게 고개만 끄덕인다.

영재   엄마 힘내라!

하며 자신의 볼을 엄마의 얼굴에 비비는데 눈물이 흘러내려 그대로 엄마의 뺨을 적시
고 만다. 엄마의 눈가에서도 소리 없이 눈물이 흘러내린다.
bust 2shot, dolly in.

90 omit

91. 병원 휴게실. DAY

엄마가 영재의 부축을 받으며 한 발 한 발 옮기며 창으로 향한다. 엄마가 어느 정도 기
력을 회복해 보이지만 예전의 모습은 아니다.

영재   엄마 힘들면 휠체어 타지…

엄마 아들에게 웃어 보일 뿐 말이 없다. 창가에 멈추어 서는 엄마 창 밖을 본다. 어느새

보이는 고신 의대 캠퍼스는 앙상한 가지들을 드러내고 있다.

영재   벌써 겨울이 다 됐네… 그러고 보니까… 우리엄마 생일 다가오네…

엄마가 아들을 보며 힘없이 웃는다.

영재   하나님이 엄마 생일 선물로 다 낫게 해 주시면 하나님한테 뭘 해줄 거가?
엄마   교회 식당에서 봉사나 죽을 때 까지 할까… 아하 그리고 우리 엄마랑 동생들
             전도하면 되겠구나…
영재   따뜻한 봄이 오면 하고 싶은 거는 없나?
엄마   (잠시생각하더니)엄마 고향은 눈이 참 많이 오는 동네였어. 꽃피는 춘삼월까
             지…봄 눈이오면 외할아버지가 "올해는 풍년 들겠군. 우리 순옥이 예쁜 교복
             맞춰 줄 수 있겠네." 하시면서 웃곤 하셨는데…

엄마가 마치 어린 시절로 돌아간 듯이 얼굴에 환한 미소로 창 밖을 바라 보다

엄마   내년 봄에 눈이 펑펑 왔으면 좋겠다. 우리 영재 장가 보내게…

92 omit

93. INT. 엄마 병실 앞 복도. DAY

미선이 흰머리가 지긋한 할머니 손을 잡고 걷고 있고 그 옆으로 이모와 외삼촌이 걸어
온다. 복도 의자에 힘겹게 앉는 할머니의 표정이 시무룩하다.
외삼촌이 할머니에게 음료형으로 된 우황 청심원을 따서 드리면 무슨 영문인지 몰라
하는 할머니가 우황 청심원을 마신다. 외삼촌이 할머니를 부축하고 할머니가 미선의
손을 꼭 잡으며 눈물을 보인다.

94. INT. 엄마의 병실. DAY

팔에 링거를 꼽은 채로 침대에 누워 있는 엄마가 조금 기력을 회복해 보인다. 둘째 미
현은 연신 엄마의 팔다리를 주무르고 있다. 그때 문이 열리고 할머니가 들어온다. 외

삼촌과 이모 미선이 뒤 따라 들어온다. 엄마가 할머니를 보고 놀라고 반가운 듯

순옥   엄마!

할머니가 용케도 울음을 꼭 참고 엄마의 곁에 앉으며 손을 꼬옥 잡는다.

순옥   (애써 터져 나오는 울음을 참으며) 우리 엄마 왜 이렇게 늙어 버렸어. 속상하
            게! 하며 엄마의 얼굴을 어루만진다.
할머니   늙기는 가는 세월 앞에 장사 없는 거이여… (할머니 울먹이며) 아가… 많이 아
            펐냐? 아프면 이 엄마 한티 아프다고 말 좀 허지. 그랬냐 이것아! 몸 생각 안하
            고 그리 일만 하더니… 이 에미 죄가 많아서 그렇다… 자식들 고생만 시켰어!

할머니의 눈에서 눈물이 흘러내리자 엄마가 손으로 눈물을 닦아준다.

순옥   (애써 밝게 웃으며) 엄마는 그게 뭐 엄마 탓이야… 이 못난 딸년 탓이지…
            (그만 울먹이며) 엄마… 딸 용서해 줄 거지… .미안해요 엄마…

엄마가 할머니를 끌어안고는 '미안해요'를 계속해서 말하며 참았던 울음을 터뜨린다.
가족들 온통 울음바다가 되어 버리고 마는 엄마의 병실.

95. INT. 병실 복도 간이 조리실. NIGHT

병실 간이 조리실 식탁 앞에 앉아 있는 순옥. 식탁 위에는 할머니가 손수 준비해 온 반
찬들이 과할 정도로 많이 쌓여 있다.

순옥   이 많은 걸 엄마가 다 하셨어? 몸도 안 좋으신 분이 뭐하러…

팔팔 끓는 가스렌지 앞에서 간을 보고 있는 할머니 등을 보인 채로

할머니   간이 맞을 란가 모르겠다. 늙어서 인자 쓰도 못해야…

할머니가 가스 렌지 위 냄비를 들어 순옥 앞에 내려 놓고는 냄비 뚜껑을 연다. 먹음직
스럽게 보글보글 끓고 있는 닭 볶음 탕이다. 순옥이 어린아이처럼 환하게 웃으며 수저

를 들어 국물을 떠 먹어 본다.

순옥   으음. 맛나네. 맛나…

순옥, 닭다리를 들고 맛있게 먹는다.

할머니   언제… 이 애미가 또 이렇게 해 주것냐… 많이 먹어라… 속에서 안 받어
             도….속에서… 안 받어도…먼 길 떠날 라믄 속이 든든 히야 쓴다.

순옥, 입안 가득 닭 볶음 탕을 씹으며 터져 나오는 울음을 꾹 참는다.

할머니   (눈물을 쓱 훔치며) 아가… 울지마… 울면 못써… 울지마.

96. INT. 엄마의 병실. NIGHT

순옥과 할머니가 좁은 침대 위에 나란히 누워 있다.

순옥   엄마 불편한데… 셋째 집에 가서 주무시지…
할머니   여기도 넓고 편허다… 걱정 마라.

할머니가 순옥의 손을 꼭 잡는다. 할머니가 고개를 돌려 지긋이 순옥을 바라 본다.

할머니   아가… 우리 딸한티 이 애미가 노래 한자리 불러 줄꺼나.

순옥, 고개를 끄덕인다. 할머니가 '봄날은 간다' 노래를 부르기 시작한다.

할머니   연분홍… 치마가… 봄바람에 … 휘날리더라

순옥도 함께 노래를 따라 부른다. 노래를 부르는 두 모녀가 몹시 애잔해 보인다.

할머니/순옥   오늘도… 옷고름 씹어가며… 산 제비 넘나드는 성황당 길에 꽃이 피면… 같
             이 웃고… 꽃이 지면 같이 울던… 알뜰한 그 맹세에… 봄날은 간다

할머니가 순옥의 얼굴을 두 손으로 꼭 쓰다듬는다.

할머니   순옥아… 이 애미 낼 올라 갈란다. 내일 올라 가믄 인자 안 올 것이여.

순옥, 입술을 깨물며 고개를 끄덕인다.

할머니   아가… 미안허다. 그 멀고 험한 길을 혼자 가게 해서… 할머니의 눈에서 눈
             물이 주르르 흘러 내린다. 순옥 울음을 참느라 숨을 몰아 쉬고 또 몰아 쉬고
             그래도 소용이 없다. 할머니가 순옥의 얼굴에 흐르는 눈물을 닦아 준다.
할머니   이 애미가 같이 못 가주어서 미안허다. 그란디… 누구나 한번은 가는 길잉
             게… 마음 단단히 먹고… 이서방이나… 영재… 미선이… 미현이 맘 쓰지 말
             고… 그래도… 산사람은 살아가는 것잉게. (어린아이에게 당부하듯)그길 …
             그 먼 길…갈 때… 하얀 빛만 따라 가거라 이잉… 딴 길로는… 절대 가지 말
             고… 이잉?

순옥, 어린아이처럼 그저 고개만 끄덕인다. 할머니가 울음을 참지 못하고 있는 딸 순
옥을 꼭 안아준다.

97. EXT. 병원 주차장. DAY

영재가 순옥을 부축한 채 할머니를 배웅 하고 서 있다. 영재 아버지가 할머니를 외삼촌
차가 있는 곳으로 모셔다 드리고 있다. 못내 아쉬운 듯 자꾸 뒤돌아 보는 할머니. 그럴
때 마다 순옥이 멀어지는 할머니에게 손을 흔들어 준다. 할머니 역시 '추운데 어여 들
어가'라며 손을 흔든다.
주차된 외삼촌 차의 뒷문을 열어 주는 영재 아버지. 뒷좌석에 올라탄 할머니가 차 안에
놓여 있던 곱게 싼 보자기를 영재 아버지에게 건넨다.

할머니   이서방. 내가 우리 딸 마지막 가는 길 곱게 입혀서 보내고 자퍼서 지었네. 우
             리 순옥이… 이쁘게 입혀서 보내주소.

영재 아버지 차마 고개를 들지 못한다.

할머니   (운전석에 있는 아들에게) 그만 가자.

부웅! 출발하는 외삼촌의 차. 순옥이 멀어지는 차를 향해 하염없이 눈물을 보이며 손을 흔든다. 한 참을 달리던 외삼촌의 차가 갑자기 멈춰 선다.
차 문을 열고 내린 할머니가 울면서 딸 순옥을 향해 달려 간다. 어느새 달려 온 순옥이 할머니를 부둥켜 안는다. 두 사람 절대 놓지 않으려는 듯 한참을 그렇게 꼭 껴 안고 있는다.

98. INT. 엄마의 병실. NIGHT (99포함)

침대에 엄마가 호흡을 거칠게 내뱉고 누워있고 영재와 미현이 엄마의 양다리를 주무르고 있다. 큰딸 미선이 옷을 챙겨 입으며

미선   엄마! 나 오늘 집에 가서 엄마 미역국 좀 끓여올게!

엄마가 고개를 끄덕인다.

사위   (웃으며) 장모님! 내일 예쁜 예현이도 데리고 올까예?

엄마가 고갤 끄덕이며 어여 가라는 손짓을 한다. 미선이 남편과 팔짱을 끼고

미선   갔다 올게!

미선 엄마의 손짓을 뒤로하고 문을 닫고 나간다.

CUT TO

코에 인공 호흡기를 꼽은 순옥이 완전히 생기를 잃은 듯 힘겹게 침대에 누워 있고 영재와 아버지가 엄마를 지키고 있다. 그때 병실 문이 열리면 찬호가 들어온다.

영재   왔나!

그 소리에 순옥 눈을 뜨고 (힘겹게)

             찬호 왔나!

하고 일어서려는데

찬호   괜찮습니다. 어머니. 누워 계시소…
영재   웬일이고?
찬호   잠깐 들렀다. 어머니 한 번 볼라꼬.

순옥이 힘겨운 표정으로 영재와 찬호를 바라본다.

영재   나가서 차 한잔 할래?
찬호   그럴까? 어머니 지는 그라믄 담에 뵙겠습니다. 몸조리 잘 하이소…

순옥이 힘겹게 고갤 끄덕인다.

영재   엄마! 내 금방 갔다 올게

하고 막 병실을 나가려는데

엄마   (V.O) 찬호야! 엄마 좀 살려 줘.

영재와 찬호가 그대로 멈춰 서버린다. 차마 엄마 쪽으로 뒤돌아보지 못하는 찬호. 영재가 엄마를 향해 돌아서는데 엄마가 안간힘을 쓰며 침대에 일어나 앉으며

엄마   (힘겹게 입을 열며) 엄마 좀 살려 줘 찬호야!

아버지 영재 두 사람 모두 갑작스런 엄마의 말에 당황해 하며 엄마를 보면 엄마가 초점을 잃은 눈으로 허공 어딘가를 바라보고 있다. 영재 엄마에게 다가가는데

엄마   (온 힘을 다해서) 엄마 아직 할 일이 너무 많은 사람이야… 우리 둘째 시집도

엄마에게 다가가는 영재의 얼굴위로

엄마   (V.O) 보내야 하고 우리 영재 장가가고 아들 낳는 것도 봐야 하고 영재 아빠
            는 엄마 없으면 아무것도 못하는 산송장하고 다를 게 없는데

아버지는 차마 그 상황을 보지 못하고 창 밖만 바라보며 어깨를 들썩이고 있다. 영재 주체할 수 없이 흘러내리는 눈물을 닦아내며 엄마를 꼭 껴안는다. 엄마 힘없이 영재 품에 안겨

찬호야! 엄마 좀 살려줘!

찬호 아무 말도 하지 못하고 병실을 빠져나가 버린다. 영재 터져 내오려는 울음을 간신히 참아내며 엄마를 힘껏 껴안는다. 영재에게 안긴 채로

엄마   (혼잣말로) 엄마 좀 살려줘!

엄마를 안고 있는 영재의 어깨가 더욱 심하게 흔들린다.
*엄마 아무런 감정 없이…

CUT TO

병실 불이 꺼져 있고 아버지와 미현이 새우잠을 자고 있다. 영재는 엄마의 손을 꼬옥 붙잡고 엄마 곁에 누워있다. 엄마가 갑자기 몹시 호흡하기가 불편한지 거칠게 호흡을 내뱉다가 조심스레 일어나 앉는다. 가쁜 숨을 몰아 쉬다가 이내 안정을 찾은 엄마.
자고 있는 남편과 딸 영재를 본다. 영재의 얼굴을 어루만지는 엄마. 엄마가 몹시 고통스러워하는 표정으로 감기는 눈을 억지로 뜬다. 엄마가 졸린 눈을 감지 안으려고 안간힘을 쓴다.

시간 경과

어느새 새벽이 올 때까지 침대 위에 미동도 하지 않고 앉은 채 의식을 잃지 않으려고 사투를 벌이고 있는 순옥의 모습이 처절하다. 마지막 남은 힘을 모아 버티고 있는 순옥의 눈빛이 화면을 가득 채우는 순간, 마치 환상처럼 동화 속에서나 나올 법한 아름다운 중세 유럽의 어느 시골 마을이 환상처럼 나타난다. 그 화면 위로

영재   (V.O) 엄마 가지 마라… 가지 마라! 엄마… 엄마… 엄마… 가지 마라! 사랑
            해… 엄마!

99, 100, 101,102, 103 omit

104. INT. 할머니의 집. DAY

공중을 부유하듯 화면이 소파에 혼자 앉아있는 누군가에게 다가가면 넋을 놓아버린 사람처럼 멍하게 앉아있는 할머니가 가슴 속 한을 내뱉는 듯한 숨을 뱉어내며.

할머니   (혼잣말로 힘없이) 순옥아… 순옥아… .내딸… 순옥아… …

이내 할머니의 눈가에서 눈물이 주르르 흘러내린다. 다시 화면 공중을 부유하듯 할머니에게서 멀어지며 집안을 빠져나간다.

105. INT. 빈소 안. NIGHT

화면 가득 빨갛게 충혈 된 눈을 한 영재가 어미 잃은 어린양처럼 멍한 표정으로 엄마의 영정사진을 본다. 꽃으로 장식되어있는 영정사진 속 엄마는 아무 말 없이 정지된 미소로 아들을 보고 있다.

영재   (나지막이) 엄마 이제 아프지 않지? 잠도 편하게 자고…고통스럽지도 않고…
             엄만 좋겠다. 언제든지 나 보고 싶으면 볼 수 있을 테니까… 난 어떡하지 엄
             마?… 이제 엄마 없는 자리가 자꾸 느껴질 텐데… 나 어떡하지?

점점 영재의 목소리가 떨리고 흐느끼기 시작한다. 엄마가 해준 김치전 먹고 싶을 때…
추석때 엄마가 해준 송편 먹고 싶을 때… 어버이날 카네이션 살 때… 나 이제 어떡해
엄마… 딱 한번 만 다시 볼수 없을까? 딱 한번 만…
그때, 빈소 안으로 지윤이가 들어 선다. 지윤을 본 영재가 힘겹게 자리에서 일어선다.
지윤이 국화꽃 한 송이를 들어 엄마 영정 사진 앞에 놓고는 고개를 숙여 예를 표한다.
그 모습을 보고 있는 영재가 입술을 꾹 깨문다. 이어 지윤과 영재가 서로를 마주 보는
순간, 영재의 눈에서 주체 할 수 없는 눈물이 주르르 흘러 내린다. 지윤이 그런 영재를
안아 준다. 그런 지윤의 눈에서도 하염없이 눈물이 흘러 내린다.

106. 몽타쥬(장례모습)

영락공원 1층 로비에 마련된 분향소에서 목사의 안치 예배기도가 흐르고 있고 가족들

이 곱게 쌓인 엄마의 관을 붙여 잡고 흐느끼며 기도를 하고 있다.

CUT TO

하얀 마스크를 한 유니폼의 영락공원 직원 하나가 엄마의 관을 실은 카트를 밀고 마치 이승과 저승을 나누어 놓은 듯한 유리벽의 공간으로 들어간다. 자동문이 열리고 안으로 들어가는 엄마의 관. 유리벽 너머에서 오열하는 가족들의 모습.
이모가 유리벽으로 달려들어 그만 쓰러지고 만다. 유리벽안 복도에서 엄마의 관이 가족들의 시야에서 속절없이 사라진다.

CUT TO

대기실에서 엄마의 사진을 든 사위와 영재. 영재가 멍한 표정으로 사진 속 엄마의 얼굴을 자꾸 어루만지고 있다. 조금 떨어진 곳에서 그 모습을 안쓰럽게 바라보고 있는 지윤의 눈에서 자꾸 눈물이 흐른다.

CUT TO

대기실 모니터에서 "김순옥 님 화장중"이란 빨간 글씨가 설명하게 보인다.

CUT TO

그리 넓지 않은 사각형의 유골 수거실에 흰 마스크를 한 40대 중반의 영락공원 직원 두 명과 영재와 아버지 그리고 사위 외삼촌이 초조하게 뭔가를 기다리고 있다. 잠시 후 육중한 철문이 열리자 숙달된 손놀림으로 직원 하나가 유골 안치대를 꺼낸다. 안치대 위에는 엄마의 형체는 사라지고 하얀 뼈 가루들만이 볼품 없이 놓여져 있다. 도저히 믿을 수 없다는 듯 고개만 흔들며 바라보는 영재. 아버지 차마 다가가지 못한다. 영재가 다가가 어루만져 보려 하지만 직원 하나가 영재를 저지한다.

CUT TO

이어 직원 익숙한 손놀림에 따라 분쇄기로 쏟아지는 엄마의 유골. 남자가 버튼을 누르자 요란한 기계음을 내며 고운 가루가 되어 버린다.

CUT TO

유분함에 담기는 엄마의 흔적들… 이내 뚜껑이 닫히고 하얀 보자기로 쌓인다.

107. EXT. 장례 버스 안. DAY

버스 안에는 고요한 침묵이 흐르고 가족들이 각자의 자리를 차지하고 멍하게 창 밖 만
바라보고 있다. 화면 버스 통로를 따라 천천히 물러서면 버스 맨 앞자리에 영재가 엄마
의 영정 사진을 가슴에 품고 자꾸 엄마의 사진을 손으로 어루만진다. 그러다 이내 아직
도 마르지 않은 눈물을 보인다. 자꾸 엄마의 사진위로 떨어지는 영재의 눈물. 흰 장갑
으로 영재가 자신의 눈물을 닦아낸다.

108. EXT. 아파트 주차장. DAY

화면을 가득 채우고 있던 장례버스가 화면에서 사라지면 지친 모습의 가족들이 보이고
이어 집으로 향해 걸어간다. 엄마 사진을 들고 걸어가는 영재가 자꾸 자신의 집 베란다
를 올려 다 본다.

109. INT. 집안. DAY

텅 빈 아파트 안 정적만이 감도는데 이내 철컥 문 열리는 소리가 공명이 되고 이어 거실
안으로 영재가 모습을 드러낸다. 그 뒤로 가족들이 들어오고 영재가 무얼 찾는지 두리
번거리며 집안을 살피다가 엄마의 방문을 열어 본다.

CUT TO

텅 비어 있는 엄마의 방안. 방안으로 들어온 영재가 아직 엄마의 흔적과 온기가 그대로
남아있는 엄마의 침대로 다가가 얼굴을 묻는다. 엄마의 온기를 느껴 보려는 듯 엄마의
이불에 코를 가져다 댄다.
한참을 그렇게 얼굴을 묻고 있던 영재의 어깨가 들썩인다. 그런 영재를 문밖에서 지켜
보던 이모가 영재에게 다가와 영재를 일으켜 세우고는 어깨를 두들기며 밖으로 데리고

나간다.

CUT TO

엄마의 장롱 문이 열리면 엄마의 옷가지며 유품들을 정리하려는 이모들이 화면에 보인다. 장롱 안 아버지의 옷가지들이 반듯하게 정리되어 있다. 서랍을 열어보면 속옷과 양말들이 가지런하게 놓여져 있다.

이모   (긴 한숨을 내뱉으며) 남편 옷 못 찾아 입을까 봐 이렇게 깔끔하게 정리 해놓고 갔네… 세상에…

엄마의 화장대에 놓여져 있던 낡은 화장품들이 조그만 종이 상자 안에 쏟아진다. 화장대 서랍 속에 있던 악세사리며 엄마의 오래 된 화장품들이 상자 안으로 쏟아진다.
무심히 방안으로 들어서던 아버지가 아내의 유품을 정리하는 모습을 보고는 그대로 멈춰 있다가는 차마 볼 수가 없었던지 뒤돌아 나가 버린다. 거울을 통해 아버지의 모습을 본 이모가 긴 한 숨을 내 뱉는다.
이어 이번엔 장롱 맨 밑 서랍이 열린다. 다른 서랍들과는 달리 정성스레 정리되어있는 서랍 안. 이모 서랍을 조심스레 꺼내면 서랍 속에는 흰 편지 봉투 여러 장과 함께 보석함이며 통장들이 가지런히 놓여있다. 흰 편지 봉투에는 가족들 각자에게 보내는 엄마의 편지가 들어있다. 고개를 저으며 안타까운 숨을 내 뱉는 이모의 얼굴에서…

110. INT. 거실. DAY

소파에 멍하니 창 밖만 바라보고 있는 아버지에게 이모가 엄마의 편지를 전해준다. 편지를 받아 드는 아버지의 손이 흔들린다.

111. INT. 미현의 방. DAY

미선이 눈물로 범벅이 된 얼굴로 벽에 기댄 채 엄마의 편지를 읽고 있다. 미선의 딸 예현이가 우는 엄마를 보고 영문도 모르면서 자신도 울며 엄마의 눈물을 손으로 닦아주고 있다. 그 옆으로 둘째 미현이 역시 컴퓨터 앞에 앉아 엄마의 편지를 읽고 있다.

112. INT. 거실. DAY

엄마의 편지를 읽고 있는 아버지의 얼굴위로

엄마　　　　(V.O) 여보! 당신을 만나 살아온 세월이 31년이나 되었구려. 살면서 야속한
　　　　　　시간도 많았지만 당신을 만난 걸 후회해 본적은 한번도 없었어요… 그동안
　　　　　　사랑해 줘서 고마워요… 여보 여기 내 생명보험증권하고 당신한테 잔소리 퍼
　　　　　　부으면서 아끼고 모아둔 돈들이 좀 있어요.

아버지 곁에 생명보험 증권과 통장들이 놓여져 있다. 아버지의 눈시울이 어느새 붉어
져 있다.

엄마　　　　(V.O) 이거 전부 모으면 꽤 될 거 예요… 영재 방이라도 쓸만한 걸로 옮겨주
　　　　　　고… 둘째 시집 보낼 때 엄마 없는 티 나지 않게 이모 하고 의논해서 혼수 잘
　　　　　　해 보내요. 그리고 당신 나이도 있는데 이제 그만 동네에 조그만 구멍가게라
　　　　　　도 내서 자식들한테 늘그막에 손 벌리지 말고… 끝까지 당신한테는 잔소리
　　　　　　구려… 미안해요… 먼저 가서… 당신 나 꼭 다시 만나고 싶으면 교회 열심히
　　　　　　다니는 거 잊지 말고… 아이들은 지 짝 찾아서 살면 그만 이지만… 당신이
　　　　　　제일 걱정 이구려… 흔들리지 말고 잘살아가길… . 사랑해요… 여보!

아버지가 흐느끼느라 편지를 읽지 못하고 있다.

113. INT. 영재의 방. DAY

침대 위에 앉은 영재가 떨리는 손으로 봉투에서 편지를 꺼내 든다. 하얀 편지지에는 정
성스레 써 내려간 엄마의 힘겨운 글씨체가 가득하다. 그만 영재의 눈가에 눈물이 흘러
내리고 만다. 그런 영재의 얼굴위로

엄마　　　　(V.O) 사랑하는 내 아들 영재야! 엄마가 우리아들한테 편지 보내는 게 아들
　　　　　　군대 있을 때하고 두 번째가 되는구나… 아들한테 편지 쓰느라 새벽까지 썼
　　　　　　다 지우고 썼다 지우고 했던 기억이 나는 구나… 그때는 아들이 편지 어서
　　　　　　읽기 만 바랬었는데… 지금 쓰는 이 편지를 평생 아들이 읽지 않았으면 하는
　　　　　　바램이 있구나…

편지를 읽어 내려가던 영재의 호흡이 점점 거칠어진다.

엄마   (V.O) 하지만 이것이 하나님의 뜻이라면…밝게 웃으며 받아들이길 바란다. 사랑하는 아들 영재야! 너무 슬퍼 말거라… 힘겨워 하고 슬퍼할 우리 식구들 생각하면 엄마가 편하게 못 떠날 거 같구나.

영재가 그만 편지지를 내려놓고 목놓아 울고 만다. 그런 영재의 모습에서 화면 서서히 뒤로 물러서면 그런 영재를 엄마가 안쓰럽게 바라보고 있다가 영재의 어깨를 감싸 안 으며

엄마   울지마! 아들… 엄마는 항상 아들하고 같이 있을 거야. 아들이 멋진 아내 만 나서 결혼 할 때도 아들이 아들 닮은 어여쁜 아기 낳을 때도 항상 엄마가 옆에 함께 있을 거야. 아들 너무 슬퍼만 하지마… 엄마가 조금 일찍 떠났을 뿐 이 니까 흐느끼며 편지를 읽고 있는 영재의 모습 위로
엄마   (V.O) 아들… 지난날 때문에 너무 슬퍼만 하지마… 엄마는 지난날일 뿐야… 늘 내일을 위해 살아가길 바래… 웃음 잃지 말고 희망을 사랑하길 바래. 엄마 가 많이 사랑하는 거 알지?

화면 마치 엄마의 시선처럼 영재에게 멀어지며 방안을 빠져나가고. 이어 미현과 미선 에게 멀어지는 화면으로 겹쳐지고 이내 소파에 외롭게 앉아있는 아버지의 모습에서 화 면 점점 멀어지며 집안을 빠져나간다.
그 화면위로 애잔한 엄마의 테마 음악 '봄날은 간다'가 흐리고 엄마의 흔적이 묻어있 는 공간들이 텅빈 공허함으로 몽타쥬(병원복도. 벚꽃이 핀 거리. 새벽녘 버스를 타던 버스 정류장… 텅 빈 집안 등…)로 보여지더니… 엄마의 옛 추억들이 담긴 사진들의 이미지들이 하나씩 겹쳐지기 시작한다.
처녀시절 친구들과 찍은 낡은 흑백 사진들. 아버지와 엄마의 약혼사진. 그리고 결혼사 진… 영재 삼남매와 소풍 가서 찍은 듯한 낡은 사진들이 겹쳐지고 이내 밝게 웃고 있는 엄마의 마지막 모습(프롤로그에서 사진 찍던 엄마의 모습)의 사진이 화면을 가득 메우 면 화면 서서히 백색으로 변한다.

114. INT. 아파트 거실(몇 개월 후). DAY

화면 서서히 제 색을 찾아가면 텅 빈 아파트 거실이 보이고 잠시 후 아버지가 방문을 열

고 나와서는 세탁실 쪽으로 향한다.

115. INT. 세탁실. DAY

바닥으로 물기를 토해내던 세탁기가 이내 세탁이 끝났음을 알리는 "삐삐" 소리를 낸다. 그때 세탁실 문을 열고 들어오는 아버지. 세탁기 뚜껑을 열고는 빨래들을 꺼낸다.

116. INT. 베란다. DAY

겨울 햇살이 따사로이 창을 통해 들어 오는 베란다 빨래 건조대 위에 아버지가 빨래들의 물기를 익숙한 손놀림으로 털어 내서는 건조대 위에 건다.

117. EXT. 과일가게. DAY

코너를 돌아 아파트 단지 길 안쪽으로 접어들던 영재가 탐스러운 겨울과일들이 정성스레 진열되어 있는 조그만 과일가게 앞에 멈춰 선다. 영재 진열된 과일들을 이리저리 둘러보는데

아버지   (V.O) 지금 오나?

아버지가 문을 열고 조그만 과일 박스 하나를 들고 나온다. 박스를 받아 들고는 진열대에 내려놓는 영재.

아버지   이사는 어찌 잘 끝냈냐?
영재   잘 끝냈습니다!
아버지   니 엄마 목숨하고 바꾼 돈이다. 잘 살거라!

잠시 동안 침묵이 흐른다. 영재 박스를 뜯어내면 탐스럽게 생긴 사과들이 드러난다.

영재   장사는 좀 어떠십니까?
아버지   그런 대로… 집에 가 쉬거라!

하고는 사과를 정성스레 하나하나 진열한다.

118. INT. 아파트 현관 밖. DAY

엘리베이터가 열리고 영재가 현관 앞에 서서 한 참을 망설이고 서 있다가 키를 키 뭉치
에 집어넣고 돌리자 '철컥' 소리와 함께 잠금 장치가 풀린다. 조심스레 손잡이를 돌리
는 영재가 문을 연다.

119. INT. 아파트 현관 (현실—회상). DAY

집안으로 들어서는 영재의 시선인 듯 한 화면 위로 엄마의 "봄날은 간다"의 노래 소리
가 흐르는가 싶더니 이내 10년쯤 젊어 보이는 엄마가 주방에서 나와서는 화면을 보고

엄마   아들!

하며 환하게 웃고 있다. 화면 바뀌면 교복을 차려 입은 까까머리의 영재가 무슨 냄새를
맡듯 킁킁거리며 집안을 둘러보다가

영재   이게 우리 집 이가 엄마?

엄마가 마냥 좋은지 싱글벙글한 표정으로 고개를 끄덕인다.

영재   근데 이게 무슨 냄새고?
엄마   새집이라서 페인트 냄새가 아직 안 말라서 그렇다!
영재   페인트 냄새가 이리 좋은 거 였나!

하고 웃으며 엄마를 보는데 엄마가 양팔을 벌리고 웃고 있다. 영재 야호를 부르며 엄마
에게 뛰어가 안긴다. 얼싸안고 좋아하는 두 母子!

CUT TO

벽에 장식되어있는 노란 병아리 유치원 유니폼을 입고 있는 영재를 안고 있는 촌스러

운 파마머리의 젊은 시절 엄마의 사진을 스쳐 옆으로 미끄러지면 영재가 소파에 앉아
있는 엄마의 무릎베개를 하고 누워있다.

엄마   아들! 나중에 장가가서도 엄마랑 같이 살 거야?
영재   왜 같이 안 살까 봐 걱정되나?

엄마 웃으며 고갤 가로젓는다.

영재   엄마가 꼬부랑 할머니 돼갔고 아들 얼굴도 몰라보는 병에 걸러서 내를 맨 날
     맨 날 욕하고 때려도 내는 엄마랑 같이 살 거다! 그라이까 걱정하지 마라! 엄
     마는 오래 오래 우리 곁에만 있어주면 된다.

엄마가 그런 아들 영재를 흐뭇하게 웃으며 내려다본다. 지금의 영재가 마치 어린 자신
과 엄마를 지켜보듯 서있다. 문득 고개를 돌리던 영재의 시야에 거실 장식장 위에 놓인
엄마의 낡은 인조 가죽으로 만든 가방이 보인다. 얼마나 오래 썼는지 반질반질 윤기가
나는 가방이다.
소파에 앉은 영재가 엄마의 가방을 열어 물건들을 하나씩 꺼내 본다. 다 쓴 파운데이션
컴팩트, 닳고 닳은 립스틱… 내지 못한 교회 주정 헌금 봉투… 그리고 뭔가를 곱게 싼
손수건이 나온다. 손수건을 조심스레 펼쳐 보면 환하게 웃고 있는 영재 사진 한 장과
관광 엽서 하나가 나온다. 고개를 갸웃 하는 영재가 관광 엽서를 들어 본다. 관광 엽서
에는 아무 것도 써 있지 않다. 다시 손수건에 관광 엽서와 사진을 곱게 싸서는 자신의
가방 안에 넣어 둔다. 그때, 영재의 휴대폰이 울린다. 전화를 받는 영재.

미현   (전화 filter) 영재야! 어디고?
영재   내 집인데…
미현   (전화 filter) 언니 지금 출산했는데 또 딸이란다.
영재   (씩 웃으며) 딸이면 어떠노… 큰 누나는 괘 안나?
미현   (전화 filter) 둘 다 건강하다. 이따가 병원에서 보자. 어딘지는 알제?
영재   안다. 아빠 모시고 갈게.

120. INT. 미선의 병실. NIGHT

미선이 몸을 풀고 침대에 누워있고 아버지와 영재 미현 그리고 미선의 남편과 예현이

둘러 앉아있다. 그때 병실 문을 열고 간호사가 미선의 둘째 아이를 안고 들어온다. 모두들 반기며 아이를 본다. 간호사 미선에게 아이를 안긴다. 미선 아이를 품에 안고는 환하게 웃는다. 영재가 아이의 얼굴을 보려고 고개를 내민다.

영재   (누나에게) 어디 우리 조카 한번 안아볼까…

미선 영재에게 아이를 넘긴다. 영재 아이를 포근하게 안아주면 아이가 영재를 보고 방긋 웃는 영재

             어! 웃었다 웃었어!
미현   거짓말하지 마라! 갓난 아가 어찌 웃노.
영재   정말 이라니까… 웃었어!

좋아하며 웃고 있는 아이들의 모습을 보고 있던 아버지 창 밖을 보면 하얀 함박눈이 소리 없이 펑펑 내리고 있다. 흐뭇한 미소로 함박눈을 보고 있는 아버지의 모습에서 화면 하늘을 날아 가듯이 서서히 멀어진다.

-The end-